居紀一

宝島社文庫

宝島社

［目次］

甘美なる誘拐

市岡真二——ヤクザ・麦山組の組員未満で、組が経営する
会社・新明興業の社員。中性的な容姿がコンプレックス

草塩悠人——新明興業の社員で、真二の相棒。関西弁で話し、
古いヤクザ映画の大ファン

荒木田——真二と悠人をこき使う、麦山組の組員。
インテリヤクザ

牛村——麦山組の組員

稲村徳也——麦山組・組長と古馴染みの金貸し。調布に住んでいる

鷲津——中年刑事

篠井——鷲津のバディー。若手の女性刑事

石村堅志——元麦山組組員。「リアル高倉健」として真二・悠人から
慕われている

堀田正義——桐ケ谷市のチンピラ

長尾春香——宗教団体・ニルヴァーナ教祖の孫娘にして、唯一の血縁。
普段は普通の中学生として過ごしている

萩尾ナオミ——春香のボディーガード

亀ケ森鶴司——桐ケ谷市の市会議員

植草浩一——調布で自動車部品店・植草部品を営む男性

植草菜々美——浩一の娘。植草部品の従業員

第一章

ニューフェイス暴力団周辺者の日常

1

1

「てめえら、何なんだ、昨夜の客の入りは⁉」

怒鳴り声と同時に、硬い物が飛んできた。ゴン、と音を立てて市岡真二の額に当たったが、床に転がったのを見ると、百円ショップで買った安物のマグカップだ。荒木田はけっして値の張る物は投げない。

真二と相棒の草塩悠人は、黙ってさらに頭を低くした。

「なんで、てめえらみたいな半人前に、おれのシノギを分けてやってると思ってる⁉」

二言めには恩着せがましいのも、荒木田のいつもの癖だ。

「そら、パーティー屋なんちゅうシノギ、手間かかる割りに儲からんからとちゃいますか」

悠人が場違いに能天気な声で言う。とたんに、今度は悠人の顔めがけてまた何かが飛んだ。

「――あッつーッ！」

もんどりうって悠人が横転する。

「いいか、集客がわるかった理由を分析して、改善策を考えろ。あすの朝までに報告書をまとめるんだ。ビジネスマインドがないやつは、こっちの世界でも生き残れねえぞ」

言い捨てて、荒木田は席を立った。部屋を出ていく後ろ姿を頭を下げたまま見送る。

「けっ。なーに言うとんのや。ビジネスマインドやて。笑わせるわ。オレら、マジメに働くんがイヤやからヤクザやっとるんやないか。なあ？」

荒木田の椅子にどっかり腰を下ろすと、悠人は葉巻入れを勝手に開けて、高級葉巻を口にくわえた。握っていたライターをカチンと鳴らす。

「それ、さっき投げつけられたやつかよ」

「そうや。手で掴(つか)んどいてな、顔に当たったふりしたんや。どや、うまいもんやろ」

「それよりおまえ、報告書やっとけよな。この頃、おればっかり書いてるんだから」

「あ、そりゃあかんわ。頼むわ、真二。おれが打つとあのボロパソコン、誤変換ばっかりしよってなあ。また荒木田に蹴飛ばされなあかんし」

片手拝みする悠人に、真二は舌打ちするしかない。

草塩悠人は真二よりひとつ年上の二十三才だが、古いヤクザ映画の大ファンだった。『昭和残侠伝(ざんきょうでん)』『日本侠客伝』『網走(あばしり)番外地』といった高倉健(たかくらけん)のシリーズはもちろん、菅原文太(すがわらぶんた)の出演した『日本の首領(ドン)』『仁義なき戦い』などの実録ものもほとんど見尽くしている。生まれ育ちは大阪だが、高校を中退してぶらぶらしているうち、地元にいられないような不始末をしでかした。東京に出て新宿で遊んでいるところを、歌舞(かぶ)

伎町を根城にする麦山組にリクルートされたというのが悠人の自慢だった。

別の組のヤクザ三人と大立ち回りした度胸を買われたと本人は言っているが、真二は信じていない。背はそこそこあるものの、痩せぎすで、力はなさそうだ。口八丁なだけなのではないか、と真二はこの相棒をあまり頼りにしてはいなかった。悠人が組員になりたいと本気で思っているのかどうかも、よくわからなかった。

現代のヤクザは先細りの衰退産業なので、どこの組もどんどん人が減っている。高度経済成長の時代には十万人越えだった組員が、今では二万人を割り込むありさまだ。とくにバブル崩壊からあとの減り方はすさまじく、毎年数百人が組を離れているという。

前回の東京オリンピック頃を描いたヤクザ映画では、大親分はみな大豪邸に住まい、幹部は高級外車を乗り回している。今ではそんなヤクザは絶滅危惧種どころか、絶滅確定種である。真二たちがいる麦山組も貧乏で、組員は十四人しかいない。そのうち六人は懲役に行っているので、娑婆にいるのは八人だけだ。

親分、もとい社長は芸能プロと探偵社とイベント会社を経営している。どれもたいして儲かってはいない。それを統合している新明興業というのが、真二と悠人の所属する会社だった。新明興業の社員ではあるけれど、麦山組の盃はまだ受けていない二人は、だからヤクザのインターンなのだった。

悠人は義理と人情のために白刃をふるう東映映画の健さんが大好きだが、麦山組の親分のためにどこかへ殴り込むかといえば、そんなことはしそうもない。真二にもむろん、その気はさらさらない。麦山親分は、ちょっとおっかない、ただの職場の親方でしかなかった。

「そうや真二、ほれ、『鈴蘭(すずらん)』のマスターな。こないだ飲み行ったら、ねえシンちゃん連れて来てよぉ、言うて、おまえの話ばっかりしとったで」

「うるせえって。いいかげんにしろ。ちゃっちゃと仕事行くぞ」

真二は思い切り不機嫌な声を出した。幼い頃からまるで女の子みたい、と言われることが真二は大きらいだった。そのあとには、可愛(かわい)らしいとか色が白いとかいったお定まりの言葉が続く。

母親がおもしろがってマッシュルームカットにさせていたので、服装によってはほんとうに女の子に間違われた。真二はそれが不愉快で、小学校高学年になるとスポーツ刈りを好むようになった。幼い頃から女子にはモテた。ところが思春期に差しかかる頃から、今度は同性愛者の男にも好かれるようになった。どちらも鬱陶しい。

2

わずか二百万円の手形を落とすようなことになったら、植草(うえくさ)部品もいよいよおしまいと世の中に触れまわるようなものだ。いざとなれば取引のあるわかくさ信用金庫に四百万円近い定期預金が積んであるし、都銀に預けてある家計の預金もたぶん三、四百万円はあるだろう。母が亡くなってから父が通帳を抱え込んでいるのでよくわからないが、父は真面目な性格だ。家計の管理は手堅いはずだった。

しかし虎の子があるから、と安心しているわけにいかない。仕事でまわしている当座預金が底を突きかけているからだ。

植草菜々美は私立大学を卒業すると、すぐに父親の浩一が経営する自動車部品販売会社に入社した。会社といっても、従業員は六名、浩一自身と経理を見ていた母も入れてだから、ほぼ家族経営のようなものだ。家族のほかにバイトの配送ドライバーが三人。

浩一が会社を起こしたのは昭和の終わりで、今から振り返れば日本経済の最盛期だった。ジャパンマネーが世界を席巻し、ロックフェラーセンターを三菱地所が買収するというシンボリックな事件もあった。日本全国の不動産価格で、アメリカ全土を四つ分買えるなどとも言われた。円高が進み、アメリカ車が売れだし、国産車も飛ぶように売れた。それにともなって修理工場やガソリンスタンドにも好景気の波が押し寄せた。植草部品のような末端企業にまでそれが及んで、バイトも増やした。

植草部品の社屋は、旧甲州街道沿いの角地に立っている。二階建てのモルタル建築だった。一階に営業カウンターを置き、二階が事務所、残りのスペースはすべてカイコ棚式の倉庫だ。築四十年の建物は老朽化が目立ち、いかにも貧乏くさかった。

いずれは鉄筋コンクリートのビルに移り、ゆくゆくは自社ビルを建てて、扱い品もどんどん増やそう。浩一にはそんな夢があったという。修理屋やスタンドへの量販品デリバリーサービスがメインだが、いずれリフト機や注油機、洗車マシンなど大物も扱えるようにしたい。

浩一の夢はあれこれと膨らんだが、バブルの生んだ好景気はあっけなくしぼんだ。バブルの頃には、腰が抜けるほどの立ち退き料をちらつかせて、不動産屋が地上げにやってきたが、パタリと姿を見せなくなった。いくらでも融資するから地所を買ってビルを建てろと誘っていた銀行も、まったく寄り付かなくなった。

そのあとは、植草部品も地を這うような苦しい日々の連続だった。うるさいほど鳴っていた店の電話が、一日鳴らないこともあった。

この頃、ひとつだけ明るい光が、植草家に射し込んだ。もうできないものと思い込んでいた子どもが授かったのだ。そういうわけで、菜々美が生まれたのは、両親がいちばん苦労していたその頃だった。植えた草の中に菜の花が美しく咲いている。菜々美の名前はそんな菜の花のように、明るく、地に足を根差して生きていけるように、という意味だと母から聞かされていた。

菜々美が大学を出た翌年、母が亡くなった。風邪ひとつ引かない健康自慢だったのが、検診で乳がんがあると言われた。見つかったときすでに第Ⅳ期で、手術も放射線治療も適用外という診断だった。一年経たずに命が尽きた。その後は浩一と菜々美が中心になり、ルートドライバー兼営業の社員がひとり、バイト二人でどうにかやりくりしている。菜々美自身もドライバー、書類作成、銀行やディーラーとの交渉ごとと何でもやった。

結局、事業拡大という父の夢は夢に終わるのだな、と思うこともあったが、寂しいとは思わなかった。親子二人、食べていくには不足はない。吹けば飛ぶような会社だが潰れも傾きもせず、平成不況だの失われた二十年だの言われる時代を乗り切ってきた。胸を張っていい。

ただし、菜々美自身が跡を継ぐのは、とうにあきらめている。もう小さな自営業が生き残れる時代ではなくなった。古馴染みの寿司屋、蕎麦屋、中華料理屋、自転車屋、本屋、酒屋、みんなこの二十年ばかりの間に店を畳んでしまった。自動車部品の卸も、大きなところが東京ばかりか関東エリアにチェーン展開して、修理工場、ガソリンスタンドを網羅している。植草部品みたいに、三多摩東部だけで商売しているような個人企業は、いずれ消えていくしかないのだ。

それでもいいじゃないの、とこの頃の菜々美は思っている。達観しているわけではないが、ものごとにはすべて寿命があるのだ。事業や商売にも盛りがあれば、必ず衰えがある。浩一の気が済むまで時代とそれなりにうまく付き合えたなら、以て瞑すべしだ。父の人生はわるい人生じゃない。

自分自身の人生はそれからまた探せばいい。就職するときに迷わなかったと言えばウソになる。けれど大学の頃の友だちで、一流企業に勤めた子たちだって、会えば愚痴ばかりだ。思うように人生を謳歌している子なんて、ほとんどいない。実家で働いている菜々美を羨む声さえあるほどだ。だから、もう少し父や会社の仲間たちとがんばってみよう。

そう思っていた。あのヤクザ者がやってくるまでは。

店の土地と建物を売らないかという話が最初に来たのは、半年ほど前、今年の春先だった。浩一は最初から本気にしていなかった。都心や湾岸ならともかく、何を今さら、と菜々美の前でも笑っていたくらいだ。

「お隣のアパートの大家さんも、この際だから土地はまとめて手放してもいい、とおっしゃっているんですよ。ええ、三棟すべてです。それから向こう角の連棟式店舗、じつは、あそこももう売却の条件交渉に入っている段階で」

だからあとは植草部品さんのこの建物だけなんです、と不動産会社の営業マンはうれしそうに愛想笑いを浮かべた。肩書は地元支店の営業課長になっているが、ひどく童顔の男だった。こうしてビジネスの話をしているのが楽しくてたまらないといった表情だった。

「それで複合ビルを建てるっていうの？」浩一が訊いた。

「そうなんですよ。一階は店舗を入れて、二階から上を住宅にする予定です。ぶっちゃけて言うと、もうコンビニとかミニスーパーの引き合いが来ているくらいでしてね。売却していただけるとすれば、けっしてわるい話にはならないと思いますよ」

「そう言われてもさ、あのアパートはもう老朽化してて、店子は半分もいないんじゃないの？　角の長屋だって、あそこはしょっちゅう店が入れ替わるんだよ。だれも居着かないんだ。そういう物件とウチといっしょに扱われても、ちょっとねえ」

「ごもっともです」

営業マンはおとなの話を聞く賢い子どものような目で、浩一のしゃべることに耳を傾けていた。「それでしたら、私どもの方で移転先の物件を提供させていただく、というのはいかがでしょうか」

「そう簡単に言うけどね、ウチらの店はそう簡単に移転なんかできないんだよ」

浩一はちょっとむっとして、ちらりと菜々美の顔を見た。話に加われという意味だな、と思って、菜々美は浩一の隣に腰を下ろした。

「もちろん、よくわかっております。ですが、お嬢さんの将来ということもありますから。ここらで心機一転するのもよろしいのではないかと」

営業マンはキラキラした目で菜々美に語りかける。この子どもっぽい顔をした男の接客姿勢を認めるに吝かでないが、やはり不動産屋は不動産屋だ。菜々美はそう思った。こっちは母のいた時代から数えれば、ここで三十年以上も店を張ってきたのだ。ディーラーや顧客との人間的なつながりがあるから、遠方には行けない。しかし近場で探すとなると、十分な倉庫スペースのある物件はなかなか見つからない。

「それにウチはクルマの出入りが多いですから」

菜々美はわざと強い口調で言った。「幹線道路沿いじゃないとダメだと思います。住宅地に近いと、騒音とか排ガスとか通行安全とか、すぐクレームが来ますから」

「でしたら、適当なところが見つかるまで、休業補償を出すというのではどうでしょう」

声を弾ませて言う営業マンに、浩一は「ダメダメ」と首を振った。

「ウチらの商売はね、お客が毎日使うものを毎日決まった時間に届ける仕事だよ。たまに行ってみようかと思うような高級レストランじゃないんだ。休業なんかしたら、あっという間にお客は逃げてしまうよ」

なあるほど、と営業マンは丸い目を宙に据えて、考え込んでいる。

「そのへん、私どもの方で、もう少し考えさせてください」

そう言ってから、童顔の男はふいに声をひそめた。「ただし、買い手の方はかなり急いでいらっしゃる様子でしてね。私どもでうまく話がまとまらないようだと、直接お宅の方になにか言ってこられるかもしれません」

「なんだい、それ。まさかヤクザが地上げに乗り出してくるわけじゃないだろうね。もうバブルの頃じゃないんだからさ」

冗談めかして浩一が言うと、まさかそこまでのことは、とこのときばかりは童顔男の声があいまいにぼやけ、考え込むおとなの男の顔になっていた。

ところが、ウソのような話がほんとうになった。

ディベロッパー会社の名刺を持った、ひと癖ありげな中年男がいきなり訪ねてきたのだ。これが不動産会社の言っていた買い手らしいというのは、すぐにわかった。それと同時に、この男の正体がヤクザなのではないかという見当もついた。男はふつうのサラリーマンの格好をしていたが、こちらを見る目に妙に威嚇めいた光がある。

話の内容は先日の不動産屋の男とほぼ同じだったが、こちらの男は目が鋭かった。笑顔をつくっていても、目はけっして笑わない。感情の熱が少しもない、爬虫類めいた目でジッと見つめられるのは、なんとも薄気味わるかった。

その男はまた来るとだけ言って帰ったが、数日も経たないうちに、植草部品の周辺では小さなトラブルがいくつも起こった。初めはルートセールスに出ようとしたバイトが、駐車場にチンピラみたいな男たちがいて気味がわるい、と訴えてきた。植草部品では近くの駐車場に四台のバンを置いていて、店の前に横付けして積み荷をする。そのうちに駐車場にバンを取りに行くと、ガラのわるい男たちがたむろして、わざと進路をじゃましたり、車体にぶつかってきたりするようになった。

バイトのうち、気の弱いひとりが「怖いので辞めたい」と言ってきたので、そのバンを取ってくるのは菜々美の役目になった。忙しい朝に迷惑だったが、バイトに辞められるのはもっと困る。しかし菜々美が駐車場に行くと、なぜか見慣れない若い男が二、三人、所在なげにタバコをふかしているだけだった。

そうこうしているうちに、今度は修理工場やスタンドから苦情が舞い込むようになった。

「おたく、なんか暴力団とトラブルでも抱えてるのかい」

親しくしている小久保（こくぼ）モータースの主人からそんな電話がかかってきたとき、菜々美はしまったと思った。あの連中のいやがらせは、顧客にまで及んでいたのか。

「いえ、そんなことありませんけど。どうかしました？」

つとめて平静な声で尋ねると、小久保モータースの主人は憤懣（ふんまん）やるかたないという口調でしゃべりだした。

「めずらしくムスタングの修理が入ってさ。ほら先週おたくにフォードの部品を頼んだろ？　あれなんだけど、きのう引き取りにやってきた男が、パーツをどこの部品屋から調達してるかって訊くんだよ。だからおたくの名前を出したら、植草の部品を使ったんなら、クルマは受け取れんと言うんだ。植草のところは平気でバッタものやら使い古しの中古品を売りつけるそうだからな、ってさあ」

「冗談じゃありませんよ」

　菜々美は思わず声を張り上げた。「この間納めたフォードの部品は、間違いなく新品の純正部品ですよ。なんなら、ディーラーの納品書をお見せします。それにウチで中古のパーツを使うのは、お客さんから依頼があったときだけですから。それは小久保さんでも、よくわかっていただけているはずじゃないですか」

「わかってるよ。おたくのオヤジさんとは長い付き合いだし、そんな真似する人じゃないって、何度も説明したんだ。けど、クルマは引き取れん、部品を総とっかえしろとゴネられると、こっちも商売に差し支えるからねえ」

「取り替えたんですか」

「しかたないだろ。見るからにヤクザとわかる男に、店先で怒鳴られてたら、仕事にならないもの。手間はかかったけど、どうしようもない」

すみませんでした、と菜々美は電話を耳に当てたまま頭を下げた。いったいどうしたの、何があったの、と聞きたがる小久保には、「いえ、大したことじゃないんです」と言葉を濁したが、このまま放置しておいたら大変なことになりそうな気がした。二度三度と繰り返されたら、小久保だってしばらく取引を遠慮したいと言ってくるに違いない。同じ手で他の得意先を次々に潰されたら、たまったものではない。

怒った浩一は相手方と話をつけようと、毎朝駐車場に出向いたが、チンピラたちとは一度も遭遇しなかった。そうしているうちにも、小久保モータースと同じようにイチャモンをつけられたという電話が、あちこちの得意先から入ってくる。

小久保と話をしてから三日め、駐車場に出向いた菜々美は唖然とした。植草部品のロゴを入れたバンが四台とも、すべてタイヤに穴をあけられていた。エンジンをかけてみると、異音がして車体がカタカタ揺れる。排気管に粘土を包んだボロ布が押し込まれていた。

ここまで妨害されては商売に差し支える。といって、チンピラを捕らえて黒幕と対決しようにも、相手は浩一と菜々美の前にはさっぱり現れない。姿を見せるのはバイトが車を取りに行くときと、得意先にばかりだった。手の打ちようがなくなって、浩一は菅谷モータースのオヤジに相談を持ちかけてみた。菅谷のオヤジは若い頃、暴走族のアタマとしてこのあたりで鳴らした男だった。今でこそ自動車修理工場の社長に収まっているものの、気性の激しさはあいかわらずで、植草部品の配送ドライバーにも怖がられている。

あのオヤジなら裏の世界のことにも通じているはずだ、と浩一は考えた。ああいう陰湿ないやがらせにどう対処したらいいのか、菅谷なら何か知恵があるかもしれない。それに、菅谷の俠気に期待するところもあった。菅谷はガタイが大きく、声にも迫力がある。顔ときたらそのまま実録もの暴力団映画に出してもおかしくないが、気風のいい男だった。弱い者いじめのようないやがらせに悩まされていると聞けば、男気を起こしてくれるのではないか。

「なんだい、そりゃあ。ずいぶんと薄汚ねえ遣り口だな」

父娘で菅谷を訪ねてみると、案の定、腕組みしたいかつい顔を赤らめて怒り出した。

「どこの組の三下だ、そのバカ野郎どもは」

「それがわからないから、菅谷さんに相談してるんですよ。私と娘の前にはけっして現れないんです。それでいて、周りにいやがらせをしてくる」

「神経戦ってやつだな、そりゃ。あんた、あんまり気に病んでると下痢するよ。神経性の下痢ってやつ。おれも経験あるけどよ。娘が初めてお産したとき」

菅谷のような男でも神経を病むことがあるのかと菜々美はおどろき、よっぽどむずかしいお産だったんですか、と尋ねようとしたが、今はそれどころではないと思い直した。

「それで、どうやったら相手を突き止められますかね」

「突き止めるもなにも、相手はそのナンチャラいうディベロッパーに決まってるだろうが。そいつを締め上げればいいんじゃねえのか」

「しかし、ふつうに訪ねて行っても、まともに応じてはくれないでしょうし」

「ようし、わかった。そのディベロッパーとかいうやつの名刺を貸してみろ」

菅谷は太い腕を突き出した。「向こうがヤクザ者なら、あんたみたいな堅気は相手にせんわな。こっちで面倒みてやった方が早い」

「ほんとうですか。そうしてもらえると助かりますが、菅谷さんに迷惑がかかるようだと」

「何を言ってんだ。こんな相談を持ち込まれたら、もう迷惑はかかってるじゃないか」

わははは、と破顔一笑した菅谷の表情は変に可愛げがあって、浩一も菜々美も思わず頬がゆるんでくるのだった。

3

「てめえら、いつまでも事務所でタダ飯食わしてもらえると思ったら、大間違いだぞ」

荒木田に睨まれると、真二も悠人もうつむくしかなかった。任されているイベント企画事業が相変わらず振るわない。異業種交流を名目にしたものから、就活のための企業担当者と大学生の情報交換会、地方政治家の資金集めパーティまで手がけるが、出会い系パーティは隔週ごと金曜夜に開いている。

経営責任者は荒木田の友人になっているものの、もちろん名義借りに過ぎない。バンドやマジシャンを入れ、立食スタイルで、百五十人から二百人がメドだ。男は優良企業のサラリーマン、羽振りのいい自営業者などを狙い、それなりの容姿の女を集める。とはいえ、女の三分の一はサクラだった。麦山組の経営する芸能プロや、知り合いのモデル事務所から日当払いで調達する。

パーティ券は荒木田の持つルートでほとんど捌ける。男にもサクラが数人いるが、かれらの役目は、一般男性の参加者に「特別な情報」を吹き込むことだ。ほかにもおもしろいパーティを知っているとか、常連になると、モデル級の美女をお持ち帰りできるオプションがある、とか。もちろんネットでも流す。

だが、この商売のネックは、新しい客を次々に捕まえないと続かないことだ。荒木田は真二と悠人によそのパーティに潜入するよう命じた。カモになりそうな男を勧誘して、パーティ券を売りつけるのだ。ノルマは各回ごとに三十名。

最初のうちはおもしろいようにカモが引っかかってきた。ひとりに売りつけると歩合が二千円になるので、微々たるものだが小遣い稼ぎにはなる。ところが数か月もすると、パタリとチケットが売れなくなった。客は一度は来てもリピートまではなかなかしないし、売れる範囲に売り切ってしまうと、後が続かない。荒木田はチケットを二人に買い取らせた。額面一枚八千円だから合計二十四万円、歩合の分が六万円だから、差し引き十八万円だ。これを売り切ればいいが、売り残すと次の週のチケット買い取りがむずかしくなる。

「なんで、こんなセコい商売にこだわるんやろな、あのオッサン」

悠人はたびたびこぼした。

「だから、いずれイベントの仕事はそっくり任せてやるって言ってたじゃん。修業させてるつもりなんだろ」

「修業になるか、こんなもん。荒木田のオッサンは債権取り立てだの、倒産会社の債権管理だので百万単位の儲け出してるんやろ？　パーティイベントなんか、せいぜい五、六十万のチンケなシノギやないか」

「だからな、そこが修業なんだってば。小さなことからコツコツと、だ」

しばらくは、真二は慰め役に回った。だが荒木田に支払うチケット代がきつくなってくると、そうも言っていられなくなった。二週間ごとに十八万円を払うのが重荷になった。

「これじゃ、オレたち、荒木田のオッサンに絞られてるだけやないか」

困り果てて、組に出入りしている島本という半グレの男に愚痴ってみると、

「おまえらもヤラれてんのか。荒木田さん、身内にまできつい追い込みかけるからな」

と苦笑して、逃げ道をひとつ教えてくれた。島本は警察の言う〈暴力団周辺層〉で、実家の土木建設会社で働いている、少年院帰りだった。

京王線の調布で、麦山組長の古馴染みだという爺さんがアパートの賃貸で食っている。稲村徳也というその爺さんはこっそり金貸しもやっていて、ケツ持ちはむろん麦山組だ。早い話が取り立てを代行してやっている。なんでも、若い頃は留学もした堅気の英語教師だったとかで、麦山親分とどういう関係なのかわからないが、仲はいいらしい。ひどく偏屈なジジイだが、このジジイに頼めば、金券やチケットの類なら引き取ってくれるはずだ。

島本にそう聞いて路地奥のアパートを訪ねると、稲村徳也は平家蟹の甲羅に似た顔をした、ミイラじみた老人で、身体はずいぶん小柄だった。

「置いていけ。捌けるだけは捌いてやろう」

ジロリと睨んで、稲村は手元の小型金庫から出した札をテーブルに放った。

「ただし、代金は売れた分だけの後日勘定だ。当座の金はすべて捌けたと仮定して払う。売れ残った分は、こっちの貸しだ。わかるな」

つまり仮に十六万円分のチケットを預けるとそれだけの現ナマを渡されるが、もし半分しか捌けなければ、残り八万円は稲村から借りている計算になるわけだ。

通りに出ると、さっそく悠人が口を尖らせた。

「なんや、けったいな話やな。よう考えたら、稲村の爺さんからカネ借りて、荒木田のオッサンに払ってるだけと違うか」

「よく考えなくても、そうなるんじゃねえのか」

やっぱ、そうやんか、悠人は肩を落とす。

「それにしてもおかしな爺さんやで。机の上にあった本、見たか？　下着の金髪ねえちゃんがエロポーズ取ってた表紙のやつ。あれ、英語の本やったぞ」

「そういうところだけは目が早いな、おまえ」

悠人がいきなり腰にまわし蹴りを打ってきたので、真二はわき腹にエルボーを食らわせてやった。悠人は「おー、痛え」と大げさに痛がってみせながら、愚痴をこぼした。

「稲村の爺さんから組には、月々、ケツ持ち料が支払われてるわけやろ。結局、荒木田のオッサンも稲村のジジイもそれぞれ儲けとって、損をするのは真二とオレばっかりやん」

それでもほかに逃げ道がなければ、稲村に頼るしかないのだった。十万、十五万と隔週ごとに借金は膨れ上がった。ふた月で五十万を超えたとき、二人は頭を抱え込んだ。下働き程度の仕事しかさせてもらっていないチンピラには、重すぎる負担だ。

組の会社では、ほかにブルーリボン芸能社のスタッフもやっている。だが、任されているのは腕力仕事だった。ブルーリボンは地下アイドルグループを囲い込んでいた。少女六人組のチームで、元ミュージシャンの男が表向きの主宰者だ。この元ミュージシャンと仲間に楽曲を作らせ、ライブハウスなどでショーを開く。経費は撮影会やファン・ミーティングで稼ぐ。インスタントカメラで一枚撮らせて千円。ファン五十人が二枚ずつ撮れば、十万円だ。ファン・ミーティングはミニライブと握手会で、二十万から三十万にはなる。

真二たちの仕事は、会場警備としつこいファンの追い出しだ。ほかのファンを怖がらせないよう、ニコニコしながら慇懃(いんぎん)に外へ出てもらう。出たら建物の裏手へ引きずり込んで、脅しつける。それで日給が五千円ぽっきり。財布はいつも限りなく軽い。

「これはもう返せへんで。カツアゲでもするしかあらへん」

窃盗、強盗などは組ではきびしく禁止されている。路上の恐喝も同じだ。小さな綻(ほころ)びでも見つければ、警察はすぐに手を入れてこようとするからだった。

「どこかで、マブくて尻の軽いスケでも見つけてこいよ。美人局(つつもたせ)でも仕掛ける方が手っ取り早くカネになるだろ」

「そんなもん、どこにおるねん」

今週も売り上げ目標には届かず、稲村老人を訪ねるしか手はなさそうだ。二人は暗い目を見かわして、ため息をついた。

「おい、おまえら。きょうはどこだ？」

その日も出かけようとしていると、荒木田が声をかけてきた。

「へえ。三鷹から調布まわって、あとブルーリボン社ですねん」

「ふん。ブルーリボンはなんだ」

「なんやわからへんけど、社長に呼ばれとります」

「ったく、しょうがねえな。こっちも手が足りてねえってのに。おまえらも、社長だからって気安く使われてるんじゃねえぞ」

いちばん気安く使ってるのはあんただろうが。喉もとまでそのセリフが突き上げてきたけれど、もちろんそんなことはおくびにも出さない。

「それからいつものやつ、頼むわ。数字はこれな」

メモを渡される。細かい字でいくつかの数字が書き込まれていた。

「今週はロトのほかに、ジャンボの分もある。ジャンボは締め切り近いから、忘れるんじゃねえぞ」

いっしょに渡された十万円を財布にしまう。悠人が恨めしそうに小声で言う。

「宝くじにポンと十万円かいな。いいご身分やな」

真二は横目で悠人を見やり、出口に向けてあごをしゃくった。言いたいことはよくわかる。荒木田はパー券を押しつけてきたり、組の用を言いつけたりするだけでなく、私用でも二人をこき使う。そのわりにくれる小遣いはショボい。たしかに麦山組の持ち物になっているアパートにタダで住まわせてもらっているが、築三十七年のボロアパートだ。しかも二人に宛《あて》がわれた部屋は、半年前に首つり自殺があった事故物件だった。

おまけに、組で出してくれる昼飯はいつも近所から出前するチャーハンばかり。肉も野菜もほとんど入っていない、しょっぱいだけの代物なのだ。

真二と悠人が担当させられている三鷹の案件というのは、不動産業界の支部長選挙をめぐってのトラブルだ。永倉《ながくら》という古手の現職に、沖田《おきた》という若手リーダーが挑む格好で、もう三年ばかり対立が続いている。永倉は先々代からの老舗《しにせ》不動産会社を経営している。沖田はもともと建機リース業者だったのが、十年ほど前から不動産に進出してきた新興勢力。よくある新旧の対立構図だった。

あるスジから、沖田商事をちょっと脅しつけてくれないか、という話が麦山組に持ち込まれたのが、二週間ほど前。荒木田はすぐにこのスジから、依頼元が永倉建物管理株式会社で、取り持ちが麦山組上部団体の、暴力団周辺者だと聞き込んできた。そこで、まず沖田商事に送り込まれたのが、真二と悠人だった。仕事は単純で、言いがかりをつけて怒鳴り散らす。店内にある物をデスクから叩き落としたり、蹴り飛ばしたりする。女性店員が泣き顔で震え出したところで、さっさと退散する。

この手の脅しを二度ほどかけたところで、荒木田が仲裁人として登場する。もちろん仲介人として二人ばかりクッションとして入れておく。タチのわるいチンピラを押さえてくれる顔役という役まわりだった。言うまでもなく、永倉からも礼金は出ている。ここまではよくある定石だが、荒木田の遣り口はもう少し芸が細かい。真二たちが沖田商事の社員を殴ってケガさせたので、警察沙汰になりそうだ、と吹き込んで永倉を脅したのだ。

永倉は動顚した。チンピラが捕まって証言を取られでもしたら、大失態である。支部長選挙どころではない。社会的生命の危機だ。警察が動く前にチンピラを高跳びさせるからカネを出してくれと言われれば、ひとたまりもなかった。

こうして相手が反社会的団体と知りつつカネを出した証拠ができれば、今度はそれが新たな恐喝のネタとなる。

きょうの仕事は、二人で永倉建物にお詫びに行く、というものだった。お詫びと言いながら、実際は脅しなのはあきらかだった。政敵の沖田商事に差し向けた鉄砲玉に、自分の会社をうろつかれたのではたまったものではない。社員たちが胡乱な目で見つめる中で、永倉は禿げかけた頭に汗の粒を浮かべて、裏口から真二たちを押し出した。ポケットに万札が何枚かずつねじ込まれていた。

「けど、荒木田のオッサン、えげつない真似しよるわ、ほんまに」

くしゃくしゃの万札を引き伸ばしながら、悠人が言う。「あれでオッサンにはこの百倍くらいの札束が転がり込むんやで」

「だから、よく言うじゃん。ヤクザにものを頼むなってさ。いったん関わったら、とことん搾り取られる」

「けど、反社を使いこなすやつだっておるだろ。持ちつ持たれつ、ちゅうか。ほれ、何とかいうた大物がいたやないか、関西の大銀行の頭取かなんぞで」

「寄生できるくらいでかい相手ならな。けど、あれだって最後は銀行に検察の手が入ったじゃん。ましてショボい相手は、血を吸い尽くしたらポイだ」

「うへえ、任侠道、いまいずこやな」

二人は調布駅から稲村のアパートに向かう道をとぼとぼ歩いていた。

商店街のアーケードは昼下がりのせいか、空いている。2020年東京オリンピック・パラリンピックを成功させよう、という横断幕がビルの高いところに掛かっていた。年が明ければいよいよオリンピックイヤーだ。

アーケードが尽きる手前に、全面ガラス張りのパン屋がある。くそまずいチャーハンは食べ残してきたので、小腹が減っていた。パンでも買うか、と悠人に声をかけると、「シーッ、ちょっと黙っとけ」いやに熱心にガラスの向こうを見つめている。

指さす先にいるのは、すらりとした若い女だった。銀色のトレイにパンを六つか七つ載せて、レジの前に並んでいる。セミロングの髪を左肩で結んでいた。

「あれな、例の自動車部品屋の娘やぞ、たしか。ほれ調布の、甲州街道沿いの」

ああ、あれか、と真二は気のない相づちを打った。麦山組がどこかよその組から頼まれて、部品屋を立ち退かせる下工作をしている話は聞いていた。半グレのニートを何人か連れて、悠人がいやがらせを仕掛けているらしい。暴力団は人間関係が命、と言ってもいいから、いわゆる血筋の互助関係は強い。だから、ある一家に敵認定されると、そことつながる組織すべてから睨まれかねない。

「あの女な、ああ見えてめっちゃ気ィ強いねんわ。難攻不落やで、あの部品屋」

「よくそんなつまんねえ仕事、受けるな」

「よう言うわ。自分はどんだけ高尚な仕事しとるねん」

パン屋から出てきた女は、アーケードを出てとっつきのビルの前で、また立ち止まった。ビルの一角に、宝くじ売り場がある。ちょっと考えてから、女は窓口に近寄っていく。

「ほう、宝くじとか買うタイプなんか、あのねえちゃん。庶民的やな」

庶民そのものだろ、場末の部品屋なんかと言うと、そやない、オレら外れもんには堅気の娘は高嶺の花やないか、と悠人はめずらしく感傷的なことを言った。二人してなんとなく、部品屋の娘が駅の方向へ遠ざかるのを見送った。

「忘れるとこだった。オレたちも宝くじ買っとかないとな」

「そやそや。忘れよったら荒木田にデコピン食わされるで」

デコピンですむか、バカ、と鳩尾に裏拳を見舞って、真二は荒木田に渡されたメモ紙を引っ張りだした。それを見ながら、窓口に声をかける。

「えーと、ロト6のシート四枚ね。あとハロウィンジャンボを二百枚。各組から、18万台だけ十枚ずつちょうだい。連番で」

「はいはい。ロトシートはそこにあるからどうぞ」

売り場のおばさんは顔なじみに言うように気安く応じる。ロト6はオンラインくじのひとつで、1から43までの数字のうち、六つを選んでチェックする。週に二回抽選日があって、コンピュータが無作為に当選数字を選び出す。六つとも的中すれば、理論値では最高で賞金二億円をゲットできる。当選者が複数いれば、頭数で割るから取り分は減るけれど、誰も当てられなければキャリーオーバーといって賞金は積み上がる。

荒木田はヤクザのくせにサイコロにも花札にも手を出さない。その代わり、ルーレットとこのロトが大好物だった。ロトのなかでも、リターンの大きい7(セブン)ではなく、6を好む。7だと賞金は六億円まで上がるが、当たる確率が下がるからだ。これまでに五十万円ほどを一度当てたことがあると言うが、損金はその何倍にもなるだろう。

「ジャンボは十枚ずつ二十組ね。組は百組まであるけど、お好みの組番は？」

「それは適当でいい」

おばさんは振り向いて、座席の後ろに山積みになった包みを手前に置き直した。

「ほんとはこんなこと、お客さんに言っちゃいけないんだけどさ。こういう買い方されるの、売り子泣かせなんですよねえ」

「へえ。なんでよ」

「宝くじって、何十ユニットあっても、売り場には一万枚ずつの束で送られてくるんですよ。10万台から19万台まで、十万枚がひと組でね。だから各組の18万台から十枚と言われると、一万枚のなかから十枚抜かなきゃならないでしょ」

そうすると、あとが面倒なんですよ、とおばさんは面倒でもなさそうにテキパキ作業を進めながら言う。番号や組にこだわりのない客ばかりなら、束の上の方から順番に売っていけばいい。だが荒木田のような客が次々に来たら、どうなるか。ひと綴(つづ)りのあちこちが虫食い状に穴があく。どの束が現在どういう状況にあるかを、いちいち把握しておかないといけないから、とてつもなく手間がかかる。たとえば、ある組のある番号をくれと言われたとき、その券が売り場にあるかないかわからなければ、商売にならないのだ。

「へえ、そうなんや。わがままゆうて、すんまへんなあ」

悠人がへらへら調子を合わせる。

「ま、残り物には福があるって言うからね。どうぞ当たりますように」

「別に当たらんでもかまへんけどな」

「そんなこと言ってたら、運が逃げちゃうよ。それからね、もしも高額当選したときは、ここの売り場で買ったことを覚えておかないとダメよ」

換金は銀行本店でおこなうので、そのときにどこで買ったかを必ず訊かれるから、とおばさんは真顔で説明する。宝くじ抽選券はすべてバーコード管理されていて、どの売り場に何組の何番の券が配送されたか、すべてデータ化されているのだ。だから当選券を盗んだり拾ったりしても、売り場を特定できなければ支払いは保留される。手続きがストップしてしまうのだ。

「へいへい、さいでっか。おばちゃんみたいな美人から買うたら、忘れまへんて」

悠人はカードと券を受け取ってバッグに入れる。十メートルほど歩いたところで、

「お、そうや。真二、小銭持っとるか」

「ちょっとしかないな」

「どうせ稲村ジジイのあと、ちょこまか動きまわらんといかんやろ。ちょい待ち。そこで万札くずしてくるわ」

悠人は宝くじ売り場に引き返すと、真二を振り返った。

「どや。ついでにオレらも一枚ずつ、ジャンボ買うとこうやないか。ひょっとしたら、当たるかもしれへんで」

「おまえといっしょに買ったら当たる気がしねえよ」

すぐにもどってきた悠人は、ハロウィンジャンボの券をひらひらさせて、

「荒木田のオッサンに乗っかろう思うてな。さっき買うた券の続きを二枚、買うてきた。あのオッサン、悪運強そうやからなあ」

渡された券を眺めて、真二は、これが当たるといくらになるんだ、と訊いた。

「一等三億円、二等一千万円や」

「それで、全部で何枚売り出されてるんだよ」

「発行枚数は九ユニット、一ユニットは一千万枚やて」

「それじゃ当たるわけねえだろうが」

ラーメン屋、焼き肉屋、不動産会社の支店、手芸品店、キョロキョロしながら駅に

向かって歩いていると、いきなりにぎやかなマーチが聞こえてきた。先頭にチューバみたいな大きな管楽器がキラキラ光を弾いて、トランペットやホルン、その後ろにクラリネットとタンバリン、最後にシンバルが続く。陽気なラテン音楽バンドのあとからやってくるのは、メキシコ、ブラジル、ペルーといった中南米の国々の小旗だった。

「なんや、これ？　なんかのお祭りか？」

カラフルな民族衣装を装った人々が、それぞれの小旗を打ち振っている。〈ラテンアメリカ・フェスティバル〉と花文字で描かれた横断幕が見えた。最後尾に付いたワゴンカーからマイクの声が響きわたる。

「……ラテンアメリカの音楽とダンス、代表的な家庭料理も取り揃えております。みなさま、お誘いあわせの上、どうぞ調布ミリオンホールまでお越しください」

ペネロペ・クルスの若いときみたいな美少女が、こっちを見て花束を振っている。

「見てみい、あの可愛いねえちゃん、オレのこと見つめとるで」

悠人がへーイと叫んでジャンプすると、ペネロペねえちゃんは片手に持ったデジカメを向けて、なにか叫んだ。悠人もあわててスマホを出して、カシャカシャ撮りだす。周りで見物している中にも、スマホを構えているのが幾人もいる。エメラルドグリーンやスカイブルーやローズピンクの色彩が流れて、駅の方へと向かっていく。

「なんやろな、あれ」

「中南米から働きに来ている連中だろ。それでフェス開いて、地元住民と親交を深めるみたいな」

「おー、ええやんそれ。あのねえちゃんとしっぽり親交深めたいわ。なあ、あとでミリオンホール行かへんか」

「ほんとにおまえ、ノーテンキだな」

大通りから二つ角を折れただけで、ウソのように静かな住宅街に入る。ブラスバンドの音が遠ざかり、駅のアナウンスが風に乗って思いがけず近く聞こえた。

路地に入る。南北にまっすぐ延びる道だが、クルマが入ってくると、歩行者は塀に張りつかなければならない。もちろん一方通行だ。築年の古い一戸建て（こだ）が並んでいる。ブロック塀や板塀から植木が貧弱な枝葉を伸ばしていた。

道を三十メートルほど行ったところに、稲村のアパートがあった。三棟が道路に対して横向きに建てられている。ひと棟に八室あるから、家賃の上り（あが）はかなりあるはずだ。ただし建物は古い。クリーム色だったモルタル塗りの壁が灰色になり、窓枠を囲むように黒カビが侵食している。

稲村徳也はまんなかの棟のひと部屋を事務所に使っていた。いつも開いているアルミ門扉から入り、裏側にある通り廊下にまわる。幅一メートルくらいのコンクリ廊下は、洗濯機や自転車、スチールボックス、ゴミ捨てのポリ容器などがびっしりと並んでいた。住んでいるのはほとんど独り者らしく、昼間のアパートはしんと静まり返っていた。

いちばん奥が稲村の部屋だった。夕方まではたいていここにいると聞いていたが、インターフォンを押しても、室内はしんとしたままだった。

「爺さん、おらんのかいな」

悠人がドンドンとドアを叩く。

「イナムラさーん、警察でーす。開けてくださあい」

「そういうの、やめろって」

「そやかて、爺さん、サツにいっち敏感やろ」

何度叩いても反応がないので、しゃーない、家の方に行ってみよか、と悠人は歩き出した。稲村の住まいは同じ敷地の内で、アパートのあいだを抜けたすぐ先にある古い平屋だった。めったなことでは住まいに他人を入れたがらないと聞かされていたが、かまわず玄関先に足を運ぶ。

「年寄りだから、具合わるくなって寝込んでるのかもしれないな」

「死んどったりしてな」

悠人はためらいもなく、カラカラとよく滑る引き戸を開けた。

「稲村さーん、荒木田の使いのもんですが」

声を張り上げてみたが、返事もなければ人の動く気配もしない。

「なんや、不用心やなあ。誰もおらんなら、金目のもん、もらっていきまっせえ」

ふと、真二は耳を澄ませた。奇妙な音が聞こえたような気がした。建付けのわるい戸を無理にこじ開けるような、耳障(みみざわ)りな擦過(さっか)音……？　かすかに遠ざかる足音を聞いたような気もする。いやな予感がして、真二はスニーカーを蹴り脱いで、式台に駆け上がった。

「おいおい、勝手に上がってもうて、かまへんのか」

ああ、と言い捨てて、正面にある重そうな板戸に手をかける。飴(あめ)色にくすんだ二枚の板戸はぴたりと閉まっていて、カタリとも動かない。玄関廊下の左手の突き当たりにも板戸がある。カラリと開いたその先はまた板廊下だった。真二は身体をひるがえし、左の方向へ突進した。

「おいおいおい。知らんぞ」

廊下は先で鉤(かぎ)の手に曲がっている。両側は砂壁が続き、突き当たりはガラスの格子窓だ。その手前で左にふすまの引き戸がある。真二はふすまを思い切り、引き開けた。

「――こ、こら、どういうこっちゃ⁉」

悠人の声が鋼のように硬くなった。

六畳ほどの畳の部屋に、カーペットが敷かれ、座卓とざぶとん、ひとり用サイズの冷蔵庫と食器棚。壁ぎわにガラス引き戸の付いた本棚が二つ。対面の壁に八号くらいの、テーブルとフルーツバスケットを描いた静物画。居間と思われるその部屋には、けれど生活感のある雰囲気に似つかわしくないものが二つあった。

ひとつは建設会社の事業所にでもありそうな、頑丈一点張りの金庫だ。そしてもうひとつは頭から血を流して倒れている、小さな老人の身体だった。金庫の扉は大きく開かれ、老人の瞬き（まばた）しない目は赤黒い血を眼窩（がんか）に溜（た）めたまま、じっと宙を見つめていた。

4

一週間ほどすると、いやがらせはピタリと止まった。駐車場にチンピラがたむろすることもないし、得意先に無理なクレームをつける客もいなくなった。

菅谷モータースに電話を入れて、お礼に伺いたいと言うと、

「いちいち、めんどくせえことするなよ」

と菅谷は取り合わなかったが、機嫌はよさそうだった。菜々美はすぐに菓子折りを用意して、浩一に礼金の相談をした。いくら包もうかと浩一は首を傾（かし）げ、万札を五枚入れたが、考え直して十枚にした。こういうことが一度で収まるとは思えなかったからだ。また菅谷の力を借りる必要があるかもしれない。

「いや、なに、それほどのことをしたわけじゃないんだ。こんなことをしてもらっちゃ、かえってわるいようなもんだな」

そう言いながらも、菅谷は無造作に封筒をツナギの胸ポケットに押し込んだ。事務室の冷蔵庫から缶コーヒーを三本取り出すと、カウンターに置く。ふだんブラックしか飲まない菜々美は、ミルク入りの甘いコーヒーをお義理で口に含んだ。

「暴れてた頃の仲間でな、今は正業に就いてるやつらが何人かいる。そのうちのひとりが桜木（さくらぎ）会の幹部とマブダチなんだ。こいつにちょいと口を利いてもらっただけのことさ」

桜木会と聞いて、菜々美は浩一と思わず顔を見合わせた。胸が騒いでいる。桜木会はれっきとした広域暴力団で、世間にも名前をよく知られている。チンピラを追い払ったのはいいが、もっと始末に負えないものが近寄ってくるのではかなわない。

「ですけど、そういうところに口利きしてもらったとなると、菅谷さんにご負担がかかるんじゃありませんか」

顔を曇らせている浩一の代わりに、菜々美は正面から尋ねた。コワモテの菅谷も、菜々美に口を利くときは多少言葉が柔らかくなる。

「いや、その心配はいらないんだ。あの世界は貸し借りの義理というやつが重く見られるんでね。おれの仲間に借りのある相手に、処理を頼んでもらったわけよ。だから、今度のことはちっぽけな貸しを返してもらっただけのことさ」

「そうすると、そのお友だちも菅谷さんに借りがあったんですか」

「まあ、そういうことになるかな」

「それだと、今度はウチが菅谷さんに借りを作ったことになりますね。どこかでそれをお返ししないと、貸し借りのバランスシートが成り立ちませんから」

「あんた、顔に似合わず理屈っぽいんだな」

菅谷はいかつい顔をほころばせて、胸ポケットを叩いた。

「だが、その借りならもう返してもらってる。それで足りないと思うんなら、そうだな、次に来るとき、ファンベルトの十本もサービスしてくれよ」

「お安い御用ですよ。なんなら、外車ディーラーから販促品を箱ごと持ってきてもいい」

浩一がようやく笑い顔を取りもどして言った。外車ディーラーの販促品には、デザインや色使いが変わっているものがあるので、女性受けするのだ。菜々美はいま店にあるサービス品を思い浮かべてみた。ポルシェのキャンプストゥールはいいかもしれない。座面がチェッカーフラッグ柄で、とても軽い。

「とにかく、これで一件落着だろう。せいぜい商売に精出して損した分を取り返すんだな」

そうなずきかけて、菅谷は、ああそう言えば、とちょっと目を天井へ向けた。「前にも話したと思うけど、おたくで注油機とか洗車機は扱ってみる気はないのかね」

「そりゃ、扱いたいですけどね。ウチなんかじゃ、メーカーさんが相手にしてくれないし」

「いや、おれの知り合いが横浜で重機のリース業をやっていてね。注油機やら洗車機のリースも扱っているんだが、八王子、立川辺りで代理店を探してるんだ。おたくはエリアから少し外れるけど、もしその気があるんならやってみちゃどうかな」

リース業ならできないこともないかな、と浩一が自分に言い聞かせるようにつぶやく。

「仮定の話だが、リース契約なら五パー、中古品販売なら八パーまで、コミッション料を出してもいいっていうんだけどな。どうだろう?」

いい話かも、と菜々美は思った。注油機は知らないが、洗車機は高級機の新品で六百万くらいだと聞いたことがある。中古ならモノにもよるが、四割まで下げられるとしてざっと二百五十万。八パーのコミッションなら二十万にはなる。リース料が二十万としても、一機につき一万円。十機仲介すれば、月々十万円だ。現在の植草部品にとってはまずまずのプラスと言っていい。

「慣れるまでは大変だろうけど、代理店業務なら大丈夫なんじゃないかね。なにも新品の機械を買ってくれっていうわけじゃないんだから」

「まあ、それはそうだけど。ただ、そうなると機械のメンテなんかも仲介しなきゃならないわけですね」

「そのくらいの手間はしようがないさ。ま、よく考えてみてくれや」

この話はこれでおしまいだ、というように、萱谷は缶コーヒーを飲み干した。スナップを利かせて隅にあるゴミ入れに空き缶を放り込む。

「その気になったら、いつでも電話してくれ。先方に紹介するからさ」

いなほ銀行八王子支店のロビーはＡＴＭが十二台も並んでいた。どの機械にも利用客がいて、その後ろにも数人の列ができている。窓口は六つあった。奥で執務している行員はざっと数えても十四、五人はいるだろう。地銀とはいえさすが銀行で、いつも利用している地元の信用金庫とは大違いだ。女子行員のユニフォームからして、国内線航空のフライトアテンダントみたいにしゃれている。

フロア係の女子行員が二階へと導いてくれる。小会議室を借りてあるからと言われていたので、そのドアを開けて入ると、ビルの間に高尾山（たかおさん）辺りの関東山地がのぞいていた。

浩一は緊張しているのか、どこに座ったらいいのかわからず、うろうろしている。

二人並んで壁側の席に着くと、先ほどの女子行員がお茶を運んでくれた。約束の時刻を五分ほど過ぎた頃、廊下に足音が響いて、男が二人入ってきた。

「やあ、遅れて申しわけありません。環状線がちょっと混んでいたものですから」

仕立てのいいグレーのスーツにピンクのネクタイを締めた男が、直立姿勢をとって頭を下げる。浩一も菜々美もあわてて席を立って、深々とおじぎをした。もうひとりのやや若い男は、リクルートスーツのような地味ななりで、後ろにつつましく控えている。

男の差し出した名刺には〈大洋リース株式会社　営業部第二営業課長　揖斐川英雄〉とある。前もって電話でやりとりしたとき、相手はたしか「営業部のいびがわ」と名乗っていたはずだった。これで〈いびがわ〉と読ませるらしい。

「初めての方には、よく首を傾げられるんですよ。岐阜県の西の端、もう滋賀県に近いところですが、揖斐川町というところがありましてね。先祖がそこの出身なんです。町の名前になっている揖斐川というのは、南へ下って伊勢湾まで流れています。なかなか景色がよくて、見どころのたくさんある土地ですから、ご縁がありましたら、ぜひひとつ――」

さすがにベテランの営業マンらしく、揖斐川の話はうまかった。気をそらさずに揖斐川町の観光名所の話などしながら、気がついてみると、テーブルの上に契約書類が並べられている。書類は三通あって、リースのそれぞれのケースについて、細かい数字がそこに打ち込まれている。

浩一は真剣な顔で書類に目を通していた。新しくお茶を運んできた女子行員が、揖斐川の前に茶碗を置く。若い男が女子行員に何かささやくと、まもなく入れ替わりにスカイブルーの上着をつけた別の男が上がってきた。さっきロビーで客の案内をしていた男だろう。

「ところで、ぶしつけですが、電話でお話しした手形はお持ちになられましたか」

揖斐川が愛想よく言った。植草さんとは初めてのお付き合いになるので、形ばかりだが、経営状態をチェックさせてほしい。揖斐川が電話でそう言ったとき、浩一も菜々美もそれは当然だろうと思った。重機にしろ車輛関係機械にしろ、高額なものである。リース仲介や中古品販売とはいえ、危ない会社とは手を組みたくないはずだ。

まさか帳簿を見せていただくわけにもいきませんから、見せ手形を用意していただければありがたい、と言われて、浩一はとまどった。見せ手形？　手形を切ったように見せかければいいということか？

すると揖斐川は「まあ信用調査をするとか、商業登記を調べるとかしてもよろしいのですが、あまり堅苦しいのもおたがいナンでしょうから」と笑い声を響かせ、形の上だけ手形を揃えてもらえばいいと言ったのだった。いくらの手形を切ればいいのかと訊くと、「そうですね。洗車機の中古品だと最上のもので四百万くらいですから、そのへんでお願いできますか」という話だった。受取人と振出日、支払期日は白いまでけっこう、という申し出を、浩一は素直に了承した。

揖斐川は、あとは顔合わせのとき、植草さんから取引のある金融機関に電話していただくだけです、とかろやかに言った。要するに、この金額で手形を落とせるという保証を取り付けてくれ、ということだろう。それを確認次第、具体的な商談に入りたい、と揖斐川は言った。

浩一は菜々美と相談して、家計の普通口座から一部の預金を移し、信金の当座口座に六百万円ほどを用意しておいた。

「ああ、すみません。いちおう上司にも見せたいので、コピーを取らせていただいてもよろしいでしょうか」

「ええ。どうぞ」

スカイブルーの上着の男に手形を渡しながら、揖斐川は若い男に「間違いがあるといけないから、きみもいっしょに行きなさい」と指示した。

「では、申しわけありませんが、お電話のほうをひとつ」

浩一はうなずくと、信金に電話を入れた。近々四百万円の手形を切りたいんだが、問題はないよね、と尋ねると、懇意の担当者は笑いながら、このあいだ積み増ししていただいたばかりですから、と答えた。揖斐川が電話を替わりたがるかと思ったが、そんな様子もなく、ただ浩一の口ぶりに耳を澄ましているだけのようだ。電話が終わると、揖斐川はにっこり笑って頭を下げた。

やれやれ、これで信用チェックは済んだらしい。あとは具体的な契約内容を詰めるだけだ、と菜々美がホッとしたとき、揖斐川の携帯電話が鳴った。

「あ、ちょっと失礼。すぐもどります」

上司からでもかかってきたのか、揖斐川は少しあわてたふうに立ち上がると、話しながら廊下へ出て行った。菜々美と浩一は、どちらからともなく顔を見合わせて、微笑をかわした。洗車機のリース先については、もう二つほどメドをつけてある。古馴染みのガソリンスタンドで、どちらもローンにしてくれるならいずれ中古の高級機を買い入れてもいいと、好感触の反応だったのだ。

おかしい、と先に言いだしたのは、菜々美のほうだった。揖斐川が廊下に出て行ってから、七、八分も経った頃だろうか。

「揖斐川さん、電話長すぎるんじゃない？　それにコピーを取りに行った人も、ずいぶん時間がかかってない？」

用談中の電話は、できるだけ手短に切り上げるのがマナーだろう。やむをえず席を外すにしても、いったんはもどって相手に断るべきではないのか。それに手形一枚のコピーにこんなに時間がかかるはずもない。

「そうあわてることはないよ。なにか会社で厄介なトラブルでも起きたんだろう」

浩一は落ち着いて首を振った。用談相手といっても、これは大洋リースが発注側でこちらは仕事をいただく立場だ、対等という話じゃないんだよ、と浩一は菜々美を諭した。

「そんなことはわかってるけど」

「いわばウチは下請けみたいなもんだ。長電話で待たされるくらい、なんでもないさ」

「……そうなのかなあ」

「おまえは母さんに似て、ちょっと心配性だからな。コピーにしたって、取りに行ったのはここの銀行の係じゃないか。おかしなことになるわけがない」

うーん、と菜々美はしぶしぶ椅子に腰を下ろした。コツコツと靴音が聞こえて、ハッとする。開いたままのドアの向こうを、書類を抱えた若い女子行員が会釈して通り過ぎた。どうやらこの小会議室の奥には、支店長など幹部行員の執務室があるらしい。

十五分は過ぎたと思われたとき、菜々美はまた立ち上がった。浩一が訝しげに見上げたが、目にはやはり不安の色が浮かんでいる。

「やっぱり、おかしいよ、これ。絶対、なにかある」

菜々美は手早くショルダーバッグを抱えると、ドアへ向かって歩き出した。

「おい、どうするつもりだ」

「さっきのフロアにいた男の人、探してわけを訊いてくる」

浩一も気が気でなくなったらしく、ぎくしゃくと立ち上がる。

たっぷり外光を採り入れた明るい階段を降りると、菜々美はフロアを見まわしてスカイブルーの上着を探した。自動記帳機のそばで、老婦人になにか説明している後ろ姿がすぐに見つかった。ああよかった、と菜々美は胸を撫でおろした。

「あの、ちょっとすみません」

老婦人に話しかけながら記帳機を操作している男に、声をかける。

「はい。――少々お待ちくださいませ」

振り向いて笑顔をつくった男の顔を見て、菜々美の中に予感めいたものがひらめいた。違う顔だった。ついさっき二階で手形を受け取った男とは、どう見ても別人だ。では、手形をコピーするといって階下に降りて行ったあの男は、どこにいるのか。

「もうひとり、その上着を着た男性の方がいますよね？　あの人はどこに？」

「……申しわけございません。おっしゃることがわかりかねるのですが、その――」

「だから、もうひとりのその上着を着ている人よ。いま、どこにいるの？」

「これを着ているのはフロア係ですが、この支店には私ともうひとり女性行員がいるだけでして。もうひとりの男性というのは、失礼ですが、なにかのお間違えでは――」

スッと陽が翳るように、目の前が暗くなった。やっぱりそうだったのだ。あのフロア係の格好をした男は、この銀行の人間ではなかったのだ。どういうことなんだ、と後ろで浩一がつぶやいている。

やられた。手形のパクリだ。大洋リースの揖斐川と名乗った男も、連れの若いリクルートスーツも、あのニセのフロア係もみんなグルだったのだ。

菜々美は床がうねるような気がして、思わずそばのソファの背に手を突いた。顔が冷たくなる。貧血を起こしそうな、空気が薄れていくような感覚の底に、「なぜ？」という疑惑が黒々とわだかまっていた。

見せ手形などという単純な手口に手もなくひねられてしまったのは、相手が大洋リースの人間だと信じ込んでいたからだ。フロア係と同じような上着を着るだけのトリックにころりと騙されたのも、銀行の人間だと頭から思い込んでいたからだ。

けれど、なぜあの男たちは、浩一と菜々美が大洋リースの担当者と会うことを知っていたのだろう。なぜ？　それとも、大洋リースとの話そのものが仕組まれた嘘だったのか。

なにかつぶやいた浩一が、操り手を失ったマリオネットのように、くたくたと床に膝を突くのが見えた。

5

ショックから覚めるのは、真二のほうが早かった。

稲村老人の顔は、京劇に出てくる猿の面のように真っ赤だった。頭からかなり出血したようで、白髪が無数の赤黒いトゲみたいに額の上で突っ立っている。もともと醜怪な容貌(ようぼう)だけに、まだぬらぬらと光る血に染められた顔は恐ろしかった。

稲村は座卓の向こう側で、壁に頭をもたせかけるように倒れている。そのすぐそばにある金庫にも血が滴(したた)っていた。稲村の長袖ポロシャツは、大量の血液を吸ってべったりと体に張りついている。こんな干からびた老人でもこれほど出血するものかと思うくらい、血は至るところに飛び散っていた。座卓の上にも、畳の上にも、壁の上にも、べとつくような染みがいくつもできている。

座卓の上に茶碗の類はひとつも出ていないから、老人を襲った犯人は客ではなかったのだろう。ひとりでくつろいでいるところへ、いきなり侵入してきたということか。

「見てみい、これ。借用証がたんまりあるわ」

金庫をのぞき込んでいた悠人が、咽喉の詰まったような声で言う。金庫のなかは三段に分かれていて、いちばん上の段にはバインダーやクリップでまとめられた書類が、うず高く積まれていた。束の何冊かは金庫の前になだれ落ちている。

「オレらの分もあるで、きっと。ついでやから、盗んだろか」

真二と悠人の借金は五十万円を超える程度の金額だが、殺人事件となれば警察も捜査の手を緩めることはないだろう。借用証が残っていれば、捜査員がその名義人をシラミ潰しに調べてまわるのは当然だ。しかも二人はこうして事件直後の現場に足を踏み入れているのだから、アリバイもない。さらに言えば、真二と悠人はまともな社会人でもない。警察用語で言う暴力団周辺者だ。ショボいとはいえ動機があって、アリバイがなく、ヤクザの関係者。相当に心証はわるい。

「よし、オレたちのを探せ。数か月前からのだから、たぶん上の方にあるはずだ」

悠人が紙の束をめくろうとしているので、「指紋！」と声をかける。おう、そうやった、と悠人は指にティッシュを巻いて、どんどん紙をめくっていく。そのあいだに、真二は部屋のあちこちにくまなく目を走らせた。もしも捜査の手が自分たちの近くに伸びてきたときのために、なにか犯人につながるものを見つけておきたいという、いわば自衛本能だ。

「お、あったで。先月の分」

悠人が叫んでVサインを送ってくる。

「いいから、急げ。もしだれか訪ねてきたら、大変だぞ」

真二はふと壁ぎわの本棚に目を止めた。右側の書棚は上下に仕切られていて、それぞれ三段ずつの棚がついているが、スライド式のガラスが上下とも引きあけられている。ところどころ本の列が乱れていた。手前に引き出されたままになっている本があるし、横積みされた文庫本の山が崩れているところもある。左側の書棚がきちんと整理されているだけに、その乱雑さが気になった。

ざっと書名を眺める。おもに小説や歴史書が多いようだ。それと翻訳書。下の段の半分ほどは英語の原書に占められている。稲村はむかし英語教師をしていたらしいと島本が言っていたのを思い出した。

「こうしたらどないやろな。オレたちの分だけやのうて、借用証のまんなか辺からごっそり抜いておくんや」

「なんでそんなことするんだ」

「そしたら急に日付が飛んでるから、おかしいと思うやろ。警察は犯人が自分の借用証を盗んでいったと思って、そこら辺りに目を付けるんやないかな」

「……うん。じゃあ、そうしておけ」

もしも稲村が借用証だけでなく、別に出納記録を付けていれば、当然警察は記録に載っているのに借用証のない人間を疑うだろう。そうだとすれば、悠人のアイデアもわるい考えじゃない——そこまで考えて、「ダメだ、それ！」真二は叫んだ。

「オレたちにも疑いがかかっちまうぞ、それじゃ」

「え、なんでやねん」

「いいから、あちこちから抜いておけ」

あいまいにうなずいて、悠人はまた書類の山に取りかかる。おっ、二枚め、めっけた、とか、三枚めもゲットや、とかいちいち報告する声が、あまり緊迫していない。こんなときによくそんな陽気な声を出せるな、とイライラする。もうちょっと小さい声でしゃべれ、バカ、と叱りつけた。悠人は、すまんすまん、と首をすくめる。

右側の本棚の最下段に、引き出しがあった。机の引き出しくらいの大きさで、小さな鍵穴が付いている。ここに出納記録が入っているのかもしれない。引き出しのロックは軽そうで、ドライバーとハンマーがあれば壊せそうだ。しかし悠長にそんなものを探している余裕はない。待てよ、と真二は考え込んだ。稲村が接客に使っているアパートの部屋に、ノートパソコンがあったような気がする。ひょっとして、あの中に記録を保存してあるのではないか。今どきの年寄りなら、家計簿ソフトくらいは使いこなせるだろう。

だが、今さらアパートの部屋にもどるのは危険すぎる。ここにこうしていることですら、危ないのだ。

「よっしゃ、六枚見つけたわ」

悠人が紙の束をひらひら振ってみせる。真二はとりあえず、カーペットの上と乱れた本棚の辺りをスマホで撮影した。あとでなにかの役に立つかもしれない。オレら、何枚くらい借用証を書かされたかわかるか、と悠人が振り向いたとき、恐れていたことが起こった。玄関の戸をドンドンと叩く音が聞こえたのだ。

玄関のカギは開いたままだ。もう一度、ドンドンと戸が鳴って、おーい、稲村さあん、と野太い声が叫ぶのが聞こえた。ガラガラと引き戸の開く音がする。

「やべえッ！　逃げるぞ」

悠人が廊下の奥へ向かって駆けだそうとする。突き当たりにあるガラス格子の窓を開けて、裏へ抜けようというのだろう。

「ちょっと待て。靴が玄関に脱いだままだ」

うおおッ、と小さく叫んで、悠人が足に急ブレーキをかけた。

「オレらの靴、見られたらどないするねん」

「たぶん、もう見られてる」

おーい、留守(るす)かあ、と男の声が玄関の方で聞こえ、なんだよ不用心だなあ、とつぶやく声が続いた。

「あいつ、上がってくるぞ。どないする」

「しょうがない。やっちまおう」

「えっ。バラすんかい⁉」

「バカ。そんなことしたら、ほんとに殺人犯になっちまうだろうが」

真二は悠人の腕を引っぱって、稲村の死体のある部屋にもどる。座卓を引き起こして前に立てると、小柄な稲村の死体はとりあえずその陰に隠れた。自然石で作ったブックエンドをハンカチでくるんで、悠人に渡した。

「やつが部屋に入ってきたら、オレが注意を逸らす。そのすきに、後ろからぶん殴れ。けどいいか、死なない程度にだぞ」

「え、そら、むずかしいぞ」

「いいから、やれ」

入り口の左右に分かれて、立った。悠人はハンカチごとブックエンドを顔の横に振り上げて、廊下に耳を澄ましている。おーい、いるんだろう？　昼寝でもしてるのか？　男の太い声が近づいてくる。まさか死んでるんじゃないだろうな、え、稲村先生。

笑いを含んだ声とともに、引き戸がカラリと開いた。右隅に低くしゃがんでいた真二は、脱いだネイビーブルーのパーカーを丸めて、男の目の前へ投げ上げる。

「――おっ、な、なんだ⁉」

突然宙に浮いた色彩に奪われた目が、色を追って斜め下にうずくまる真二の上に落ちかかる。その瞬間、鈍い音が響いて、男は声もなく倒れ込んだ。

「グッドタイミングやんけ！」

悠人が小躍りして、凶器を放り出す。真二は玄関に走って二足分のスニーカーを取ってくると、突き当たりのガラス窓を開けた。キイキイと耳障りな音がした。

「ずらかるぞ」

ひょいと飛び降りると、十坪ほどの狭い庭の先にブロック塀があった。塀から頭を出して左右を見渡す。ゆるやかな坂になった路地だ。向かい側から伸びた、鬱蒼と繁る枝葉の下に暗い道が沈んでいる。路地の向こうは寺のようだった。

人影のないのを確かめて、ブロック塀によじのぼる。一八〇センチはありそうな塀をまたぎ越した。

「早う、早う。なにしてんのや」

悠人の声を背に、もう一度、庭に飛び降りる。サツキの植栽の陰に黒いバッグが落ちていた。ブリーフケースくらいの大きさの、いわゆる軽量鞄だ。そのバッグの傍らに、真二は予感していたものを見つけていた。スニーカーと思われる足跡。しっとりと柔らかい黒土の上に、爪先を刻み込むように印されていたそれは、逃走する犯人が残していったものに違いなかった。

6

翌週、いきなり新明興業の社長室に呼ばれると、

「おまえら二人な、ちょこっと旅でもしてくる気はないか。どうだ」

めずらしく荒木田が猫なで声でそう言った。新明興業などと名乗ってはいても、その正体は広域暴力団北斗連合会の下部組織、麦山組であることは、この界隈で知らない者はいない。北斗連合会は暴力団対策法にいう指定暴力団であるから、活動にさまざまな制約を受けていた。わかりやすく言えば、およそ暴力団のやりそうな経済行為は、先回りして片っ端から禁止されているのだ。

みかじめ料（用心棒代）の徴収、債権取り立て、地上げや家屋受け渡しの交渉、交通事故などの示談への介入、公共事業への入札、そういったシノギがほとんどできなくなってしまっている。暴対法に加えて、都道府県の定める暴力団排除条例というものもある。

荒木田に言わせれば、これが「人権侵害なんてもんじゃねえぞ。ありゃ、とんでもねえ身分差別法だ」という代物で、暴力団員は銀行口座を持てず、マンションの買い取りも賃貸契約もできず、公共事業の下請けにも参加できない。縁日で夜店や屋台を出すことも禁じられ、居酒屋、スナック、パチンコ店、ゴルフ場などに出入りするの

もアウト。

それどころか、暴力団をやめても五年間は同類扱いとされるので、ふつうの社会生活はほぼ不可能になる。ヤクザではもう食えないからとせっかく堅気になっても、住まいも持てなければ、クレジットカードも振込口座すらも作れない。そんな人間が働ける場はほとんどないのだから、どうやってメシを食えと言うのだと開き直るしかないのだった。

これほど暴力団は制約が多いので、たいてい身代わりのフロント企業か政治結社をこしらえている。フロント企業は企業舎弟ともいって、暴力団関係者が隠れミノとして経営している会社のことだ。新明興業は北斗連合会の若頭補佐をつとめる麦山組親分が実質上のオーナーだが、社長にはちゃんと堅気の人間を据えてある。それがいま真二と悠人の前でソファーにそっくり返っている胡桃沢社長だった。

とはいえ胡桃沢は齢八十をとうに超えた老体のうえ、近頃はボケも進んでいるので、実際に経営を切りまわすのは荒木田である。もちろんオモテの社会で使う通名は別で、外の人間には本名はわからない。

「旅に出るって、どこ行くんでっか？　遠くでっか」

悠人が上ずった声で訊いた。

「ばかやろう。物見遊山に行くんじゃねえぞ。この世界で旅をするってのは、よその組にやっかいになるってことだ」

「よその土地で働くんですか」真二もおどろいて尋ねた。

「そうだ。しばらくのあいだ、湘南の桐ケ谷に行ってこい」

「そがいなとこで、なにしますのん？」

「向こうに鬼小路組というのがあってな、そこでちょっとした仕事がある」

「鬼小路組!? そらぁまた、えらい恐ろしげな名前でんな」

「なに、名前はすごいがちっぽけな組だ。むかしからウチとはいろいろ因縁があってな」

「出入りの助っ人でもするんでっか」

「アホウ。おまえらみたいな半端もんにそんなヤバい仕事、任せるか。ただの雑用係だ」

「オレたち二人だけで大丈夫なんですか」

「いや、牛村が行くことになっている。むろんおれもあとから行くがな」

「げっ、牛村のアニキですかいな」

「そうだ。おまえらもチンケな仕事ばかりしてないで、少し牛村にしごかれてこい」

そう言うと、荒木田はアタッシェケースを開けて、茶封筒を取り出した。

「交通費と当座の小遣いだ。メシは向こうで食わせてくれるし、寝るところもある。

無駄遣いしなければ、おれが行くまでもつだろう」

「いくらですねん」悠人が無作法にもその場で封筒を開けると、一万円札が十枚出てきた。「え、これっぽっち⁉」

「こら、だれの金だと思っているんだ。社長がわざわざ出してくださっているんだぞ」

お礼を言わんかい、と荒木田にどつかれて、二人は胡桃沢にぺこりと頭を下げる。

胡桃沢は歌舞伎役者が見得を切るみたいな顔で、こちらを睨みつけた。途方もない大声で何か言ったが、入れ歯を外しているせいか、ほとんど意味がわからない。荒木田にはわかるらしく、「おっしゃるとおりです。よく言い聞かせますので」などと相槌を打つが、胡桃沢はすぐに二人に興味をなくしたようで、シェードを引くように皺ばんだ瞼を下ろした。数秒も経たないうちに、軽いイビキが漏れはじめる。

「ここに宛先と地図が入っている」

言いながら、荒木田がもうひとつ封筒をよこして、目配せをする。早く行けという意味に違いない。二人はそそくさと外へ出た。

「荒木田のおっさんも大変やな。あないなボケ爺さんのお守りもせんならんのやから」

悠人がタバコの箱を取り出そうとするのを、真二は押し戻した。

「路上喫煙は過料二千円だぞ」

「なに言うてんの。そこらでタバコ吸うてるやつ、ぎょうさんおるやんか」

「会社の近くでは吸うな。行儀よくしてろ」

それでなくても新明興業はヤクザがらみの会社だから、というよくない噂が、同じビルに入っている会社や近所の商店街ではささやかれているのだ。まあ実際そのとおりなのだが、だからこそ、社員は行動や服装に気をつけなければならない。荒木田には歩きタバコもごみのポイ捨ても厳禁だときびしく言い渡されている。ましてケンカ、暴力沙汰などもってのほかだ。それじゃ何が楽しくて暴力団などやっているのかと思うが、そんなことを言うと怒鳴られるので、真二もおとなしく頭を下げている。

「さっきもろうた、もう一個の封筒な。あれちょっと見せてみい」

私鉄駅前の喫茶店で向かい合うと、さっそく悠人が訊いた。言われるまでもなく、真二も気にかかる。のぞき込もうとする悠人を押し返して、封筒を取り出し、中を検める。便箋が二枚と、地図が一枚入っていた。悠人が席を立って、隣に座りに来る。

〈神奈川県　桐ケ谷市長者森榎ノ木一五八　鬼小路荒磯〉

一枚めの便箋のいちばん上に、住所と人名らしきものが打ち込まれていた。

「なんやの、これ？　オレらが行かされる先かいな。えらいド田舎やんけ」

地図を開いてみると、神奈川県の三浦半島周辺が載っており、鎌倉市の西部、藤沢市の一部分にまたがる一帯が大きく赤丸で囲ってある。南側に離れて江ノ電と湘南道路が走っているが、周りはほとんど山ばかりだ。

「こんなとこに、ほんまに組があるんか」

ハイカーやバードウォッチャーはいるかもしれないが、たしかにヤクザがいそうには思えない。地図にある地名も、古めかしくて鎌倉時代の古武士でも住んでいそうなところばかりだった。きっとここは、すがすがしい山気と爽やかな緑のなかを、相模灘から吹く潮風が渡る土地に違いない。

「とにかく、行ってみるしかないだろ」

真二はスマホを開いて、長者森榎ノ木の情報を集めはじめた。プチホテルが一軒、レストランが三軒、居酒屋はなし。まぎれもなく閑静な避暑地のようだった。

「なんなん、この荒磯いうの？　相撲部屋の親方か？　こんな名前、ありえへんやろ」

「とんでもない荒くれオヤジかもな。プロレスラーみたいな」

「うへえ。たまらんな。そいでメシは山菜と野草ばっかりだったりして」

真二はしばらく情報収集と交通ルートの検索に集中した。荒木田はいつ出かけろとは言わなかったが、ヤクザの常識に従うなら、きょうのうちだ。ヤクザに「あとで」はない。相手に殴り込まれたら、仕返しはできるだけその日のうちにやる。

「そやけど、オレら、毎日、何しとるのかいな。人にいやがらせしたり、せこい猿芝居打ってだましたり。あげくに人が殺されとる現場に行き合わせてしもたり。さんざんやわ」

向かいの席にもどった悠人がポツリと言った。

「それを言うなって。せっかく、ちょっとの間でも忘れてたのに」

悠人が唇をゆがめて肩をすくめる。稲村老人の死体はまだ発見されていないようだった。いや、あのときやってきた男が見ているのだから発見はされたわけだが、ニュースにも出ないし、組の事務所に知らせも来ていない。あの男も関わり合いになるのを恐れて、口をつぐむことにしたのだろうか。稲村は今も血にまみれたまま、あの部屋で少しずつ腐敗し続けているのか。真二はブルッと小さく肩をゆすった。

「真二が見つけたあの鞄の書類な、あれ、何なんやろな」

壁ぎわの植込みのなかに落ちていた書類鞄を、真二はそのまま持ち帰っていた。中に入っていたのは本が一冊と、百枚近くもありそうなコピー用紙だ。開いていた金庫、乱されていた書棚。ブロック塀をよじ登ろうとしたときに付いたと思われるスニーカーの足跡。それらをつなぎ合わせると、ひとつの推測が導かれる。稲村を殺した犯人が、老人の部屋から鞄を盗み出し、あわてて逃げるときに落としていったのだ。たぶん、犯人は真二たちがあとから来た男の気配におどろいて逃げ出したように、二人の物音にあせったのだろう。あわてて裏の窓を開けて、庭を突っ切った。そして塀を登るときに、持っていた鞄を取り落としたが、もう一度拾い直すのは、リスクが大き過ぎる。彼（彼女かもしれないが）は塀を乗り越えて、一秒でも早く逃げるしか選択肢がなかった。

「あの紙の束、読んでみたらどないやろな。あれ持ち逃げしようとしてたやつが犯人やったら、なんか手がかりが書いてあるかもわからへんで」

「あんなに枚数あるのに、誰が読むんだよ」

「そら、真二しかおらんやろ。ようスマホで電子ブックやらいうもん読んどるやないか」

「無茶言うな」言いながら、自分が読むしかないかと真二は思い始めていた。悠人ときたら、メールでさえ二行以上になると読まないのだから。

「でもとりあえず、あれはもう少し隠しておいた方がいい」

「なんでや。匿名で警察に送ってやればええやん。あれ落としたやつが捕まれば、オレらが濡れぎぬ着せられる心配もなくなるのとちゃうか」

「でも、誰が送ってきたかも調べられるだろ。それがバレたら、オレたちがあの現場にいたことも突き止められるぞ」

「そら、まずいな」悠人はちょっと考えて、これ秘密なんやけどな、と声をひそめた。

「オレな、三年くらい前にケンカで人を半殺しにしてるねん。金属バットでドタマぶち割ってからに。そんとき、警察に指紋取られてると思うんや」

「オレも。シンナー盗みに工場に入って、パイプで警備員をぶん殴った。その事件は未解決のままになってるけどな」

「うわあ、悪党やなあ。おまえ、そんな不良やったんか」

真二は思い切りデコピンを食らわしてから、それじゃ、やっぱりあれは隠しとこう、とつぶやいた。もし警察の捜査がこちらへ向かってくるようなら、そのとき切り札として持ち出してもいい。

「あのあとで、ちょっと島本に電話して聞いたんだけどさ」

真二は言いかけて、ブラックコーヒーを飲み干した。「まだあいつも事件のことは知らないみたいだったけど、稲村のジジイはいろんなやつとトラブってたらしいぞ」

「ほうか。やっぱ、貸したカネの取り立てか」

「ほとんどはそれだろう。でもあのジジイ、最近まで個人教授で英語を教えてたらしくて、生徒のひとりと怒鳴りあってたのを見たことがあるってよ」

「よっぽどアコギなことしよったんやないのか？　女弟子に手エ出すとか、男弟子から礼金ふんだくるとか。やりかねんわ、あの因業ジジイ」

ありえなくもないな、真二はナッツの小皿からアーモンドを放り上げて、上唇と舌の間でキャッチする。

「おい、ちょい待てや。ほなら、ジジイとケンカしとったそいつが殺しの犯人なんやないのか？　なんちゅうやつや」

「えーと。何とか言ってたな。なんか、長髪で弱そうなメガネだったたってよ」

なんや、それじゃわからんわ、と悠人は口をとがらせる。

「どっちゃにしてもやな、稲村のジイサン殺した犯人、オレらで見つけたらええんやないか。そいつ見つけんことには、安心してその辺も歩けんぞ」

「そういうことだな」

結局、出発は翌朝早くということになった。やはりしばらくよそに滞在するとなると、始末しておかなくてはならないこともある。夜のうちに、悠人が会社の駐車場から十年落ちのマツダボンゴを持ち出しておき、アパート近くにある建設会社のトラックの間に停めておいた。

真二は運転には自信があった。大型免許なしで十トントラックを転がすくらいだから、ボンゴなどは軽四輪と変わらない。渋谷から首都高速三号線に乗ったのが午前六時過ぎ。高速料金はかさむが、そのまま首都高をつないで保土ケ谷まで行き、横浜新道、横浜横須賀道路とたどって、七時をまわってまもなく朝比奈インターに着いてしまった。

高速を下りてからも、車が少ないのをいいことに神奈川県道二〇四号線を飛ばす。信号はほぼ無視するし、左側車線から強引に右折したり、カーチェイス張りの追い越しをかけたりして、あっという間に鶴岡八幡宮前を通過していた。

「なんや、おまえの運転は。もう冷汗掻きっぱなしで気持ちわるうなったわ」

「でも早く着いたじゃん」

「なんぼ早う着いても、これじゃかなわんて。まったくボンゴ道断や」

掛け合いをしながら朝食をどうしようかと辺りを見まわすが、私鉄駅の周りにはこんな時間から営業している飲食店はひとつもない。開いているのは朝市をやっているスーパーと、コンビニが一軒あるだけだ。

コンビニでおにぎりとウーロン茶を買い、車のなかで食べる。よくある商店街はもっとゴチャゴチャしていて、猥雑なものだ。ここにはそれがない。どの店も色使いのセンスが良くて、きれいだった。ベーカリー、美容室、ファーマシー、フルーツショップ。箱根連山を背景に、パステルカラーのプチホテルがはにかむ少女のように、ぽつんと離れて立っている。

ここは住宅地の商店街ではなくて、避暑地のショッピングモールだ。ネットから得た情報によれば、もともと桐ケ谷は別荘地として開けたところだった。この長者森一帯は、そうした「お金持ちの別荘地」として森や谷の中間にあった。今では山腹や谷底にまで増えた住宅地と、広い地所を持つ豪邸エリアとの混淆地帯になっている。

景色を眺めているうち、真二はあることに気がついた。店の出入り口のところどころに、紺地に金色のマークを付けたワッペンみたいなものが貼ってある。マークは遠目ではわかりにくいが、ユリの花に似ているようだ。

なんだろう？　商店街のトレードマークかなにかなのだろうか。〈東横のれん街〉とか〈銀座コリドー街〉みたいな。

スマホの着信音が狭い車内に響いた。

「おまえら、どこにいるんだ」いきなり荒木田の怒声が炸裂（さくれつ）した。

「もう桐ケ谷の現地に来てます。これから鬼小路さんを訪ねるところですけど」

「ボンゴに乗っていってるよな⁉　クルマ取りに来たのはいつだ」

「ええと。悠人が夜の十時過ぎに取りに行きましたが」

「そのとき、事務所に入ったか」

悠人にスマホを渡すと、荒木田の声が聞こえていたらしく、すぐに答えた。

「いえ。ボンゴのキーは先に預かってたさかい、寄ってまへんで」

「入ってないんだな」

へえ、と悠人が答えると、荒木田は、それじゃわからねえか、と舌打ちした。

「だれか怪しいやつは見なかったか。ウチのビルから出てきたやつとか」

「いえ、だれも。……なんぞ、おましたんですか」

「ウチの事務所に火焔瓶（かえんびん）ぶち込んだやつがいるんだ」

「えええッ！」

「それだけじゃない。そこらじゅうにタールをまき散らしていきやがった。オレのデスクなんか、タールだらけでむちゃくちゃだ。パソコンもダメになってるし、引き出しの中にまで流し込みやがった」

真二も悠人も目を見かわすばかりで、言葉が出ない。

「裏の壁伝いによじ登って、トイレの窓から侵入したらしいんだ。窓を破った跡がある」

「警察に知らせましたんか」

「ばかやろう！　サツなんかに聞かせられるか。いい物笑いのタネじゃねえか」

それはまあそうだろう。ヤクザの事務所がよそ者に荒らされたなんて、恥さらしもいいところだ。荒木田が怒鳴り散らしながら説明したところによると、二階のトイレ窓までよじ登ったそいつは、ガラスを割って侵入すると、まっすぐ事務室に行き、まず荒木田のデスクにタールをぶちまけた。ノートパソコンのディスプレイもキーボードもまっ黒で、引き出しという引き出しには、底に溜まるほどのタールが流し込まれていたという。

「書類はどれもドロドロで読めやしねえ。システム手帳なんざ、リフィルをバラバラにした上でタールぶっかけやがった」

住所録から何から全部作り直しだ、とんでもねえ手間だ、と荒木田は地団駄を踏むように怒鳴った。

「だれですねん、そんなことしよったのは」悠人がこわごわといった感じで尋ねる。

「わかるか、そんなもの！」喚いたあとで、ひょっとすると紅龍会のやつらかもしれねえな、と荒木田はつぶやいた。

「なんです、そのコウリュウカイって」

「紅い龍と書く紅龍だ。横浜の港北――」荒木田はふいに言葉を呑むと、声のトーンをグッと落とした。「まさかとは思うが、おまえらも気を抜くんじゃねえぞ。これが今度の仕事絡みなら、あっちも生半可なつもりじゃねえだろう。何を仕掛けてくるかわかりゃしねえからな」

何ですねん、その中国人マフィアみたいな会は、悠人がそう訊いたときにはもう電話は切れていた。

インタールード　I

十二月十三日、金曜日の朝。七時四十分。

神奈川県桐ケ谷市にある、宗教法人ニルヴァーナ本部会館の裏門が静かに開いた。分厚いレッドシダーに鉄枠を嵌め、鋲を打った門扉はいかにも頑丈そうだが、アルミのそれのようにかるがると動いた。

外へ出るなり、二車線道路の左右にするどく目を送ったのは、事務職員の萩尾ナオミだった。ナオミは本部会館の隅に部屋を与えられて、そこに起居している。彼女の部屋があるのは、教主とその家族の住むプライベート・エリアの隣だった。

空手道歴十四年、全国学生選手権女子の部第三位の腕を買われて、教祖と孫娘をボディガードする務めを兼ねている。孫娘が近くの中学に登下校するとき、目立たないかたちで守るのも、彼女の大切な役目だった。

教祖の孫娘、長尾春香は外に出ると教団とのつながりを隠して、ただの女子中学生として振舞っている。教団行事の際には古代風の衣装を身に着け、神秘的に見えるような化粧をする。それだけに、ふだんの姿を人目にさらすわけにはいかないのだ。

いつものように道路に人の姿がないことを確かめ、クルマの流れが絶えたのを確かめる。後ろを振り向いて、春香に声をかけた。

「きょうもいいお天気ですよ。ほら、雲がひとつもなくて」

「ほんとだ。冬って空がきれいだよね。どうしてかな」

「水蒸気が少なくなるからじゃないですか？　湿度が低いから」

「あ、そっか」

春香はナオミと二人きりのときは友だち言葉で話す。ナオミにもそうするように求めたが、ナオミはそこまで割り切れない。なにしろ、教祖は宇宙をつかさどる絶対神（仏かもしれないが）の遣わした至高の聖者で、春香はそのたったひとりの肉親なのだから。

春香の肩を抱くように外へ導いたナオミは、扉を閉めようとしてただならぬ気配に振り返った。思わず目を見ひらく。

長い石塀とイチョウ並木に挟まれた車道を、若い女が駆けてくる。カットソーの黒いワイドパンツの上から、ワインカラーのロングコートを羽織っている。コートの裾が風にひるがえり、赤いローファーがリズミカルに路面を蹴っていた。

ナオミが緊張にとらえられたのは、女のすぐ後ろから、黒っぽいワゴンが猛スピードで追ってきていたからだった。女を撥ね飛ばそうとしている、とナオミには見えた。

次の瞬間、黒いワゴンは女を追い越して、その進路をふさぐように路肩にフロントを突っ込んで急停止した。スライドドアが開き、黒ずくめの男が立ちすくむ女の腕をつかもうとする。女はショートカットの髪を振り乱し、必死で男の手を払いのける。

(——連れ去ろうとしている⁉)

とっさにナオミはワゴンの方へ走りだそうとした。桐ケ谷ではこのところ、女子高生や勤め帰りの若い女性の連れ去り未遂事件が続発している。

「萩尾さん、なんなの、あれ⁉」

リュックのショルダーベルトを握った春香が、唇が凍えたような声で言う。

「危ないですから、ここから動かないでくださいね。約束ですよ」

言い置いて、ナオミはワゴン車に駆け寄った。クルマに引きずり込まれそうになった女は、くるりと振り向くと、来た道をもどろうとする。腕をつかみかけていた男がすかさず追いかけていく。ナオミがさらにそれを追おうとしたとき、運転席にいたもうひとりが車をまわり込んで、彼女の前に立ちふさがった。プロレスラーのように大きな男だった。目深に迷彩キャップをかぶり、サングラスにブラックマスクをしている。

ナオミは空手の構えをとった。これだけ大きい相手だと、距離を詰めるのは危険だった。一、二発、突きを入れたとしても、それだけでは倒せまい。逆に身体のどこかをつかまれたら、圧倒的な体力差はどうにもならない。相手が殴りかかってきたところを捌いて、カウンターを狙うしかないだろう。ところが巨漢は両腕を広げてナオミの動きを封じるだけで、攻めてこようとはしなかった。

車の向こうでは、黒ずくめ男が女を捕らえて引きずろうとしていた。なおも逃げようともがく女の頬を、男が思いきり平手打ちする。肉と肉のあいだで空気の潰れる音が、金属的に響いた。よろめいた女を男は担ぎ上げるようにクルマに押し込んでいる。

「やめなさい！　人を呼びますよ！」

女がダイブするみたいに後部座席に倒れ込んだのを見て、ナオミは上ずった叫びをあげた。するとそれが聞こえたかのように、白っぽいセダンが後方から現れて、ブレーキ音を軋ませた。背の高い、スーツ姿のメガネ男があわてて降りてくる。

「ど、どうしました⁉」

「警察を。……警察を呼んでくださいッ！　人さらいです」

巨漢がワゴンの運転席に飛び込み、急発進させる。バックウインドウ越しに、若い女の頭が大きく揺れるのが見える。隣にすわった男が、女に覆いかぶさり、振りかぶった拳骨(げんこつ)で殴りつける。

「あ、あの女の人をッ！　連れ去ろうとしているんです！」

「わ、わかりました」

背の高い男は急いで上着の内ポケットからスマホを取り出した。キイイーッという甲高（かんだか）い音がして、ワゴンが停まりかける。同時に後部座席の右側ドアが開いた。女が逃げ出そうとしているのだ。振り乱した髪がドアの隙間からちらりと見える。ナオミはワゴンを追った。無我夢中だった。ワゴンはいったん停まって、またためらうように走り出す。後部ドアがバタンと閉まり、女の頭が閉じたばかりのドアガラスにぶつかるのが見えた。

誰かッ！　誰かいませんか、助けてッ！　そう叫ぼうと思うのだが、息が乱れる一方でとても声が言葉にならない。激しい息遣いの合間に、獣のような叫びが切れ切れに洩（も）れるだけだった。ワゴンは追いすがるナオミをいたぶるように、停まりそうになってはまた距離を開いて引き離す。十メートル、十五メートル、二十メートル……ワゴンがだんだん小さくなっていく。

ナオミはローヒールを履いていたが、気がついてみると、いつの間にか靴を脱ぎ捨てている。ストッキングの足が路肩の小石を踏んだのか、親指の辺りが血に染まっていた。とうとうワゴンが四つ角を曲がって通りに出てしまったとき、ナオミの脚も限界に達した。路面の小さな窪（くぼ）みに足をとられたはずみに、ガクッと足首が外側に折れた。バランスを失った身体が、膝から路面に叩きつけられる。

「——っ……痛ア」

涙目でうつむいたナオミの傍らを、白い大きなものが猛スピードで通り過ぎた。

先ほどの白いセダンが逃げたワゴンを追跡しているのだ。あの背の高いスーツの男はスマホで警察に連絡を入れていたはずだ。ワゴンが逃走するのを見て、追いかけようとしているのだろう。

ナオミはよろよろと立ち上がった。セダンの男の通報が間に合って、あの若い女性が無事に保護されるといいのだが。自分のするべきことができたかどうかはわからないが、とりあえずやれるだけのことはやったと思う。セダンが同じように右折して通りに姿を消すのを見送って、ようやくナオミは後ろを振り向いた。春香を送っていかなくてはならないのに、とんだトラブルのせいですっかり遅くなってしまった。

「ごめんなさいね、春香ちゃん。怖かったでしょう」

足を速めながら、裏門のそばへもどっていった。途中で道端に転がっていた靴を拾う。

「もう大丈夫。さあ、それじゃ学校へ――」

裏門は開け放したままになっていた。だが春香の姿はそこになかった。

（ああ……そうか、怖くなって玄関にもどっちゃったんだ）

裏門から建物の裏玄関までは、自然石を埋め込んだ道がゆるくカーブしながら、二十メートルほど続いている。両側はツツジの植栽で、和風の裏庭につながっていた。

ナオミは小走りに半ば辺りまでもどったが、裏玄関から出てきた人影に思わず足を止めた。

「おいおい、どうしたんだい？　もうとっくに学校へ出かけたんじゃなかったのか」

いつも誰よりも早くやってくる事務長が、丸い身体を上品なグレースーツに包んで声をかけてきた。せわしく瞬いている目は、少しも笑っていない。

「ちょっとトラブルがあったんです。春香さん、こちらへもどったと思うんですけど」

「もどっておらんよ。私はいま奥からここへ出てきたんだから」

奥というのは、教祖と春香が暮らす私生活のエリアのことだ。

「――えっ、もどっていない？」

「ああ。こっちへもどってきたなら、私が見逃すはずがない」

奥にも裏玄関にももどっていないとしたら、春香はどこへ行ってしまったのか。

ナオミは踵を返すと、裏門まで全力疾走した。そのまま足をゆるめず、外へ飛び出す。左を見て、右へ視線を走らせる。どこにも春香はいなかった。

隕石に頭を打たれたようなショックで、ナオミはなにも考えられなくなっていた。

そんな。そんなバカなことって――。

「なんだ、え？　春香さんがどうしたというんだ」

異変を感じたらしい事務長が、転がるように裏門から出てくる。春香は臆病な子だった。ひょっとして恐怖にかられたあげく、建物にもどるのではなく、見当違いの方向へ逃げて行ったのかもしれない。ナオミは高い声を張り上げた。

「春香ちゃん！　もう大丈夫よ。春香ちゃん、出てきて」

　震えを帯びた声が、朝の空気を切り裂く。だが、応える声はなかった。見渡す限り、蔬菜畑のあちこちに、屋敷森と民家が散在するだけの景色が広がっているばかりだった。動くものの影は、遠くにも近くにも見当たらない。冷たい汗が、じわりと背に浮かんだ気がした。握った手のひらはとっくに冷たく湿っている。

「おい、どこにもいないじゃないか」

　事務長がかすれたような声で言った。いつもは血色のよい丸顔が引き攣り、皮膚は青くくすんでいる。

　茫然とその辺りをさまよっていたナオミの目が、ある一点を通り過ぎ、飛鳥のようにそこへ舞いもどった。裏門から五メートルほど離れた路肩に、小さく光をはじくものがある。鋭く朝陽を反射している、銀色のもの。ナオミはそろそろとその光に歩み寄った。

　ネイビーブルーのリボンが草の葉の陰に見える。触れたとたん、それが消え失せてしまうのではないかというように、ナオミは恐るおそるリボンを持ち上げる。リボンの下には留め金が付いていた。光を反射していたのはこの留め金にまちがいない。

「これ……春香ちゃんのです。春香ちゃんが付けていた……髪留めです」

ナオミ自身の声が、他人の声のように遠く聞こえた。

第二章
ニルヴァーナをめぐる風聞

2

1

実際には存在しない商取引をあるように装い、手形を振り出させ、それを騙し取る。典型的な手形パクリの手口だ。なぜあんな単純な手に引っかかったのか、と菜々美は何度も思い返した。

大洋リースという実在する会社の名を騙られたこともある。菅谷モータースで聞かされた代理店契約の話には、菜々美も心を揺さぶられていたから、大洋リースの営業マンを名乗ってかけてきた電話にころりと騙されてしまった。地方銀行の会議室という道具立てにも目をくらまされた。それに銀行のロビー係とそっくりな上着をつけた、あの男。手形を盗まれたことがわかってから銀行に尋ねてみてもあとの祭りで、まったく相手にはしてもらえなかった。

銀行の言い分は「こちらは取引先から依頼があれば、特に不審な節がない限り、会議室を貸している。今回の大洋リースとは横浜支店に取引関係があり、正式の申し込みがあったので貸した。先方の口座名義なども確認してあり、不備はない。さらに詐欺犯人がロビー係と同じ上着をつけていたとしても、当行にはミスはない。ロビーでそんな恰好をしていたならともかく、二階に上がってからでは、責任は負えない」というものだった。

「そちらさまと日頃お取引をさせていただいていましたなら、初めから行員をお手伝いにお付けすることもできたのですが」

と言われては、ぐうの音も出なかった。まるで取引もないのに部屋を借りたのがわるい、と言わんばかりの言いぐさだ。浩一は怒ったが、大洋リースの取引銀行だからとまったく疑いを抱かなかったのは痛恨のミスだった。

大洋リースに問い合わせると、菅谷モータースの社長からそういう紹介があったのは聞いているが、まだ具体的にどうするということは決めていない、という話だった。担当者は来週あたり、お電話を差し上げようかと思っていましたが、と言いながら、ひどく困惑しているようだった。もちろん、大洋リースからいなほ銀行の支店に貸室を申し込んだ事実もない。揖斐川という者は在籍するがこの件とは関わりがないし、その日はずっと横浜の本社にいて、八王子に行ったりしていない。つまり、大洋リースの揖斐川を名乗ったあの男は、まっ赤なニセモノだったのだ。

そうなると、疑わしいのは菅谷モータースしか考えられなかった。もともと菅谷が取り次いだ話なのだ。話が漏れるとしたら、菅谷のほか誰がいるだろうか。しかし詰問された菅谷は、色をなして怒り出した。

「冗談じゃない。なんでオレが詐欺野郎と組んで、あんたをハメなくちゃならないんだ。あんた、そういう目でオレを見てたのか」

気の荒い菅谷に怒鳴られると、浩一の気はたちまち挫けはじめた。菅谷に悪意があったとは思いにくい。だが、うっかり不用意に口を滑らすということもある。

「おいおい、こっちは大洋リースとあんたのとこを仲立ちしただけなんだぞ。そこから先はあんたらが勝手に進めればいいだろう。だいいち、他人のことにかまってるほど、ウチも暇じゃねえんだよ」

「じゃあ、あんたからこの話が外に漏れたことはないんですね？」

「あるわけねえだろう。それより、そっちこそ誰にも話していないと言えるのか」

「いや、それは——話していないわけじゃないけど」

洗車機を欲しがっている二つのガソリンスタンドには話をしている。だがそれは有望な客筋に打診しただけのことだ。相手方のスタンドが植草部品を陥れようとする理由もないし、大洋リースの内情を知るわけもない。腑に落ちないのはそこだ。なぜあの詐欺犯人どもは、大洋リースが菅谷モータースと懇意なことや、いなほ銀行をおもな取引先にしていることを知っていたのか。銀行が貸しスペースを提供したのも、ふだんから商取引がある大洋リースの申し入れだと信じたからだった。

「あんた、その話はどこでした？　先方のスタンドでしたのか？」

「一軒はそうですよ。ルート配送のついでに持ちかけてみて」

「じゃあ、もうひとつのほうはどこで話した？」

「そっちはディーラーにいるとき、追加注文の電話がかかってきたんで、そのついでに」

「電話だと？　それじゃ周りにいた人間には筒抜けじゃないか。だれが聞いていたか、わかりゃしないだろうが」

浩一は言葉に詰まった。そういう可能性もゼロではないだろう。しかしディーラーの荷出しカウンターはたいてい部品を買いに来る業者で混み合っている。店の中はさまざまな部品を抱えた何人もが出入りしている。そういうざわめきの中での電話だったのだ。

「菅谷さん、それはないですよ。たまたま電話しているそばに、あの詐欺犯人どもがいて立ち聞きしていたなんて、そんなドラマみたいなことは」

「それじゃ従業員はどうだ？　こんな話がある、くらいのことはしゃべったんだろ？」

「そりゃ、しゃべったけど。でもね、ウチの連中がそんなことをペラペラよそでしゃべるはずは――」

「わかるもんか。人の口に戸は立てられぬと言うだろうが」

菅谷との話し合いは同じところをグルグルまわるばかりで、お互いに気分をわるくしただけだった。菅谷の言うことを信じるなら、詐欺を仕組んだ何者かは考えられないほどの周到さで、植草部品の周囲に網を張っていたことになる。そんなことがありうるだろうか。年間売り上げがたかだか三千万円の零細部品屋で、扱い品だってリユース品やリビルド品の方が多いくらいなのに。

しかし、立ち止まって考え込んでいる暇はなかった。とりあえず運転資金のめどをつけるのが先だ。地元の信金に融資を頼むしかないのはわかっていた。都銀より利率は高いが、日頃からの付き合いがある分、親身になってくれる。けれど、わかくさ信金で三年の付き合いになる若い担当者は、暑い日でもないのに額に薄く汗を掻いて言った。

「ご災難に遭われたことは、ほんとうに同情申し上げるんですが……。盗まれた手形は白地なんですよね」

「そりゃそうだよ。話がまとまったら、取引契約するつもりだったんだから」

「そうなると、追跡もできませんし、回収はまずできないと思うんですよ」

「わかってるよ、そんなことは。だからこそ、当座の資金を融資してくれと頼んでいるんじゃないか」

「……大変申し上げにくいのですが、そういう事故があったとなりますと。植草さんの信用にいささか、その、瑕がついたと言っては何なんですけれども」

「なんだよ、信用ならないから貸せないって言うわけ？　ひどいこと言うね、あんたも。あんたの前任者から数えたら二十年以上の付き合いなんだよ」

「ただ、こちらとしても、もう少しその……植草さんのご協力をお願いできれば、と」

「どういうことだよ。土地を担保に入れろとでも言うのかい」

「いえ、そうではないのですが。……たしか、植草さんの個人貯蓄は都銀さんに積まれていらっしゃるんでしたよね」

「ああ。それもこのあいだのことで減らしちゃったけどね」

「そちらの分を、ウチにお預けになっていただけませんか。そうすれば、それに見合う金額をご融資できると思うんですが」

そういうことか。浩一は肩が落ち込むのを感じた。個人貯蓄の残額を積めば、同程度の融資をするというのは、つまり金利分だけこっちに背負えというにひとしい。弱り目に祟り目だ。ツキに見放されたとたん、周りじゅうが冷たくなったような気がした。こうなればもう、月末の入金があるまでなけなしの貯金を取り崩すほかに道はない。

「いったい、いつまでこんなことを続けなくちゃならないのかねえ」

つい愚痴が出た。「いやね、あんたにこんなこと言ったってしょうがないんだけど、ウチなんかほんとにマジメだけが取り柄でやってきたようなものでさ。めったに外で酒も飲まないし、ギャンブルもしない、マージャンもしない、ゴルフなんてカネのかかる遊びなんかとんでもない。来る日も来る日もディーラーと得意先の間を行ったり来たりだよ。おもしろいことなんか、何にもなかった。ただ、毎月毎月を凌いで、メシのタネを稼いできただけさ。その結果がこれだ」

「……ご苦労はお察しします」

「苦労はいいんだよ。みんな、苦労してるもの。ただささ、人間ってのは、もっと大きくなりたい、もっと強くなりたいという欲があって、それを糧に生きてるところがあるだろう。いや、人間ばかりじゃない、動物だって植物だってそうなんじゃないの。生きるってのは、そういうことじゃないのかね。それがさ、毎日が積んでも積んでも高くならない、賽の河原の石みたいだと——」

浩一はあとの言葉を呑み込んだ。たぶんこの若者は、菜々美と幾つも違わないはずだ。還暦も近いオヤジの繰り言など聞かされても、迷惑なだけだろう。それでも一生懸命こちらの目を見つめて、言われていることを理解しようとしている。

「いや、いいんだ。つまらないことを聞かせちゃったな」浩一は謝った。

「いいえ、こちらこそ申しわけございません。……お力になりたいのはやまやまなのですが、なにしろ、私の一存では」

「もういいよ。もう少し考えてみよう」

ここ数日で、他人からいくらかでも敬意を持って扱われたのは、この若い男が初めてだったような気がした。

翌日、例の不動産会社の営業マンが姿を見せた。まるでタイミングを見計らっていたかのような現れ方だった。相変わらず童顔をほころばせた営業マンは晴れやかな声で言った。

「きょうはひとつ、別のご提案を持ってまいりました」

2

鬼小路組の事務所は、古ぼけたような蕎麦屋の二階にあった。というより、この古久庵という蕎麦屋が鬼小路組そのものだった。この土地は海沿いに開けた街と、それを取り囲む山と、重なる山々の間を細く走っている谷から成っている。蕎麦屋はその中にあるひとつの山の中腹に立っていた。

山の頂上にあるモノレールに乗り込むと、悠人は子どものようにはしゃぎ出した。レールの斜度とカーブがきついところを通ると、車体がガタゴトとかなり揺れる。そのたびに「おうおうおう、こらぁ、ごっついえらいわあ」と歓声を上げている。生い茂る緑に埋もれるように、民家の屋根が点々と散っていた。目の下低く沈んでいたマンションの白い壁が、しだいにせり上がるように迫ってくる。

モノレール駅を降りると、さっきまで乗っていた銀色の車輛が車体を揺らしながら、さらに谷へと沈んでいく。

「おー、ごくろうやったなあ」

愚直な働き者のように尻を振って前進するモノレールに、悠人が手を振った。小さな駅の前から街へ下っていく道があるが、古久庵に向かうには、そこから脇道へ踏み込まなければならない。

ヒノキの森の中は昼でも薄暗かった。熊笹の繁るきつい上り坂を、息を弾ませて抜けると、今度は枯れた川床が続いている。かつては激しく水が流れていたらしく、赤茶けた土が深い爪痕のようにえぐられて、大小取り交ぜた石がごろごろしていた。そこを登り切ったところで、目の下にアスファルトの舗装路が見えた。

「なんや、ちゃんとした道路があるやないか。こっちから来た方がずっと楽やったで」

「しょうがないだろ。荒木田のよこした地図がそうなってたんだから」

竹につかまりながら道路に下りてみると、その竹藪に囲まれるようにして蕎麦屋があった。流木から切り取ったみたいな不格好な厚板に、古久庵と彫り込まれている。半透明のガラス戸の向こうに人影が動くのが見え、話し声も聞こえる。

「こんなとこに蕎麦食いに来る物好きもおるんやな」

するすると開いた戸の向こうには、通路を挟んで左手にテーブル席が四つ、右手に小上がりがあった。こちらにも座卓が四つあり、そのうち三つが客で埋まっていた。

「意外と流行ってるやないか」

びっくりしたように悠人がつぶやいた。いらっしゃあい、と朽葉色の三角巾とエプロンをつけた女の声が響いた。

「ここのお店は朝六時からやっているの。めずらしいでしょ。でもそれがかえって面白がられて、けっこうお客さんが入るのよ。お蕎麦がなくなったら、それでおしまい。夜は営業しません。といっても、こんな山道だから日が暮れると誰も通らないしね」

栗山芳恵と名乗ったおばさんは、よくまわる舌でぺらぺらまくし立てた。古久庵に勤めて四年になるという。やや小柄だが、くるくると店の中を動きまわって、注文取りから配膳、レジ係までひとりでこなしている。真二と悠人はテーブルに案内されて、とりあえずせいろそばを注文したが、蕎麦はうまかった。のど越しがよく、するすると胃に収まった。

時刻は九時を過ぎている。厨房ではまだ人の動く気配があるが、芳恵は淹れ直したお茶といっしょに二人のところへやって来て、隣のテーブル席に居座っていた。

「それで、ここのご主人が鬼小路さんなんですか」

暖簾の向こうを動き回っている人影に目を向けて、真二は尋ねた。

「違うの。鬼小路の親分さんはもうお年だから、ここを取り仕切っているのはケンさん。元ヤクザ屋さんだけど、とってもいい人。あ、いいと言っても、好悪の好のほうだけどね」

「あー、お人好しのほうでんな」

そうそう、と芳恵は愛嬌のある目をクリクリさせる。たしかに元ヤクザにあまり善人はいないだろうが、人の好いやつならいるかもしれない。

「知ってる？　ケンさんって、むかし、抗争相手の組長を刺したことがあるのよ。それで傷害と殺人未遂で懲役十一年。でもおかげで組は潰されずにすんだんですって」

「うおおッ、武闘派ですやんか。そら、シビレますわ」

でしょう、と芳恵は得意そうに頬をふくらませている。近くで見ると肌艶などもよく、思いのほかまとまりのある顔立ちだった。真二はさっきから芳恵に対する評価を「そこらにいくらでもいるおばさん」から「ちょいきれいめのおばさん」に修正しようかと思っていたが、ケンさんの武勇伝を聞いては、それどころではない。今どきめずらしい、ホンモノの刺客、組織のために体を張った任侠ヤクザではないか。

「鬼小路組もむかしはけっこうハデな抗争、やってたんですか」

「なーに言ってるの。鬼小路の親分はテキヤだから、そんなことしないわよ。ケンさんが暴れてたのは、麦山組にいた頃の話。昭和の終わりからバブルが崩壊した頃ね」

これには真二も悠人も椅子から転げ落ちそうになるくらい、おどろいた。それならケンさんは二人の先輩格に当たることになる。

「ほ、ホンマでっか！　そしたら、ケンさん、やっぱ網走番外地にいらはったんで？」

まさかそんな身近にリアル高倉健がいたとは。しかも名前までケンさんだ。二人は暖簾の間からケンさんの姿をひと目見ようと、伸び上がった。白い調理着がチラチラ見えるが、顔まではわからない。

「違うと思うよ。ええと、たしか府中刑務所だったかな」

まあ府中でもりっぱなものだ。山口組六代目組長も入っていたくらいなのだから。

「するとケンさんは、ウチの荒木田の兄弟分になるわけですか」

「くわしく知らないけど、たぶんそうなんじゃないの」

「で、誰を刺しはったんですか。得物はドスでっか、それとも長ドス？」

「昔のことだから、私もよくは知らないの。だけど、ひとつ教えといてあげようか。そうやって、ケンさんに事件のことを根掘り葉掘り訊くのはやめた方がいいよ。ケンさんにとっては、あんまり思い出したくない過去なんだから」

「え、どうしてですか」

「だって十一年も牢屋に入っていたのに、結局は無駄骨だったわけだし。それでヤクザ稼業に嫌気がさして、麦山組を出てきたんだから」

芳恵の話によると、その頃の麦山組は北斗連合会きっての武闘派で、新宿を根城に三多摩地域にまで勢力を広げていたらしい。そこで立川、八王子辺りを取り仕切る別組織と小競り合いを繰り返していたのだが、敵方の攻勢もなかなかで膠着状態に陥っていた。それに業を煮やしたケンさんが、組に黙って単身斬り込んだというのが事件の顛末だったのだが、服役している間も、釈放されてからも、麦山組の扱いは手厚いとは言えなかった。

「まあ、早く言えば、ケンさんのことがジャマになったのよね。ケンさんが十二年ぶりに娑婆に出てみたら、世の中が変わっていて、ヤクザの世界もビジネスライクになっちゃってた。斬った張ったではもう通用しなくなっていたってこと」

それじゃ、とんだ浦島太郎ではないか。

「するとケンさんが出所してきたのは……？」

「平成十六、七年だったかな」

なるほど。暴力団対策法が平成四年で、商法改正が九年。暴対法の改正があったのは平成二十年。暴力団排除条例が全国で施行されたのが二十三年。ケンさんが殺人未遂事件を起こしたのが平成三、四年だとすると、服役しているあいだに、ヤクザをめぐる社会環境はすっかり変わってしまっていたのだ。フロント企業や政治結社を身代わりに立てて、なるべく目立たないように暮らさなくてはならなくなった。だから今どき黒塗りベンツに乗るヤクザはほとんどいないし、中年以下の組員は刺青も入れない。

　そうやって当局から目を付けられぬよう、情報を漏らさぬよう、息をひそめて暮らしているところへ、抗争時代の遺物のような前科者がもどってきたら、どういうことになるか。

「それでケンさんは足を洗って、テキヤの鬼小路組に身を寄せたのね。だけど、テキヤも時代の流れでむかしとは違ってきているから、もうあんまり仕事がないわけよ。だから鬼小路の親分さんがやっていたこのお蕎麦屋さんを手伝うことになって」

「今ではケンさんがご主人代わり、というわけですか」

「そういうこと。もうすっかり堅気の蕎麦職人よ」

　そいつはどうかな、と真二は思った。素ッ堅気の蕎麦職人なら、麦山組とはとっくに縁を切って近寄ろうとはしないのではないか。テキヤも広い意味ではヤクザだが、『フーテンの寅さん』がそうだったように暴力団とはスジが違う。

　テキヤは縁日やお祭りで露店を出すのが生業だ。組を作ってはいるけれど、あくまで商売上の便宜のためと言っていい。暴力団の支配下に入っている組もあるが、ほとんどは地域ごとの小さな同業者組織に属しているだけだという。「テキヤは七割商人、三割ヤクザ」と言われる。テキヤの三割は暴力団関係者だからという説もあるが、ヤクザっぽい気質を指して言ったものだろう。人出の多い場所を求めての浮草暮らしでは、堅実な気分など育ちようもない。だが似ているのはそこまでだ。

「けど、親分の代わりやってはるなら、庭場はケンさんが差配してはるんですか」

ほんとならね、と芳恵はうなずいて、テーブルのポットを傾けてお茶を注いだ。

「でも近頃じゃテキヤをやめる人ばっかりで、庭主の仕事もほとんどないの。どこでもプロのテキヤは締め出しを食らってるでしょ。今じゃ露店を出すのは町内会の人とか、ボランティアグループとかだし、売り子はバイトだもの」

だからケンさんはテキヤの親分にもなりそこねたわけよ、と芳恵は鼻に皺を寄せる笑い方をした。「なのに、十年以上もここで働いているの。お給金も安いのに」

「だったら、もう親分への義理は十分果たしたんじゃないんですか」

「だから、そこがお人好しなのよ。苦しいときに助けてもらった義理があるから、とか言っちゃって」

それから、これ笑っちゃいけないんだけどさ、と厨房の方へ流し目をする。「カラオケに行くとするじゃない？ ケンさんの十八番（おはこ）って一曲しかないの。なんの歌か、わかる？」

「……いや、わかりませんけど」

真二は悠人と顔を見合わせた。

「笑っちゃダメよ。……『時代おくれ』、河島英五（かわしまえいご）の」

プッと噴き出した芳恵に誘われて、二人は思わず声が出そうになった。あわてて唇を噛んで笑いをこらえる。

「ほら、古い友だちのこと大切にしてさ、変わらない友情を信じちゃう……自分だって忙しいのに相手のことばかり考える、みたいな詞があるじゃない？　ああいう古い男なの」

それから芳恵はその辺りのメロディをハミングし始めた。

「や、やめてください……」

テーブルに突っ伏して背中を揺らしている悠人の口をふさぎながら、いまこの瞬間だけは、ケンさんに出てこないでほしい、と真二は強く思っていた。

二人が通されたのは、階段を上がって取っつきの和室だった。この店では客座敷にも使われている部屋らしく、半間サイズだがいちおう床の間が設えられている。鶴首の花瓶に白ユリの一輪挿し。深山幽谷を描いた、やまと絵っぽい掛け軸。

ふかふかの座布団に居心地わるく坐っていると、やがてケンさん自身が茶托に載せた茶碗と菓子皿を運んできた。まっ白な厨房着のまま、真四角に膝を折ると頭を下げた。

「どうも。お初にお目にかかります。石村です」

真二も悠人も飛び跳ねるようにして座布団からすべり下りた。ケンさんは、麦山組では遥か後輩になる二人を前にして、正座をくずさない。きちんとした敬語で話しかけてくる。

「いえいえ、どうぞもう、あの、平たい言葉でひとつ」

真二はペコペコお辞儀を繰り返しながら、そう言ったが、ケンさんは「いや、私はとうに組をやめた人間ですから」と堅い言葉遣いを変えようとしなかった。

冷汗を掻きながら、とりあえず真二は荒木田から命じられてここへやってきた顛末を説明した。悠人は柄にもなくハンカチを額に押し当てたり、そのハンカチに萌え絵のプリントが付いているのをあわてて隠したりしている。ケンさんは黙って真二の話に耳を傾け、

「荒木田さんは相変わらずですか」とひとことだけ訊いた。

ケンさんのフルネームは石村堅志といった。字面を見ただけで堅そうな名前だが、ケンさん本人も生まじめで朴訥そうな人だった。きちんと刈り込んだ角刈りが、いかにも実直な蕎麦打ち職人にふさわしい。見たところ五十代の初めくらいか。つまり殺人未遂事件を起こした頃は、まだ二十代の前半、今の真二たちと同じような年齢だったことになる。

「荒木田さんは駆け出しのころから頭の切れる人でした」

ケンさんはまるで客に対するような口ぶりで、ぽつりと言った。荒木田は高校を中退しているが、そのあと通信制に入り直して、きちんと大学を卒業したのだという。

「へぇえ、そうやったんでっか。初めて聞きましたわ」

悠人はさっそくお茶請けの蕎麦饅頭をぱくつきながら、目を丸くしている。そう言えば、荒木田は事務所でもよく経済新聞やビジネス誌を読んでいる。暇さえあれば株価のチャートを見ているし、実際に何でもよく物を知っていた。

「でも、その当時は石村さんの方が先輩だったそうですね」

いやいや、とケンさんは手を振った。

「こっちは要領もわるいから、ただ切った張ったくらいしか、能がありませんでね」

なんの考えもない鉄砲玉でした、とケンさんは穏やかに苦笑を浮かべる。初めはなにか訊いても答えは二言三言なので、よほど口の重い人かと思ったが、座が和んでくると少しずつ言葉数が多くなってきていた。やたら調子のいい悠人の座持ちのせいもあるのだろう。

「しっかし、シビれますわぁ。迷惑かけんように組には黙って、ひとりで斬り込まれはるて、もう映画の健さん張りやおまへんか。やっぱ、あれですかいな。雪のちらつくまっ暗な夜道を、番傘傾けながら、白木の長ドス提げて、みたいな……？　たまりまへんなぁ」

いや、とんでもない、とケンさんはまた首を振る。真二は悠人の頭を張りたくなった。映画の健さんが演じたのは、昭和初期の任侠ヤクザの世界だ。いくらケンさんの事件が昔のことと言っても、平成の世に番傘なんか差してカチコミに行くやつはいない。

「そんな恰好のいいものじゃありません。餓鬼が興奮して跳ね上がっただけのことで」

ケンさんは遠慮がちにぽつりぽつりと昔話を口にした。相手方に代貸格の兄貴分を半殺しにされたので、麦山組としてはケジメを取らなくてはならなくなった。しかし全面抗争になるのはまずい。麦山組がほどほどの報復をして組の看板を守ったところで、上部団体同士の仲介で話を収めようという筋書きがまとまった。

では、誰に誰を襲撃させるか。刺客が幹部級の者だと問題が大きくなるから、若い者の中から心利いた男を選ばなければならないのだが——。

奥の座敷に詰めた顔役たちの話し合いは、なかなか決着がつかなかった。廊下では若い者たちが聞き耳を立てている。その中から突然石村が立ち上がったのは、十二時も過ぎようという頃だったという。彼はその場で返盃願いを書いて仲間に託けると、工事用ダイナマイトと長ドスをひっつかんで飛び出した。敵方の事務所までバイクで乗りつけ、バイクごと玄関のガラス扉に突っ込んだ。あとのことはわからない。爆発音と火柱と舞い上がる粉塵の中で、たまたま目に入った相手の腿に長ドスを突き刺した。相手はすさまじい怒号を上げて転倒したが、それが敵方の組長だったことは、あとになって聞かされるまで気がつかなかった。

室内は一瞬のうちに炎と煙に包まれていた。次にケンさんが気づいてみると、やっと煙と粉塵の収まりかけた室内には、組員よりもたくさんの警官がいた。彼自身は後ろ手に腕を捩じ上げられて、床の上に押さえつけられている。頬の下でジャリジャリとガラスの破片やら木っ端やらが音を立てていた。

「まあ、それだけのことです」

ケンさんは謙遜するでもなく、もちろん誇らしげな気配など露ほども滲ませず、淡々と話し終えるとそう言って微笑した。

「それだけけって、なに言うてますのん。どえらい度胸やおまへんか」

悠人はまだ興奮していた。山ほど見たらしいヤクザ映画のあれこれから、似たようなシーンを持ち出してきては、あのシーンの誰それみたいだと褒めそやしたり、刺された組長は映画の敵役で言うと誰に似ているかなどと質問したりして、ケンさんを困らせていた。

「──あの、ところで今度の仕事のことなんですけど」

頃合を見て、真二は切り出した。荒木田からはただ鬼小路組へ行け、向こうで仕事があるから、としか聞かされていない。テキヤの庭主だという鬼小路はもう老齢で、組はケンさんが仕切っているという。だとすれば、これから真二と悠人が何をしなければならないのか、ケンさんなら見当がつくはずだった。荒木田から何か聞いていませんか、オレたちはまだ何も聞かされてないもんで、と水を向けると、

「相変わらずですね。むかしからそういうタイプでしたよ」

ケンさんはうつむけた唇をわずかに緩める。「考える頭脳の役目は自分、残りの者は手足」

「あ。それ、言えてますわ」

悠人がポンと手を打ち合わせる。「それも使い捨ての義足扱いや」

「この近くに『ニルヴァーナ』と呼ばれる宗教団体の本部があります」

ケンさんは前置きなしに話しはじめた。

「ニルヴァーナ？　ロックバンドみたいやな」

「いちおう、ちゃんとした宗教法人ですよ。ニルヴァーナというのは、仏教やジャイナ教で涅槃（ねはん）を意味する言葉だそうです。総本部はアメリカにあるとかで、ここにあるのは日本での本部ということになります」

何の話がはじまるのか見当もつかず、真二はとまどった。

「これがどうも、うさんくさい教団でしてね。二十年前までは、別の小さな教団があったんですが、その宗教法人を乗っ取るような形で、今のニルヴァーナが入り込んだ。

当時はニルヴァーナとは名乗っていなかったようですが。ところが、その教祖というか、教団指導者がなかなかの辣腕家のようで、どんどん信者は増えているらしい。気がついてみると、いつのまにか衣替えして、アメリカの仏教系団体の日本本部になっていたんですよ」

「でも、そんなにいかがわしくて、なんで信者が増えるんですか」

「よくわかりませんが、ひとつには指導者の女性に特別な霊感があるらしいんです。未来のことを言い当てたり、過去にあった不幸の真相を明らかにしたり」

「あー、おるおる。そういう霊感おばちゃんなら、大阪にはようけおりますわ。だけどほとんど、インチキですやん」

「まあ、そうなんでしょう。ただ、とてもオーラのある女性らしくてね。悩みを抱えていたり深く傷ついていたりする人が会うと、いっぺんで惹きつけられるという話で」

「そこが詐欺師ですねん。詐欺師はしゃべりうまいし、惹きつけるパワーありますもん」

ケンさんはやや首を傾げて、困ったように笑っている。なんでも簡単に決めつける悠人のマイペースぶりを持て余しているようだ。真二は悠人の膝を小突いておいて、ケンさんに続きを促した。

「それとビジネスの才がある、と言えばいいのでしょうかね。腹心の部下にやり手がいる、というもっぱらの評判です。この男がかなり裏のビジネスにも通じているようで、宗教法人の特権を利用して巧みに金儲けをしている。たとえば宗教法人は税制の上でいろいろ優遇されていますす。同じように利益を出す活動をしていても、宗教という公益に関わるからという理由で、所得税率がかなり低く抑えられているんですよ。そのへんをうまく利用して、利益で信奉者を釣るようなこともしているようです」

真二は宗教になど興味もないし、消費税のほか税金を納めたこともないから、その手の知識もさっぱりない。悠人も似たようなものだ。荒木田の言った「仕事」というのが、そんな得体の知れない宗教団体とどうつながるのか、見当もつかなかった。

相変わらず少し困ったような顔のケンさんは、数呼吸するほどの間、何か考え込んでいた。そしてケンさんがもう一度口を開きかけたとき、電子音が『ゴッドファーザー』のテーマ曲を奏ではじめた。真二の電話着信音だ。

「こら、おまえら！　なんで連絡をよこさねえんだ⁉　そっちへ着いたら、マメに電話を入れろと言っておいたろう」

いきなり荒木田の怒鳴り声が耳に飛び込んできた。

「すみません。いま、石村さんからいろいろお話をうかがっていたところで……」

「そこにいるのか——石村さん？」

荒木田の声に、ほんのひと刷毛、硬いものが混じる。

「はい、いらっしゃいます。電話、替わりますか」

ああ、いや、と曖昧に口ごもる。だが真二が訝る間もなく、荒木田の声はまた尖りだした。

「ところでおまえら、先々週の土曜、昼過ぎはどこにいた？」

先々週の土曜？　昼ならふだん通り、組の事務所で安っぽい出前のチャーハンを食べていたはずで、と答えかけて、真二はギクリとした。その日なら、昼飯のあと真二と悠人が出かけたのは、ほかでもない調布の稲村徳也のアパートだったからだ。そのついでに自宅を訪ねた二人は、稲村老人の他殺体を見つけて大あわてで逃走したのだった。

「ええと。すいません。……駅前でパチンコしてました」

「どこの駅前だ」

調布の、と言いそうになって、とっさに新大久保のと言い換える。新大久保には新明興業とつながるＮＰＯ（非営利活動法人）があって、ホームレス支援を目的に生活保護を受けさせる活動をしている。もちろん、まともなボランティア団体であるはずはなく、ホームレスを自分たちの息がかかった施設に入れて食事を提供し、見返りに生活保護費をピンハネする目的である。

路上生活者を保護支援する条例ができてから、街中のホームレスは減ったが、新宿周辺にはまだ何か所か、ビニールシートに覆われた段ボールハウスの群れがある。かれらをアパートに入れては、転居手続きを繰り返させる。転居すると敷金、礼金などの住宅補助費が出るからだ。

ホームレスは体調を崩している場合が多いから、経営難の病院にかれらを送り込むというビジネスもある。病院側は治療と称して税金から支払われる医療費を受け取れるし、こちらはキックバックされるマージンを掠め取るわけだ。こんなショボいシノギでは大して稼ぎにならないが、荒木田はセコイ仕事にも手を抜かない。というか、手下に手を緩めさせないので、真二と悠人はときおり新大久保の法人事務所に使いに行かされている。

「ばかやろう！　いい若い者が昼間っから遊んでるんじゃねえよ。どいつもこいつも遊んでる暇なんかあるかよ、朝から晩までこき使いやがって、と怒鳴り返したかったが、むろんそんなことは言えるはずもない。すみません、と真二はまた頭を下げた。

「それじゃおまえら、調布には行っていないんだな」

「ち、調布ですか」裏返りそうになる言葉をどうにか押さえ込んだ。「いえ、ここしばらくあっちには行ってませんが……調布でなにか？」

「おう、それがよ。金貸しの稲村は知ってるだろう。あのジジイが殺されたらしいんだ」

「えっ、いつですか⁉」

「だから先々週の土曜だって言ってるじゃねえか。まさか、おまえらがやったんじゃねえだろうな」

「と、とんでもない！」

なんでオレらがそんなこと、とあわてふためいて抗弁しかけると、

「ああ、いいんだ、それは。訊いてみただけだ」

荒木田はうるさそうに話をさえぎって、声を被せてくる。

「ただな、もしおまえらが、サツに目を付けられるようなヘマをやってやがるとまずいと思ってな。ウチは何かと目の敵にされているんだからよ、殺しの容疑があるなんてことになってみろ、何をでっち上げられるかわかりゃしねえ」

真二は息を呑んだ。

「ウチはこれから、ドでかい仕事に取りかかろうとしているところだ。つまらねえことでサツにジャマ立てされるようなことになったら、どうなるか。わかってるだろうな」

「よくわかってます」

「よし。それからな、そっちへ行ったばかりでナンだが、明日ちょっとこっちへ顔を出せ」

「え、事務所にですか」

「そうだと言ってるだろうが。同じことを何度も言わせるな。明日、デカが聞き込みに来る。おまえらも同席しろ」

「――マ、マジですか」

「なんだ、デカが来ると、なんかまずいのか」

荒木田の声のトーンが、再び雷雲発生を告げている。

「いえ、そんなこと、あるわけないじゃないですか」

「なら、もどって来い。昼過ぎに所轄のデカが特捜本部の相棒を連れてくるそうだ。遅れるんじゃねえぞ」

荒木田の電話はかかってきたときと同じく、唐突に切れた。

3

いきなり、真二はパニックに突き落とされていた。

真二の運転は怖いからオレにさせてくれや、と言われてボンゴの運転席を悠人にゆずり、制限速度をきっちり守った安全運転で麦山組事務所に到着したのが、午前十一時少し前。そのときも、ふだん使いのセカンドバッグは左手に抱えていた。去年、北斗連合会のフロント企業がビジネスホテルを買収して（正確には「乗っ取って」）、リニューアルオープンのパーティを開いたときに、ビンゴゲームで当てたものだ。バーバリーの牛革ブラック、買えば三万円はする。

いつもとは違う、まともな中華料理屋で八宝菜定食を食べたときも、それは隣の椅子の上にあった。そこから事務所まで歩いて七、八分。そのあいだ、一度も目の届かないところに置いたこともないし、他人に触らせたこともない。

それなのに、バッグの中から手帳が消えていたのだ。手帳といってもデスクダイアリーとしても使える大きめの判だった。そこに真二は毎日のスケジュール、出かけた先、会った相手、仕事の首尾、カネの出入りなどを、ほぼ几帳面(きちょうめん)に書きつけている。もちろん関係のある連絡先から、荒木田から受けた指示まで、記録しておくべきことは何でもだ。その中には、他人に見られるとまずいものも当然ある。

その手帳が消えていた。スマホも、革手袋も、財布も、キーホルダーも、ついでに喧嘩(けんか)用のメリケンサックやサバイバルナイフまで、ほかのものはすべてそろっている。なのに肝心な手帳だけが見つからないのだ。

「どっかに置き忘れたんやないのか」

悠人がひそひそ声で耳打ちする。

「そんなわけないだろ。バッグのほかの中身はそろってるのに」

「――何をグズグズやってやがるんだ。さっさと答えねえか」

デスクの向こうから、荒木田がのど飴を投げつけてきた。かなり、いらだっている。それはそうだろう。荒木田に言わせれば、きょうの真二悠人コンビは「これから大仕事に取りかかろうってときに、デカを呼び込むような真似」をした大バカヤローなのだから。もしその刑事がそこにいなかったら、投げつけられていたのはのど飴ではなくて、足もとに転がっている鉄アレイだったかもしれない。

調布警察署に置かれた特別捜査本部から訪ねてきていたのは、中年と若手の二人組だった。年取った方が捜査一課殺人犯捜査第九係の鷲津（わしづ）、若い方は所轄署刑事課一係の篠井（ささい）、とそれぞれ名乗っていた。刑事ドラマによくあるのと同じ組み合わせだ。鷲津刑事はきっとチョーさんと呼ばれているに違いない、と思わせるベテラン巡査部長タイプ、篠井は若い女だった。

だがドラマに出てくる女性刑事と違って、残念ながら美人とは言い難い。ひとことで言えば、全体に印象の薄い顔だ。髪の色も眉も薄く、目鼻立ちは小さくて、身体も小さい。女刑事はヤクザ事務所など初めてらしく、見るからに緊張していた。もともと白い顔が青ざめて見える。

真二の視線に気づいたのか、チョーさんデカが、女刑事を振り返って顎をしゃくる。

「こいつ、刑事課に配属になったばかりなんですわ。体格は成人女性の平均サイズだし、武道や逮捕術も婦警の平均レベルだそうでね。凶悪犯を逮捕する場面に出くわしたらどうしよう、と心配していたらしい。そこへいきなり殺人事件で特捜本部入りなんだから」

「そりゃ、舞い上がりますわなぁ」

悠人がウインクを送ると、篠井刑事はキッと鋭い目で睨んできた。気は強いらしい。

「それで、あなた方が稲村さんに借りていた金額明細はわからないんですか」

意外にもアニメのヒロインっぽい声で、篠井刑事が二人に訊いた。

「だから、それは手帳に書きつけてあったんですよ。でも、なぜだか見つからないんです」

「バカヤロウ、そういう大事なことはコピーを取っておくもんだ」

へい、と荒木田の怒声に首をすくめてから、真二は篠井刑事に向き直った。

「ですけど、オレたちの借りた分は、稲村さんが記録を取ってあったんでしょう？ そっちを調べればわかるんじゃないんですか」

「もちろん、貸借記録はあります。けれど、借りた側の記録を突き合わせて裏取りする必要がありますから」

ピシャリと正面から竹刀を打ち込むような調子で、篠井が言う。真二は悠人と顔を見合わせた。なんやねん、この女、と悠人が唇の動きだけでささやいた。つまりですな、と鷲津が口を挟む。

「現場に金庫があるんですが、この中の借用証がかなりの部分、持ち去られているんですわ。貸借記録は近くの信金の貸金庫に預けてあったんだが、こっちは週に一度、まとめて記入していたようで、直近の記録が欠けている。ということはです、ここ数日に限っては誰がいくら借りているのか、正確なところがわからないわけですな。たとえばの話、おたくらがつい最近になって稲村さんから大金を借りていたとしても、これはわからない」

「ちょっ、ちょっ、待ってくれまへんか。そんなん、借りてまへんで」

だからたとえば、ですよ、と鷲津は目じりに皺を刻んで言う。それに覆いかぶせるように、篠井が堅い口調で尋ねた。

「それでは、借用証のコピーはお持ちではありませんか。ふつう、借りたときに控えとしてもらいますよね」

もらったか、そんなもん、と悠人が真二の顔をのぞき込む。真二は首を振った。稲村の商売は旧式もいいところで、カネを貸すときはつねに対面して現金を手渡しする。借り手は備え付けの借用証に署名捺印して、稲村に差し出す。それだけだ。返済するのも銀行振り込みではなく、現金を持参しなくてはならない。もちろんお礼の言葉を口にしつつ、神妙に頭を下げるように求められる。そうしないと稲村の機嫌を損じて、次の借金を断られる恐れがあるからだ。

「しかし、てめえら、なんだって稲村なんかにカネを借りに行ったんだ、あぁ？」

不機嫌そうに荒木田が吐き捨てる。「チケットが捌けないなら捌けないで、どうしてオレに相談しない？　納める売上代金が足りないなら、オレに借りればいいじゃねえか」

とんでもない、あんたにだけは借りたくないんだよ、と真二は胸のうちで反論した。あんたにカネなんか借りたら、ますます縛り付けられて奴隷にされるだけだろうが。

「それじゃ、ま、その手帳の方は見つかったら連絡してくださいよ」

鷲津が座を和らげるように、鷹揚に二人にうなずく。すんません、と頭を下げながら、真二はちょっとだけ肩の力が抜けた。だが篠井はまったく空気を読まないタイプらしい。

「稲村さんが亡くなったのは十一月二十三日ですが、この日の午後、お二人はどこにいらっしゃいましたか」

切り口上で睨みつけてくる。

「いや、どこって……だから新大久保の駅前でパチンコ……してたんだよ、なあ？」

苦しまぎれに悠人に振ると、

「なんというパチンコ屋さんですか。それと入店した時刻と退出した時刻は？」

どんどん畳みかけてくる。

「店はえーと……なんちゅうとこやったかな……あの辺の店、あちこち行っとるからなあ」

と、今度は悠人が同意を求めてくるが、真二は答えられない。そうだなあ、と曖昧にごまかす。もともと新大久保になど行っていないのだから、パチンコ屋にいた時間帯も答えようがないが、午後一時前から二時間くらい、といちおうアリバイを主張しておく。

「ではよく思い出してみてください。それから必要が出てきた場合、お店の店内カメラを調べることになりますが。よろしいですね」

全然よろしくないが、うなずくしかなかった。パチンコ屋のセキュリティはスーパーなんかとはレベルが違う。出入り口はもちろん、通路ごとに一台ずつ防犯カメラが設置されている。事務所でモニターチェックされているし、保存期間も半年はある。機器は高性能だし、ゴト師と呼ばれる不正操作を仕掛けるプロが、いつ来店するかわからないからだ。ふつうの客でもパチンコ玉をこっそり持ち込んで、インチキするやつがいる。なので商業施設としては最高水準のセキュリティを誇るわけだが、そんなものを調べられたら、二人のアリバイはすぐさま崩れてしまう。

「防犯カメラといえば、京王（けいおう）線調布駅から稲村宅までの道すじも、現在カメラチェック中なんですわ。これがまあ、膨大な人数が映っていてね。二つの班がフルタイムでかかっていますが、なかなか骨が折れる」

鷲津がさらりと洩らしたひとことで、真二は足もとから背すじに冷たい風が吹き上げてきたような気がした。一瞬だけ、悠人と目を見交わしてしまう。そのカメラのどれかに、自分たちがまちがいなく映っている。アパートに向かうとき、まさか稲村が殺されているなどとは夢にも思っていなかったから、防犯カメラなんか、まったく意識していなかった。

「ちょうどお昼過ぎから、商店街でパレードがあったんですよね。あの日は勤労感謝の日でお休みでしたから、見ていた人もたくさんいたはずです」

意味ありげな目で篠井が言った。ああ、あのパレードね。中南米出稼ぎ移民かなんかの。うっかりそう答えそうになって、真二は開きかけた口をあわてて手のひらで隠した。空咳をしてどうにかごまかす。

「パレードのコースが、駅から稲村さん宅へ向かう道と一部で重なっているんですよ。ですから、たまたまパレードを撮影していて、現場付近を撮った人もいたと思います」

隣で悠人がしゃっくりみたいな奇妙な音を出した。

「そら、おりますやろ。きょうび、ケータイでパシャパシャ要らんもん撮りますよって」

あきらかに声が上ずっていた。荒木田が「ん？」という顔でこっちを見る。

そうか、しまった！　真二は思わず目をつぶった。パレードの後ろの方にいた、民族衣装のきれいなラテン娘。ペネロペ・クルスに似ているあの娘に、悠人が手を振って、そして彼女は持っていたデジカメで、たぶん悠人の姿を撮っていたのだ。ヤバい。あれはほんとうにマジもんにヤバい。

被害者は何者かに突き倒され、側頭部を金庫の角に激突したのが原因で亡くなったらしい、と鷲津はひとりひとりの顔に目を送りながら言う。

殺された稲村徳也は、金庫に借用証をどっさり保管していた。かなりの部分を犯人が持ち去ったと思われたが、残っている証書をもとに借用人の名前、住所、勤務先などをリストアップするのが鷲津の班の役目だった。まもなく、信金の貸金庫から老人の貸付記録帳が見つかった。そこで今度は、記録帳に載っていて借用証が見つからない者をリストにする仕事が増えた。

それがひと段落すると、リストに載せた人間をひとりひとりチェックする作業。書類の上で把握したことを、実際に当人に会って確認する。借金の額が大きい者から、アリバイを潰していく。その証言をひとつひとつ裏取りして固めていく。

「こちらへうかがったのも、その流れということですわ」

ニコニコとニヤニヤの中間くらいの笑みを浮かべて、鷲津が言う。

「ご苦労さまなことです。ウチのバカどもがよけいな手間をおかけしまして」

荒木田が慇懃に頭を下げた。

「いやいや。それにお宅の事務所には、稲村さんもときどき顔を見せていたそうですな。親分さんとは昔馴染みだそうで」

ですから、これは鑑の捜査も兼ねているんですよ、と鷲津は分厚い手のひらを揉み合わせる。鑑とは、被害者の人間関係など周辺情報を集めて分析することだ。地取り、ブツと並んで、欠かせない捜査のひとつである。

事件の第一発見者は、和倉という稲村老人の釣り堀仲間だったらしい。真二たちが現場で鉢合わせした男で、現場で気絶したあと、気分がわるかったので、稲村が不在なのだと思ったまま帰ってしまったという。テーブルを立てて稲村の死体を隠しておいたのが功を奏したわけだ。しばらくして、稲村の死体が見つかった。和倉は三日と空けず稲村を訪ねていたので、じきに刑事が聞き込みにやってきた。

警察は和倉の証言を疑ったが、頭部の打撲傷は自分では付けられない位置にあったので、容疑はまもなく晴れた。そうなると、この釣り堀仲間を気絶させた者こそ真犯人に違いない、と考えるのが自然だろう。

ところが和倉はほとんど何も覚えていなかった。稲村の部屋をのぞき込んだとたん、頭に衝撃を受けてあとのことはまったくわからない。そう証言するばかりだった和倉がここへきて、意識を失う直前に目の前が一面ブルーになった、と言い出したという。そしてそのブルーの色彩を追って目が下を向いたとき、一瞬だけれど若い男の顔を見たような気がするとも言う。捜査本部は色めき立った。

翌日から調布駅周辺から稲村の事務所、自宅までに設置されている防犯カメラの解析がはじまった。発見時刻から遡(さかのぼ)って二時間程度に録画されている無数の通行人のなかから、先のリストに載っている人間、そしてブルー系の上着をつけた若い男を割り出す作業だ。

「まあ、そっちの方は別班が大量動員して、現在シラミ潰しにやっとります」

「そちらのお二人のどちらかが、ブルーの上着を持っているなんてことはないですか」

篠井が踏み込んでくる。

「ないない、持ってまへんで、そないなもん」

悠人がブンブンと首を振る。いっしょに首を振りながら、あのとき着ていたパーカーはすぐ処分しておかなくては、と真二は頭の中の備忘録に書き込んだ。

「ただ、和倉さんを殴って逃げたのは、おそらく単独犯ではありません。少なくとも二人組だろうと推測されます」

篠井がまた鋭い目でねめつける。

「な、なんでですねん」

「和倉さんは足もとを見下ろした瞬間、後頭部を殴られたと証言しています。だとすれば、うずくまっていた男と、凶器を振るった犯人とは別々の人間でしょう。そんなに低い位置から腕を振りまわして他人の頭を殴ることは、ふつうありえませんから」

「オランウータンが犯人やったかもしれまへんで」

こんなときに茶々を入れるなんて、どういう神経しているんだ。真二は悠人の足を思いきり踏んづけた。篠井は悠人には一切かまわず、真二を見つめる。

「お二人も稲村さんのお宅によくいっしょに行かれていたようですね」

「そういうわけでもないですけど。二度くらいそんなこともあったかもしれませんね」

できるだけさりげなく答える。実際は二度どころか、たぶん十度は二人で稲村を訪ねているだろう。

「ところで、稲村さんのアパートでも自宅でもいいですが、訪ねたときにこういう男を見かけたことはありませんかな」

鷲津が内ポケットからビニールケースに入れた写真を取り出して、テーブルに置いた。写っているのは、どこか神経質そうな目をした若い男だった。

「船曳明彦（ふなひきあきひこ）と言いましてね、稲村さんが英語を個人教授していた弟子なんですよ」

へえ、と首を伸ばして真二は写真の顔を凝視した。稲村がもともと英語教師で、若い頃にはイギリスに留学した経験もあるという話は聞いている。

「個人レッスンは会話だけじゃなくて、英米小説の原書講読などもしていたそうなんです。船曳はなかなか勉強熱心で、もう何年も稲村さんのところに通っていたらしいんですね」

「あー、思い出したわ。こいつ、あれやろ。あの自転車の」

悠人が人差し指を立てて、こめかみの横でクルクルまわす。

「あっ、思い出した。あのパンクのか」

ひと月ほど前か、稲村のアパートの前の路地で、ひょろりとした若い男にいきなり咎(とが)められたことがある。停めておいた自転車のタイヤの空気が抜けている、おまえらが抜いたんじゃないのか、とからんできたのだ。

「あれ絶対、頭、イカレてますわ」悠人が口を尖らせた。

「すると、その男はイライラしているような感じだった……そういうことですか」

「たぶん、そうだと思いますよ。パンクしているのに気づいてイラッとして、ちょうど来合わせたオレたちに八つ当たりしたみたいな」

「あの男、小説家にでもなろう思うてたのとちゃいますか」

悠人がまたよけいなことを口走る。たしかに稲村宅の裏庭で拾った、犯人のものらしい鞄には、小説と思われる本と大量のプリントアウトが入っていた。そのことからの連想だろうが、うっかり口をすべらせて刑事の注意を引いてはまずい。

「なぜ、そう思うんですか」

案の定、篠井が身体ごと悠人の方へ向き直る。

「いや、なぜ言われても……」悠人は挙動不審を絵に描いたみたいに目を泳がせたあげく、真二に助けを求める。「なあ、そう思わへん?」

まあ、小説の原書講読なんか習っていたとすれば、そうかも、と真二はどうにかごまかした。篠井はあきらかに探りを入れる目つきで、二人の顔を見つめていたが、やがてポツリとこんなことを口にした。

「じつは稲村さんの部屋から鞄がひとつ、消えているんです」

スッ、と悠人が音を立てて息を吸う。

「家事代行サービスの人が、ここしばらく置いてあった書類鞄がなくなっている、と証言しています。稲村さんと船曳がその鞄を前にして、言い争っていたこともあった、というんですけど。そういうものを、稲村さんのお宅で見かけたことはありませんでしたか」

ありまへんありまへん、と悠人が首と手をいっしょに振っている。なんてバカなんだ、と真二は目をつぶりたくなった。これじゃ、あります、と極太ゴシック体で書いた紙を顔に貼り付けているようなものだ。無言のまま、鷲津が手帳になにか書き込んでいるのが不気味だった。

あなたたち知っているんじゃない？　と篠井の目が問いかけている。

「それと足跡がいくつか残っておりましてね、裏庭の塀の辺りに」

テーブルの上で塔のように指を組んでいた鷲津が、その指をスーッと前へ倒すと、ちょうど人差し指が悠人を指す形になった。

「いずれ、鑑識係の方からご協力をお願いすることになるかもしれません。靴のサイズやら靴底の模様やら、まああくまでも参考のためですが」

はあ、さいでっか、虚ろな目で答えながら、悠人はそっと足を椅子の下に隠そうとする。

「では、この男はどうですかね。稲村さんの部屋で見かけたことはありませんか」

鷲津刑事が一枚の写真をテーブルの上に置く。頭が禿げあがり、残った髪も半白になった初老男だった。贅肉のだぶついた頬に、やや引きかげんにした二重顎。卑屈そうで、そのくせ狡そうな目つき。ひと目で、この男の荒廃した内面が伝わってくるようなイヤな写真だ。真二は、ははあ、と思った。これはたぶんあれだ、警察の手配写真。

「この男は飯尾秀二郎といって、詐欺の前科があるんですがね。稲村さんの周りにしばしば現れていた、という証言が出ています。部屋を訪ねているのを目撃されたこともある」

この通りの顔ならインパクトがありそうだから、会っていれば見覚えがあるはずだが、どうも記憶がない。

「すると、ナンですかいな、このハゲが容疑者なんでっか」

「それはお答えできません」篠井刑事が短いポニーテールを揺らして首を振る。「ただ飯尾秀二郎は、稲村さんから大量の宝くじ当籤券を買い込んでいます」

「へえ、意外ですね」

「稲村さんはですな、当籤した宝くじを二割増しで買い付けていたんですよ。一万円券なら一万二千円でね。少額当籤券でもこうやって買い集めれば、かなりまとまった額になる。それを飯尾のような男に売りさばいていた」

「それ、損するだけやないですか。なんでまた」

悠人が顔を見まわすが、刑事たちは口をつぐんだままだ。

「二割損しても宝くじの当たり券を手に入れたい人間がいるってことだ」

荒木田が吐き捨てるように言う。「稲村はそんな手合いに頼まれていたんだ」

そういうことか、と真二は合点がいった。マネーロンダリングだ。表に出せないカネを、宝くじを当てた態にして表でも使えるカネに替える。宝くじは非課税で確定申告の必要もない。二割程度の損を被ってもメリットがあるのだろう。

「ともかく、金銭もしくは有価証券、これは宝くじも含みますが、そのからみのトラブルがあったことは考えられます。なにか、稲村さんからそんな話は聞いていませんでしたか」

「あるいは、電話でそういった話をしているのを耳にしたとか」

息の合った漫才コンビみたいに、二人の刑事の言葉は切れ目なく流れてくる。だがひとりが説明している間、もうひとりの目が鋭く自分と悠人に注がれているのに、真二は気づいていた。

4

「ほんま、クッソつまらんことばっかりさせよるで、あのオッサン」

悠人の電話はいつも愚痴と荒木田の悪口ではじまる。いや、愚痴と悪口ではじまって、愚痴と悪口を延々と語り、愚痴と悪口で終わるというところか。

「ケンさんみたいに敵をマトにかけてこい、タマ取ってこい言うんなら、そら取ってきてもみせるで。けど、やらされとるのはガキの使いみたいなハンパ仕事ばっかしや」

特捜本部からやって来た刑事たちの尋問をどうにかやり過ごしたあと――どう見ても一時しのぎではあるものの――真二と悠人は一時的にいつもの仕事にまたもどっていた。すぐに桐ケ谷へ帰されるものと思っていたが、そちらには牛村が行かされているらしい。荒木田は、稲村の一件の推移がもう少しはっきりするまで、二人を手もとに置いておくつもりらしい。

真二はブルーリボン芸能社で地下アイドルイベントの仕切り、悠人は交渉に乗ってこない相手に脅しをかけるといった、言ってみればヤクザのルーティンワークだ。といっても、ダンプを突っ込ませるとかピストルを撃ち込むとかいうわけではない。ただの営業妨害だ。しかも先方は抗争組織の舎弟でもなければ、周辺者ですらない。まったくの一般人。なんでこないなチンピラ仕事せんならんのや、と悠人はまた愚痴る。

「なんだよ、例の自動車部品屋のことか」

「それもある。それともう一個、競売物件の追い出しやな。これが子持ち家族でなあ」

「どっちもつまんなそうだな」

真二は少し悠人に同情した。悠人も弱い者いじめを好むタイプではない。「で、どうしろと言ってるんだ、荒木田は」

「部品屋の方はな、駐車場が側にあるねん。そこへ張り込んで、クルマ取りに来る店のやつを脅せっちゅうんやけどな。それがみんな、気の弱そうな兄ちゃんばっかりなんだわ。なんか、気の毒でなあ」

「相手、びびってるのか」

「震えとるがな。すぐひとり消えてしもうたから、あいつ、やめたんやないかな。あと、競売追い出しの方は、ドアの前に生ゴミぶちまけたりな。近所のスーパー行って、バックヤードから捌いた魚の頭やら肉の切り落としやらかっぱらってきてな、ほかしてくるんや。腐りかけてからほかすやろ、エライ臭いやで、ほんまに」

　チッと真二は舌打ちした。なんだ、そのセコい遣り口は。そんな悪徳不動産屋の店子いじめみたいなことをさせられているのでは、悠人がイラついてくるのも無理はない。

「おまえ、マジで殴ったりしてないだろうな。素人に手を出したら荒木田にどやされるぞ。サツに付け込まれるって」

　警察という言葉が出たとたんに、悠人の声に緊張の糸がピンと張ったのがわかった。

「あのあと、稲村の事件のこと、なんか聞いてるか？」

ああ、と生返事が聞こえて、悠人は数秒間黙り込んだ。真二は芸能社にかかり切りで組事務所に顔を出していないが、悠人の方はわりに暇な仕事だ。

「あの鷲津いう刑事が、オレに名指しで電話かけてきよってな。稲村のジイさんとこで、写真の二人のほかに、誰かに会ったことはなかったか訊いとったわ」

「そんなことはなかっただろ」

「ああ。だから、ない言うといた。あと、借金の額はまだわからんかちゅうて。ほんま、しつこいやっちゃ。オレらの借りてた金なんか、ジイさんから見たらハシタ金やろうが」

「甘いよ、おまえ。殺人事件だとサツも全力で来るんだぞ。ちょっとでも引っかかりがある人間はシラミ潰しに調べにくる」

「じゃあ、またオレらのとこにも来るんやろか」

「来るだろ。それに、ジイさんとこには何度も行ってるから、近所のやつに見られてるかもしれないし」

勘弁しとくれや、と呻くように悠人が言った。

「あの日は大丈夫だったやろな。もし誰かに見られてたら最悪やで」

あの辺りはアパートが多い。ひょっとしてどこかの窓から誰かが、真二たちが稲村のアパートに入っていくのを見ていた可能性はある。警察がローラー作戦で聞き込み捜査をしていくうちに、その誰かを探し当てないとは言い切れない。

「そうや。真二、あの紙、読んでみたんか？　稲村んとこの裏庭で拾ったやつ」

「ザッとは読んだ」

「あれに持ってたやつの名前とか、そういうの書いてなかったんか。ほれ、あのとき刑事が言うとったやんか、船曳いうやつとか」

「そんな都合のいいこと、あるわけないじゃん。小説みたいな文章が最後までグダグダ続いているだけだよ」

「けど、そいつ、絶対有力容疑者やろ。でなかったら、オレらにあんなこと訊かへんで。ちゃんと読んでみろや。なんかヒントあるかもしれんし」

たしかに、あの事件の犯人につながりそうなブツを握っているのは、自分たちなのだ。警察の手が伸びてくる前に、精読しておいても損はないかもしれない。

「それから、ほれ、いっしょに鞄に入っとった本あったやろ。あれ、何の本や？」

「あれか」真二はくすんと鼻を鳴らした。「あれはダメだ。洋書だから、全部英語だ」

「そら、あかんな。でも、題くらいはわかるんやろ。おまえ、ちょっとは英語読めるやないか」

「*The sweet kidnapping*」

「なんやそれ、どういう意味や」

「んー、直訳すると『甘美なる誘拐』？」

「誘拐の話か、それ」

「そうじゃないのか。知らんけど」真二はちょっと考えて、言葉を切った。「それよりおまえ、いつ頃、今の仕事終わるんだよ」

「わからへんなあ。部品屋が音を上げてくれよったら、すぐにも片づくんやけど」

「びびってるんだろ。そんならすぐじゃないのか」

「けど、こないだパン屋で見かけた女がいたやろ。あいつが大声で脅かしても怖がらんし、ガン飛ばしても睨み返してきよるし。まさか女は殴られへんしなあ。弱ったで」

弱ったと言いながら、悠人の口調はあまり困っているようではなく、その状況を楽しんでいるみたいにさえ聞こえた。

「おまえ、ナメられてるんじゃねえのか」

悠人はきっとニヤついた顔をしているに違いない。「だいたい、なんで自動車部品屋なんか脅かさなきゃならないんだ」

「それがなんや、面倒な話でなあ」

うんざりしたような声が返ってきた。その自動車部品屋の辺りは、国道二〇号線と都道二二九号線が走っているうえに、中央高速の調布インターにも遠くない。徒歩圏内に京王線の駅もある。京王調布駅で分岐している相模原線を使えば、じきに多摩川を越えて神奈川方面への足もいい。部品屋の近隣はみな築年数の古い建物ばかりで、高齢者が多かった。そのうち二軒が地元の不動産店に売却の相談をしていたのだが、不動産会社は交通の便のよさを見込んで、サラリーマンファミリー向けのマンションを造れば高値がつくと踏んだ。この一角と地続きに廃業の決まったテニススクールがあり、そこと合わせれば百二十戸クラスの物件が建てられる。

ところが角地に店を構える自動車部品屋が、どうしても移転を拒んでいるため、計画が進まない。そこで登場したのが、ディベロッパーを名乗る地上げ屋だった。正体は北斗連合会傘下のフロント企業だ。北斗連合会と麦山組はいわば親子の関係になるので、これまでもおたがいに貸し借りがある。北斗から力を貸すように話が持ち込まれたとき、荒木田はここでひとつ上に貸しを作っておこうと算盤を弾いたらしい。

　フロント企業は部品屋に手形パクリを仕掛けて、運転資金を追い込んでいた。出入りしているチンピラや半グレを使って、あれこれイヤがらせもやらせていた。だが素人だから何かの弾みに、思いがけないトラブルを引き起こす恐れもある。

「ほんでな、オレが仕切りをせんとならんわけや」

　悠人は得意そうに言う。フロント企業から荒木田に話があって、「誰か、若い者でしっかりしたやつを出してもらえないか」と頼まれたのだという。

「まあ、ウチの組でしっかりした若いモンゆうたら、オレしかおらんわなあ」

　悠人のニヤニヤ笑いが目の前に浮かんでくるようだった。

「手間取るようなら、オレも手伝いに行ってやろうか」

「まあ、そこまですることもないやろ」

　すぐさま、おお、そうしてくれや頼むわ、と言うだろうと思っていたのに、悠人はあんがい素っ気なかった。

「とにかく、ここんとこ、荒木田のオッサンの機嫌がわるうてなあ。事務所は荒らされるわ、稲村のジジイが殺されるわ、サツがしょっちゅうやってくるわ、部品屋のねえちゃんは頑張るわで、荒れてんのや。オレなんか、しょっちゅう蹴り入れられて、ケツがアザだらけになっとるわ」

「それじゃ、稲村の件でサツに任意出頭なんか食らったら、オレら殺されるかもな」

「冗談じゃないで、ほんまに。真二、早いとこあのプリントアウト読んで、稲村殺しの犯人のメド付けてくれや」

ほんじゃあな、と遠ざかりかけた悠人の声がふいにまた大きくなった。

「忘れとった。稲村のとこに行く前に、荒木田のオッサンから頼まれてた宝くじ、買うたやんか？　ひょっとして、あれ、当たってるなんてことないか」

ああ、あれか。すっかり忘れていた。荒木田に命じられて買った宝くじは、券を渡したあと、真二が番号の控えをメモしている。荒木田は毎週買わせにやるくせに、自分で必ず結果を確かめるわけではない。当籤券の発表日になると、真二がメモを調べて、当たっていれば荒木田に知らせることになっている。とはいっても、過去一年近くの間で、当籤券が出たのはロトが数回あっただけ。約一万円付いた四等が二度、あとは千円の五等ばかりだ。年に五回あるジャンボは三百円の末等を除くと、一万円券を二度取っただけだ。

ふだんでさえ、真二が報告するまで抽籤日をしばしば忘れているくらいなのだから、これだけあれこれ立て込んでいたら、荒木田も宝くじどころではないだろう。

「わかった。調べておくわ」

「せめて十万でも当たってくれんかなあ。そしたらオッサンの機嫌も、ちょっとはようなるのとちゃうか」

「十万円くらいで気分が変わるかよ。荒木田もずいぶん安く見積もられたもんだな」

「そやかて、毎日、あのしかめっ面見せつけられとるこっちの身にもなってみい」

電話を切るまでに、さらにひとしきり愚痴の続きを聞いてやらなければならなかった。軽くため息が出る。忘れないうちにと思って、真二はふだん使いのバッグにしまってある手帳を引っ張り出そうとした。そのおしまい近くのページに購入した宝くじの番号をメモしてある。だからそのページを開いて、スマホで検索をかけさえすればすぐにでも――。

真二の手はバッグの中をむなしく掻きまわしただけで、のろのろともとへもどった。そうだった、忘れていた。あの手帳はなぜか行方がわからなくなっているのだ。二人組の刑事が訪ねてきたあのときから、ずっとそのまま。

しかたなく、バッグをひっくり返して、中身を全部出してみる。荒木田からもらったメモには、これを買えと指定された番号が記されていた。ロトはそのものズバリ、選ぶべき数字が書かれていたし、ジャンボの方は買うべき抽籤券の最初の二つの数字が記されていた。1と8だ。つまり組番号にかかわらず、18万台の券を買えと荒木田は指定していた。

真二はパスモやあれこれのポイントカード、ポケットティッシュ、ウォレット、小銭入れ、デジタルレコーダーといったものといっしょに、ひとつかみもある紙きれを摘み出した。ほとんどは使いもしないサービス券だが、ただの白い紙にメモを書いたものもある。

運がよければ、荒木田から渡されたメモも、まだ捨てずに取ってあるかもしれない。そこに購入した券のナンバーも走り書きしておいた記憶がある。

運はよかったようだ。二重三重に折れ曲がり、皺だらけになりながらも、荒木田のメモはコンビニのレシートと居酒屋のクーポン券に挟まれて見つかった。

買うように指定されたロトの番号と並べて、六桁の数字が書き込まれていた。ジャンボの数字だ。すべて18ではじまる、十枚つづりが二十組。つまり書き留めておく数字は、組番号と各組の最初の一枚だけでいい。１８０００１があれば、そのつづりは１８００１０で終わっているはずなのだから。

スマホで宝くじの公式サイトを呼び出して、最新の当選番号を表示するページを探し当てる。まず毎週二回の抽籤日があるロトをチェックする。ほとんどが六つの数字のうち、ひとつか二つしか当たっていない。まあ、これが「平常運転」というやつだ。十回買って、五等の三千円が出ればまずまずといったところなのだから。

結局全部ハズレで、ここまで運が付かないというのもめずらしい。やれやれ、これじゃ荒木田のイライラはますます募るばっかしだな、と真二はちょっと眉を寄せた。

ハロウィンジャンボの方は、もっとむずかしそうだが、二百枚も買ったのだから、計算上六千円は当たっているはずだ。荒木田の好む買い方はバラ連番というもので、下ひとケタが並び順の十枚を二十組買う。最下等の三百円当籤券は下ひと桁に一枚は必ず入っているので、二十組あれば六千円は回収できる。運がいいと下二桁も当たる可能性があるから、五等の三千円もゲットすれば、合わせて九千円。とはいえ、ジャンボだけで六万も突っ込んでいる荒木田は、宝くじの売り上げに協力するよき納税者でもあるわけだ。

いささかうんざりした目で、公式サイトにある当籤番号をチェックしてみる。一等は各ユニット共通で、36組の18万台から出ていた。さすがに年季が入っているだけあって、18万台から出るという荒木田の予想は的中したことになる。荒木田に言わせれば、過去数年間のデータを調べると、ジャンボくじの当籤番号は、特定の数字が周期的に出やすい傾向があるという。ここ一年ばかりは18万台がそれだということだった。

ディスプレイの当籤番号をそのままにして、三等百万円から見ていく。三等以上はまったくのアトランダムだから、一シート千枚まるごとを買っても、当たらない場合はそれこそかすりもしない。

三等は各組共通で組番号の下ひと桁が7だ。7組の160094。メモ紙に書き込んだ券番号は組の若い順に並べてあるので、すぐに7組はないとわかる。

はい、百万円はゲットならず！　残念でした！

真二は不愉快そうに顔をゆがめる荒木田を想像しながら、口の中でつぶやいた。ほんとうに荒木田を前にしてそう言ってやれたら、きっと爽快だろうなと思う。でもとても言える気はしなかった。

真二もよくあるパターンで、中学からグレだしたクチだった。校内での覇権争いからはじめて、近隣校の制圧、高校中退してからはストリートファイトでちょっとは名を知られたものだ。修羅場はそこそこくぐり抜けてきた自信があるが、荒木田と殴り合おうとは思わない。クールな外見と違って、荒木田には獰猛な肉食獣を連想させる凶暴なオーラがあった。ヤクザの本質は肉体の闘争だから、伸していくにはどこか突き抜けた暴力性は不可欠な素質なのかもしれない。

真二は小さく頭を振って、しょうもない物思いを振り払った。さて次は二等、五百万円だ。二等の当選番号は二つある。24組の120591、もうひとつは88組の187859。メモの中に24組はあるが、番号がまったく違う。88組はひとつもない。

はいはい、五百万円も獲得できず、と。どす黒い怒りをたたえた荒木田の顔を想像すると、ちょっといい気味だった。

いよいよ残るのは一等三億円と、前後賞の一億円、あとは一等の組違い賞の十万円だけだ。一等は最初に見たように、36組から出ている。

「おっ、あるじゃん。36組」

メモに書き込まれた組順を見ていくと、36組がすぐに目に飛び込んできた。当籤番号は187641。荒木田の購入分がすべて18万台なのは、初めからわかっている。まあ、ここまで当てただけでも大したものだ。下ひと桁を当てると三百円もらえるのだから、組と上二桁を当てたら三千円くらいもらってもいいのではないか。つまらないことが頭をよぎる瞬間にも、真二の目はくしゃくしゃになった紙の上の数字を見つめていた。

――36組187640

ん？　一瞬、危険でひどく俊敏な獣が、目の前を突っ切っていったような気がした。

18……76……4……0？

4……0？

いま、自分が見ている数字が何を意味しているのか、よくわからなかった。いや、視線がその数字の列を捉えた瞬間からすべてわかっていたのに、頭の一部分がそれを受け入れることを拒んでいる。数字を紙に書き込んでいたときの記憶が、ぼんやりと思い浮かぶ。そのときにはまだ特別な意味を持っていなかった、六桁の数字。

──これって、一等三億円と一番違い……じゃないのか？

真二は、指で数字をなぞり、同じように画面の当籤番号をなぞった。ひとつひとつの数字を小声で読み上げながら。

何度繰り返して確かめても、最後の1と0の違いだけは変わらない。二桁の組数を当て、六桁の数列のうち五つまでが合っているのに、最後のひとつだけが違っている。それもたった一番の違いで！

この0が1だったなら、一等三億円が当たっていたのだ。そう思うと、知らず知らず身体が震えてくる。もちろんこの数字の券は、自分のものではなく、荒木田のものだ。当たろうがハズれようが、自分とは何の関係もない。そんなことはわかりきっているのに、三億円という途方もない金額の衝撃が、身体の深いところから震えを呼び起こすのだ。圧倒的な、目のくらむような高みから、それは黄金の光を降り注いでいた。畏怖と言うしかない気持ちでその高みを見上げながら、真二は同時に、その黄金の羽毛を輝かせた美しい鳥が、自分の指先をかすめて飛び去ったことを感じていた。伸ばした指に触れるか触れないかのところを、身をよじらせるようにして、まばゆいものが通り過ぎていった。

だが、消えて行こうとする光が、いま一度、身をひるがえそうとしていた。

──一等前後賞……一億円⁉

スマホの画面が、雲間からのぞいた太陽を白く反射する。真二は画面を傾けながら、二度三度と画面に浮かんだ文字の意味を追っていた。

5

「……どういうことやねん。一等やなかったんやろ」

悠人の声はまだ、とまどっていた。

「だから、一等の前後賞ってのがあるんだよ。一等の当籤番号よりひとつ若い番号と、ひとつ多い番号。これがそれぞれ一億円なんだ」

ほら、よくコマーシャルで〈一等前後賞合わせて五億円！〉って言ってるだろう、と真二はわざとゆっくり言った。

「あれは一等が三億円で、そのひとつ前とひとつ後が一億円ずつ、って意味じゃん。だから全部合わせれば五億円なわけ」

ああ、そういうことなんか、と言いかけて、悠人は「うえッ」と奇妙な声を上げた。

「ということは、あのオッサン、一億当てよったんか！　ええッ⁉」

どないするんや、えッ真二、どないする気なんや、と裏返りそうな声が電話の向こうでうろたえている。

「落ち着けって。おまえ、宝くじが当たってたら荒木田のオッサンが喜ぶって、そう言ってたじゃん」

「そ、それはそうやで。そらァ喜ぶやろ。喜ぶどころか腰抜かすんとちゃうか。一億やもんなあ」

「だったら、さっそく知らせてやれよ。めっちゃ、ご機嫌になるぞ」

微妙な沈黙が落ちて、悠人の呼吸の音だけが聞こえる。

「待てや……ええか、ちょい待ってくれや……」

あんまびっくりしてもうて、もう頭ん中ごちゃごちゃやわ、悠人は変に沈んだ声で言う。

「あのな、真二……ちょっと考えたんやけどな」

「なんだよ」

「あのな、ぶっちゃけたとこ、言うてもいいか」

いつだって好きなこと言ってるくせに、というツッコミにも、悠人は答えない。重い吐息がひとつ聞こえたあとで、

「当たったのが百万なら、そらァ、すぐに知らせてやるわ。オレかて、オッサンを喜ばしたろ、思うてないわけやない」悠人は口早にしゃべりはじめた。「いや、五百万かて、知らせてやろう思うわ。たぶんな。けど、一億やぞ、一億。あのオッサンに一億も手にする資格があると思うか。何の苦労もせんといて、一億も」

「そんなこと言ってもしょうがないだろ。あいつの金で買った宝くじが当たったんだから」

「買うたのはオレらやないか。そんならオレらにも山分けする権利はあるで」

「ねえよ、バカ。なに言ってるんだ」

「そやかて、悔しいことないか？　あんな威張り散らしとるオッサンが、濡れ手に粟で一億やで。そんなん、理不尽ちゅうもんや。そやろ。そう思わんか、真二」

「だったら、どうしようって言うんだよ。シカとしてガメるのか、一億？」

「……そこまでは言うてへんやろ」

「じゃあ、どうするんだ。オレらが買ってきたんだから、オレらに半分よこせって言ったら、荒木田がくれると思ってるのか」

「そうは思わへんけど」

「なら、ガメるしかないじゃん。だけど一億ガメてバレたら、オレら絶対殺されるぞ。そこまでナメられたら死んでも許さねえだろうからな、あのオッサン」

命がけでガメる根性あるのか、おまえ、と問い詰めると、悠人は黙り込んだ。そやかて、とか、そないなこと言わんでも、とか不服そうにつぶやく。

「そんなら、真二はどないに考えとるんや。一億なんてカネ、オレらの人生じゃこの先一生拝めないんやで。それが目の前にあるちゅうのに、おとなしく荒木田のオッサンに渡してやるんか。それでええのんか」

「それじゃ、考えろ」

「何を考えろちゅうのや」

「荒木田にハロウィンジャンボのことを忘れさせる方法だよ」

「……忘れさせるて？」

何かに取り憑かれたみたいにわめいていた悠人の声が、いっぺんにトーンダウンした。

「荒木田が思い出しちゃったら、騙すにも騙せないだろ。だから、あいつにしばらく忘れさせておいて、その隙に掠め取るんだ」

おまえっちゅうやつは、と悠人の泣き声みたいな叫びが耳に飛び込んでくる。

「悪いやっちゃなあ！　もしかして、初めっからそのつもりやったんか」

「あたりまえだろうが。一億なら、イチかバチか賭けてみる価値がある」

そんなら最初っからそう言えっちゅうのや、うれしそうに声を張り上げる悠人に、真二は釘を刺した。

「浮かれてる場合じゃないぞ。おまえ、荒木田の周りで何か騒ぎを起こせ。オッサンの頭に血が上ってじっとしていられなくなるようなやつだ」

「どんなことやればええんや」

「こないだ、事務所に火焔瓶とタールぶち込まれただろ。あんなのでいいじゃん」

「アホさらすな。そんなん、バレたら山に埋められるわ」

「バレるわけないだろ。また紅龍会とかいうやつらにやられたと思うに決まってる。むしろチャンスなんだから、さっさとやれ。今夜やれ、今夜」

「オレひとりでやれちゅうんか」

「おまえしかいないだろ。こっちは夜中は動けねえんだからよ。それが済んだら、荒木田が怒り狂っている隙に、宝くじの抽籤券を盗み出せ。たぶん、いつも持ってるセカンドバッグかデスクの引き出しの中だ」

「そっちもオレがやるのんか」

「ほかにだれがやるんだよ。一億円だぞ。根性据えてやれや」

ハアァァと深いため息が聞こえてくる。

「真二がこの先兄貴分になるんやったら、オレ、ヤクザになるのやめとくわ。こないに人使いの荒いやつやとは思わなんだ」

「泣き言はあとで聞いてやるからさ。それから、券はまるごと盗め。ジャンボもロトも全部だぞ。そうしておけば、荒木田はどこか別のところに移したのかと勘違いする」

「よう気安くそないなこと、言うてくれるなあ」

呻き声を残して電話が切れた。

6

不動産会社の勧めてきた「新しい提案」は、ひとことで言えば、「自動車部品屋を畳んでコンビニをやらないか」というものだった。

「それならここにずっとお住まいになれるわけですし、経済的なご苦労もかなり軽減されると思うんですよ。いや、もちろんご不安はあるでしょうが、コンビニというのは、ほとんどロケーションで決まると言っていいんです。経営のノウハウやフォローアップは、フランチャイズシステムですから万全ですし、ここなら地域性もとても魅力があると思うんですよね。差し出がましいと思われるかもしれませんが、いずれお嬢さんにあとをゆずられるにしても、コンビニなら収益性も確かでしょうから――」

要するに営業マンは、植草部品の所有する土地を売れば、周囲の土地といっしょにして、アーバンタイプの低層マンションが建つ。その一階店舗部分に入居する権利を与えようと言っているのだった。

「コンビニだって、フランチャイズ料だのなんだの、初期投資がけっこうかかるんだろ。ロイヤリティも高いって聞いてるよ。上納金が滞ると、すぐ契約解除をチラつかせて脅かされるというしなあ」

「それは店舗を本部から借りるオーナーのケースですよ。植草さんならご自分の持ち分で経営できるんですから、ご心配いりませんよ」

「それにしたって、この年になってイチからの小売り業はきついよ。接客もできないし、だいいち今のコンビニは業務がえらい複雑じゃないか。役所の窓口みたいなこともやらされるんだろ、無理、無理」

今だって接客はされてるじゃありませんか、と営業マンは童顔を紅潮させて力説したが、浩一は首を振り続けた。しかも持ち分になるというスペースは、現在の敷地の半分もない。コンビニを開くとしても中規模店にしかならない。知人のコンビニオーナーから、本部からの契約解除にはなんの保証もつかないが、店側からやめる場合は高額な違約金をふんだくられるとも聞いている。手持ちの所持金のほとんどをぶち込んで、不慣れな商売をはじめる気にはなれなかった。

騙し取られた手形を取りもどせれば、とは幾度も考えた。受取人の欄が無記名のまま奪われた手形は、さいわい、まだ換金されてはいない。だが騙し取った犯人は、まちがいなく手形を事情を知らない第三者に売ってしまうだろう。その第三者がいつ見知らぬ受取人として現れるかもしれなかった。つまり信金にある虎の子の四百万円は、いわば塩漬け状態で、動かすことができないのだ。自分のカネでありながら、自由にならない。知り合いから紹介された弁護士を訪ねてもみた。法律家の答えはますます浩一を落ち込ませるものでしかなかった。

「白地（一部が無記名）手形の扱いは、金融機関も神経質になるものですがね。金額が白地の場合は、たとえ善意の第三者（事情を知らずに受け取った現在の保有者）であっても振出人に金額を確認する義務があります。空欄になっているところに勝手に好きな金額を書き入れたりしたら、場合によっては、振出人が破産してしまいますから。だからそれを怠ると不正と見なされて、支払いを拒否されるんですよ。ところが、そちらから振り出された手形は金額がちゃんと入っていたわけですね。同じ白地でも、受取人欄が空白のときは、銀行は支払いに応じていいことになっています。ですから、お宅の手形を持ってきた受取人が換金したいと言った場合、拒否することはむずかしくなります」

銀行の当座勘定規定にも〈手形で受取人の記載のないものが呈示された場合は、そのつど連絡することなしに支払うことができる〉とあるという。

「では、受取人が現れたときに、支払いをストップしてもらうというわけには……？」

「まず、むずかしいでしょうね。お気の毒ですが」

にっちもさっちもいかない、という慣用句はこういうときに使うのだろうな、その夜、浩一は自嘲的な気分で飲みたくもない酒を飲んだ。

敵はこちらの資金繰りを苦しくしておいて、降参するのを待っているのだ。手形をまだ銀行に持ち込んでいないのは、そのためだ。もしもこっちが白旗を掲げてギブアップしたら返してもいい、という含みなのだろう。コンビニはともかく、ここを明け渡してどこかで新しく部品屋を開くにも、あの四百万は命綱だ。それとも、もう何もかも放り出して、田舎にでも引っ込むか。ひとりになると、つい考え込んでしまう。弱気の虫が顔を出す。

ああ、イヤだイヤだ。浩一は目をつむると、小さくため息をついた。

考えてみれば、菜々美ももう二十五、いや今年の誕生日は過ぎているから二十六だ。ほんとうなら恋人のこと、趣味のこと、結婚のこと、そういった若い女にふさわしい話題で身の回りを賑(にぎ)わせていていい年頃なのだ。そう思うと、ふいに切ない、やりきれない思いが下腹の辺りから立ち上ってきた。たったひとりの娘が、自動車部品やタイヤが山と積まれ、機械油の臭いの漂う殺風景な店で、遠ざかろうとする娘盛りを過ごしている。愚痴も言わずに黙々と働く菜々美の姿が瞼に浮かんだ。たまらなく痛ましかった。

もともと菜々美は外国文学や語学が好きで、大学でも英文学を専攻している。よくはわからないが、成績もよかったようだし、部屋の本棚には浩一がタイトルさえ読めない原書が背を並べている。母親が元気でいたなら、おそらく自分の思うような進路を選んでいたはずだ。翻訳家とか海外文学の編集者とか、あるいは語学教師とか。娘の夢をあきらめさせたのは、植草部品の慢性的な人手不足と、母親の病気のせいだった。

いっそ反抗してくれた方が気が楽だったかもしれない。金切り声で不満をぶちまけたり、泣きわめいて物をぶつけてきたり。ブランド物を買いあさって夜遊びばかりしているような娘だったら。

浩一は小さく首を振って、酒を口に含んだ。大ぶりのぐい呑みにたっぷり注いだ吟醸酒がするすると咽喉を滑り落ちてゆく。ひやりとした喉越しを楽しむ間もなく、じわりと腹の底が温かくなる。だがなぜか、味はしなかった。酔えそうもない酒を浩一はさらにひとくち、ふたくちと飲み続けた。

第三章
誘拐大作戦

3

1

ファミレスの四人掛けテーブルに広げたプリンティングペーパーは、ページナンバーが129で止まっていた。一ページが四十字×四十行で組んであるから、四百字詰め原稿用紙にして四枚。全体ではざっと五百二十枚弱の長さになる。

こんなに長い文章を読んだのは久しぶりだった。しかも、これはたぶん小説だ。主人公らしい男の一人称で、日記か告白のスタイルが使われているけれど、どう見ても小説だろうと真二は考えた。

目を上げて窓の外を眺める。十二月も数日過ぎた桐ケ谷の街は、人通りもふだんより多く、せわしない雰囲気が漂いはじめている。気の早いクリスマスソングのBGMが遠くから聞こえ、ファミレスのエントランスもクリスマスカラーに彩られていた。地下アイドルのイベントがひと区切りついたので、真二は悠人よりひと足先に桐ケ谷にもどったのだ。部屋は蕎麦屋の古久庵に間借りしている。食事の世話もしてもらっているものの、さすがに三食とも甘えるのは気が引ける。なるべく昼は外で食べるようにしていた。

このファミレスを愛用しているのは、駅に近いのにあまり混んでいないからだった。

だが、もしこれが小説だとすれば、まあ、おもしろくないこともないのだろう。できがいいかどうかはともかく、読んでいるあいだはある意味で引き込まれていた。タイトルは『ガール・ハンティング』。

主人公は十九才の大学浪人。東京の外れに住んでいて、立川と思われる街の予備校に通っている。理科系志望だが学力はもうひとつで、思い通りにならない成績を嘆いている。

たまたま足首を捻挫して受診した外科病院のナースのことを好きになったのだが、オトコとしてはまったく意識されていない。退屈でつまらない設定だ。

おもしろくなるのは、主人公の兄が登場してから。この兄は亡くなった祖父の隠居部屋だった離れに引きこもっている。ところがある日、主人公はこの冴えない兄が十一、二才の女の子を監禁しているらしいことに気がつく。今までどこかおかしいと思っていたことが腑に落ちた主人公は、女の子を救出しようと考える。

いろいろ探るうち、主人公は兄が昨年からマスコミを賑わせている、連続少女凌辱殺人事件の犯人なのではないか、という疑惑に取りつかれる。もし兄がサイコだとしたら、事件が発覚したあと、自分たちはとてもここに住んではいられない。自分の将来も真っ暗だ。

思い悩む主人公は、ある日、三重衝突事故の現場に行き合わせる。夢中で何人かの重傷者を救助した彼のもとへ、奇妙な電話がかかってくる——。

ドラマのキャッチコピー風に言えば、この電話こそが〈ほんとうの地獄への招待状だった！〉とかになるのだろうが、まあ物語はそんな具合に展開していく。
ただ、この話を読んでいるとき、真二はある違和感にずっとつきまとわれていた。違和感は、物語がおもしろいかとか、リアリティがどうだとかそんなことではなかった。第一章を読み終え、兄と女の子が登場してきた辺りで、真二はこの話の先行きに予想がついた。なぜなら、つい最近、読んだばかりの話とほとんど瓜二つだったからだ。

　真二はこのプリンティングペーパーに印刷された文章を読むより先に、いっしょに拾った英語の本をパラパラめくってみた。真二の英文読解力はあまりできのよくない高校生レベルだから、読んでもほとんどわからない。

　ただ、この本の持ち主は、余白のところどころにストーリーの要約らしきものをメモしていた。それをつなぎ合わせてみると、ペーパーの『ガール・ハンティング』と原書の*The sweet kidnapping*の話の筋はよく似ていた。主人公は孤独な若者で、ある日、兄が少女を監禁していることを知る。兄が凌辱殺人犯ではないかと怯えた主人公は少女を逃がそうとするが、ある日、交通事故の現場に行き合わせ――。

　もっとも人間関係や人物設定はだいぶ異なっている。家族構成とか、年齢とか。原書の主人公は大学生だ。ジェフという名で、物語の舞台がロンドン郊外のケンジットという街だということになっている。著者名はジョン・マクフリー。

つまり、こういうことだろうか。『ガール・ハンティング』を書いた人間は、マクフリーの原書を読んで、似たような物語を自分でも書き綴ってみた。舞台と設定と、タッチと言うのか、雰囲気を変えて。

でも、なんのために、そんな作業をしたのだろう。小説修業のため？　あるいは、自分が書いたオリジナルのように見せかけて、誰かに自慢でもしたかったのか。あんがい、そんなつまらない理由だったのかもしれない。いや、それよりもっと不可解なのは、これを書いた人間はなぜ稲村徳也を襲ってまで、これを奪おうとしたのだろうか。そもそも、稲村がこの原稿と本を持っていたのはなぜなのか。

いやいやいや、そんなことはどうでもいい。こいつを書いたのは、ほんとうに船曳とかいう稲村の弟子なのだろうか。だとしたら、稲村を殺したのはたぶんそいつだ。

真二は原稿を握った指の関節で叩いた。どうやったらそいつを追い詰められる？

「こら、てめえ。モタモタしてんじゃねーよ。ぶっ飛ばすぞ」

コンビニのATMの前で考えごとをしていると、いきなり後ろからふくらはぎを蹴られた。振り返ると、真二よりひとまわり大きな、若い男が険悪な顔で睨んでいる。

「あ、すみません。すぐ済みますから」

荒木田からもらった軍資金が心細くなってきたので、とりあえず自分のカネを少し引き出しておこうと思ったのだった。次に悠人がもどるときに資金の追加があるだろうが、はたしていつになるのか。荒木田のことだから、こっちの財布の中身なんかに気をまわしてくれそうもないし——そんなことを考えていたところに、蹴りを入れられたのだ。

「どけッ、このボケ」

手早くカネを引き出して場所をゆずると、若い男は真二を突き飛ばした。さすがにムッとしたが、取り合わずに立ち去ろうとした。

「てめえ、ちょっと待ってろ。逃げるんじゃねーぞ。逃げたら殺すからな」

若い男は真二を睨みつけると、急いでパネルを叩いて操作する。金茶色に染めた髪をソフトモヒカン気味に立てて、うすら寒いのにアロハのような辛子色のシャツを着ている。下はやたらチェーンをぶら下げた、ぶかぶかのジーンズだ。地元のチンピラだな、と真二は見当をつけた。

「てめえ、ちょっとこっち来いや」

男は真二の肩を突いて、コンビニの隣にある小さなコインパーキングに連れ込んだ。ワンボックスカーの陰に真二を引っ張り込むと、男はいっそう凄（すご）みはじめた。

「わかってんのか、てめえのせいで無駄な時間を取られてんだよ。モタモタしやがって。ケンカ売ってんのか、この野郎」

真二は黙ったまま、男の顔を眺めていた。

「謝んねえつもりか、てめえ。ふざけてんじゃねえぞ」

「さっき謝りましたよ」

「あんなもんで謝ったことになるか、カス。きっちり謝れ」

「土下座でもするんですか」

「とぼけてると殺すぞ、てめえ。謝るってのはなぁ、カタチで示すんだよ、カタチで。いま下ろしたカネ、さっさとよこせってことだ」

やっぱりカツアゲか。どこかのちゃんとした組の若い者なら、昼日中から素人に手を出すことはないだろう。真二の服装はラガーシャツに白のパーカーで、ありきたりなものだった。桐ケ谷に来てから、目立たないように心がけているからだ。真二は相手の男の顔を見上げた。精一杯虚勢を張っているが、目に鋭さがなかった。スジ者ならこの先のこともあるから、うっかりケンカできないが、ただの街のゴロツキなら気を遣うことはない。

真二はパーカーのポケットに右手を突っ込んで、財布を取り出した。相手の股間の高さにそれを突き出す。

「よーし、なかなか素直じゃねえか。わかってりゃいいんだ」

相手は財布を奪おうと顔をうつむけた。手が財布に触れた瞬間、真二は男の肩をつかんで、ぐいと引き寄せた。同時に、硬い前頭部を思いきり相手の鼻柱に叩きつける。

「グワアッ！」

奇声を上げて男はその場に腰を落とした。尻もちをついた相手の側頭部に、足首のスナップを利かせてサイドキックを叩き込む。仰向けに倒れ込んだ男の鼻から、すさまじい勢いで鮮血が噴き出している。真二は男の身体にさらにひと蹴りくれると、スニーカーを脱がせた。腰のベルトをゆるめて、トランクスごとぶかぶかジーンズを脚から引き抜く。なま白い下半身がむき出しになり、貧相な性器が赤茶けた陰毛に隠れるように縮こまっていた。男は気を失ったらしく、ぴくりとも動かない。尻の下に黒い水染みが広がっていく。

脱がせたスニーカーとジーンズを丸めると、真二はジーンズの尻ポケットから男の財布を引っ張り出した。三万数千円ある紙幣を抜いて、自分のポケットにねじ込む。ついでにスマホも抜き、ジーンズといっしょにコンビニの前にあるダストボックスに放り込んだ。

目が覚めて自分がフルチンになっていると知ったら、このバカはきっと真っ青になるに違いない。スマホが手元にないから助けを呼ぶこともできない。こいつがどうやって家まで帰るのだろうと想像すると、笑いが込み上げてくる。

ともあれ、三万何千円かの臨時収入があったのは大助かりだ。この調子でこの街の与太者狩りでもやって、軍資金を増やすのもわるくない。どうせ小悪党みたいなやつらなら警察に訴え出ることもないだろうし。

そこまで考えて、真二はそう簡単にはいかないか、と思い直した。荒木田が言っていた紅龍会という組織のことを、ケンさんから聞かされていたからだ。紅龍会は横浜に本部がある暴力団で、神奈川県全域に勢力を持っている。北斗連合会とは別系統の関東ヤクザだが、紅龍会が所属する上部組織は北斗と微妙な関係を保っている広域暴力団だった。暴力団組織はどこでもそうだが、利害関係によって手を結びもすれば敵対もする。

今のところ二つの勢力は全体として均衡を保っている。だがおたがいの下部組織はあちこちで小競り合いを繰り返していた。小競り合いが大きな抗争につながらないように、おたがいが若い者の手綱を引き締めている。荒木田がもくろんでいる今度の仕事は、紅龍会の勢力圏に土足で踏み込むにひとしい。それだけに綱渡りのようなバランス感覚が必要なのだ、とケンさんは静かに語った。

たしかに紅龍会は、麦山組の事務所に火焔瓶とコールタールをぶち込んだのかもしれない。だが証拠はひとつもなかった。ケガ人も出ていない。ただの威嚇でしかないのだ。だからこそ、荒木田も報復攻撃を手控えている。

そういうめんどうな状況で、締め上げた相手がもし紅龍会の若い者だったら、どうなるか。たとえ末端のチンピラとはいえ、ヤクザはメンツが命の商売だ。相手も泣き寝入りはしないだろう。向こうがやり返しにくるなら、こっちも返り討ちにするまでだ。そんなことを繰り返していれば、火種はどんどん大きくなってやがて火事になってしまう。

やれやれ、ケンカ上等が高じてヤクザにでもなるしかないと思ったのに、勝手にケンカもできないなんて。たびたび襲ってくるうんざりした気分が、もやもやと胸の内に広がりはじめる。

路上に停めておいたボンゴのドアにキイを挿し込む。ドアを引き開けて乗り込もうとしたとき、ふとフロアマットの端が黒く汚れているのに気がついた。

靴の前半分だけ押しつけたような、不自然な跡だった。さっき乗り込んだときには気がつかなかった。いや、だいたいこのクルマに乗るとき、いちいちフロアなんか見ているだろうか。見ちゃいない。荒木田のＢＭＷや送迎用のアウディＡ８を運転するときなら、靴底をていねいに拭ってから乗り込むが、ボンゴワゴンはいわば商用車だ。マットに手を伸ばして、指先に汚れをこすりつける。ゆっくり鼻先に指を近づけた。

――タールだ。

ツンと刺激してくる臭いが、鼻の奥を突いた。いつだ。いつから、こんなものがフロアマットに付いていた？　事務所にタールをぶちまけたやつが、ここまで追いかけてきたのだろうか。いや、紅龍会は横浜が本拠地だというから、むしろこっちが地元だろう。下っ端の手はいくらでもあるはずだ。短時間クルマを離れるときにはロックをかけていないから、いつやられたとしても不思議はない。タールが乾いているから、きょうということはないだろうが、たぶん、これは警告のつもりだ。下手に動きまわると、この次はこんなものじゃ済まさないというウォーニング・メッセージ。

ふと、誰かに見張られているような気がした。

ターゲットがクルマに乗り込んで、キイをシリンダーに挿し込む。スタートさせようとキイを回したとたん、起爆装置にスイッチが入ってドカンッ！　クルマは大爆発＆大炎上。悠人に聞かせたら、アクション映画の見過ぎだと笑われそうだが、そんな縁起でもない映像が頭に浮かんだ瞬間、キイを回しかけた手が止まってしまった。

サイドミラーにチラッと映る影がある。コインパーキングの看板の陰から、顔の下半分を血まみれにした男がヒョコヒョコと顔を出していた。さっき気絶させたチンピラだ。目が覚めたものの、フルチンなので道路に出るに出られないのだろう。

「おい、そこのマヌケ野郎。ちょっと来い」

クルマから半身を出して怒鳴ると、若い男はギョッとして立ち止まった。

「家まで送ってやる。乗れ」

男はうろたえて逡巡していたが、真二がクルマを降りると、シャツの裾で前を押さえながらあたふたと近づいてきた。

「おまえが運転しろ」

男が運転席に裸の尻を下ろすと、真二は助手席のドアを開けたまま、五歩ばかりクルマから遠ざかった。エンジンをかけろ、と怒鳴る。ブルルルルン、と軽快な音を立ててエンジンがかかり、車体がわずかに揺れる。それだけだった。やはり、エンジンがかかると起爆する装置など付いていないようだ。

「よし。それじゃ、おまえの家に行け。そこで降ろしてやる」

男は首をすくめるようにうなずいた。ただし、さっきの仕返しをしようなんてバカなことを考えたら、死ぬほど後悔することになるぞ、とダッシュボードからサバイバルナイフを出して見せる。刃渡り十四センチのオンタリオ製だから、もちろん銃刀法違反になる。男はガクガクと首振り人形みたいに何度もうなずいた。

考えてみれば麦山組事務所でさえ火焔瓶やタールで襲われただけなのに、幹部でもない者の車に爆発物を仕掛けるわけがない。それではあまりにバランスが取れていない。

「おまえ、この辺の人間か」

ハア、と下半身丸出しで運転している男が言った。

「だったら紅龍会っていう暴力団を知ってるだろ。この辺じゃ、だいぶ幅を利かせているらしいけどな」

「……そうッスね」

「桐ケ谷の組事務所はどこにあるんだ」

「駅の裏……ッスけど。誠実不動産っていう会社のビルの中ッス。てゆーか、その不動産会社が紅龍会の舎弟だとかで」

「ふうん。そこに何人くらいいる？」

「さあ……ふだんは四、五人じゃないスか」

それじゃ大したことはない。じきに荒木田や牛村と合流すれば、横浜から応援が来ない限りは、抗争になっても制圧できそうだ。

「紅龍会がらみで、なんか噂になった事件とかはないのか。どっかと抗争して殺したとか殺されたとか」

チンピラがブルブルと首を振る。なんかあるだろう、誰かパクられたとかないのかよ、と水を向けると、

「女子高生が連れ去られそうになった事件……くらいスかね。三件くらいそういうのが続けてあって。みんな未遂だったみたいスけど」

「なんだ、そりゃ。ただのロリコンだろ、そんなことするの」

「いや、それが紅龍会の……てのは、その不動産屋に関係してるやつッスけど、そいつの顔と車が防犯カメラに撮られていたとかで」

「つくづくドジな野郎だな」

女子高校生をさらいそこなって、顔と車をさらすなんて、とてもまともな暴力団員とは思えない。現場の人間がその程度なら、紅龍会という組織も大したことはなさそうだ。

「で、そのロリコン野郎がパクられたのが、最近のビッグニュースなわけか。ずいぶん平和な街だな、ここは」

「それがパクられたけど、わりとすぐ釈放されたみたいッスよ」

なんだかヤクザも警察も締まらない街だな、そう思ったら急に気が抜けてきたが、タールの一件もある。油断は禁物だ。フルチン男の運転はあんがい安全運転だった。もっともこんな格好でネズミ捕りに引っかかったりしたら、免許証を確認する警官も大笑いだろう。

「おい、おまえ、名前はなんていうんだよ」

県道から住宅街に折れたところで、真二は男に尋ねた。

「あ。……堀田ス。堀田マサヨシ。マサヨシってのは、正義の味方の正義ッス」

「どこが正義の味方だ、ボケ。オレからカツアゲしようとしたじゃねえかよ」

ナイフの先で股間をツンツン突っついてやると、「あっ、やめてくださあい」と金切り声を上げて必死に身体をよじる。もともとは気の弱いやつらしい。

「それじゃ、もうひとつ質問だ。ちゃんと答えられたら三万円返してやる」

「えっ。三万円て……オレの？　ひどいじゃないスか」

そんじゃそっちがカツアゲじゃないスか、とグチグチ言うので、「おまえ、ここで降ろしてやってもいいんだぞ」と睨むと、たちまちシュンとなった。

「ここら辺にニルヴァーナっていう宗教団体があるの、知ってるか」

「ニルヴァ……ああ、知ってるッス。鷺ノ宮（さぎのみや）町にある占い師ッスね」

「占い師？　宗教団体じゃないのか」

「さあ。よくわかんないスけど、占いが有名らしいスよ。インスタとかで人気が出て、横浜や東京からも若い女が占ってもらいにいっぱい来てるみたいッス」

ふうん。すると〈霊能占い・××の母〉とか〈未来が見える・〇〇占いの館〉とか、ああいった雰囲気のところなのだろうか。まさか荒木田が目をつけているのが占いのアガリだとは思えないが、ケンさんも占い人気の話などは口にしていなかったのだから、いちおう新情報と言っていい。

「あの、着いたんスけど」

マサヨシに言われて周りを見ると、ボンゴは住宅街を突き抜けて、広い畑の前に停まっていた。左手は延々と畑が続き、ずっと先で黒々した森がうずくまっている。森の向こうには、神々しく見えるほど青く霞んだ山々が連なっていた。あぜ道を挟んで右側に、真新しいテラスハウスが四室ずつ二棟、不動産広告から抜け出したように並んでいた。オレンジのスペイン瓦、クリーム色の壁に緑の小屋根がついた、メルヘンチックな造りだ。

「オレんち、ここなんスよ」

マサヨシが得意そうにいちばん手前の家を指差す。なんで、こんなリッチな新婚カップルが住みそうなところに、こいつが住んでいるんだ。こんなただのチンピラで、パンツすら穿いていないくせに。

「あ、でも親の家なんス。てか、オヤジがここの貸家をみんな持ってて、一軒はオレが好きにしていいって言うんで」

「なに、おまえんちって、もしかして金持ちなの？」

「てか土地持ちなんスよ。江戸時代から百姓やってて。この畑もウチの畑なんスけどね」

マサヨシは無造作にくるりと指で円を描いた。このとんでもなく広い畑がすべてこいつの家の持ち物だと？

「じゃあ、おまえのオヤジはどこに住んでるんだよ」

「あそこに森があるじゃないスか。あれ、オレんちの屋敷森なんス」

そう言われてみれば、森陰にお寺のような大屋根が、破風から上だけをのぞかせている。

おまえんち、すげえじゃん、と口の中でつぶやいてしまう。しかし、なんでこれほど裕福な土地長者の御曹司が、チンピラなんかになっているのか。

「あの、とりあえずオレ、ズボン穿いてきますわ」

お、おう、そうだな、とうなずいた真二は、手早くパーカーを脱ぐと「これ、腰に巻いていけよ」と放ってやった。四歩五歩駆け出したマサヨシが振り返って言う。

「あのー、オレのスマホはどこにあるんスかね？」

「あ、わるいわるい。さっき、ムカついた勢いで、コンビニのゴミ箱に捨てちまったんだ」

ひでーなあ、口を尖らせたマサヨシに、真二は叫んでいた。

「ズボンもそこにあるから回収に行こう、マサヨシくん」

「明日、そっちへもどるわ。荒木田のオッサンもいっしょやけどな」

晩の九時を過ぎて、悠人から電話がかかってきた。数日離れていただけなのに、な

んだか懐かしくて、真二は尋ねられないうちからこちらの様子を饒舌にしゃべってい
た。ケンさんと栗山芳恵から聞いた話、桐ケ谷の街の様子、ニルヴァーナという宗教団体の話、紅龍会の話、ボンゴのフロアマットに残されていたタールの足跡、そしてひょんなことから知りあったマサヨシのこと。

「ほう。そら、おもしろそうなやつやな。仲間に引っ張り込もうやないか。そしたらそいつのテラハ、オレらのアジトにできるで」

そこまでは考えていなかったので、悠人の相変わらずの図々しさには呆れさせられたが、そっちの方は片づいたのかと水を向けると、

「部品屋のことかいな。まあ、ぼちぼちおしまいやろ。バイトももうひとりもおらんようになったし、修理屋だのガススタンドだのも、どんどん取引を断っとるみたいやしな」

けろりと答える。

「その仕事、オレじゃなくてよかったわ。胸クソわるいじゃんか」

「しょうもないこと言うなや。これも極道の仕事やぞ。けど、もうトドメ刺したちゅうから、部品屋も終わりやで」

「なんだよ、トドメって」

「知らんがな。そんなことより、弱ったことがあってなあ。荒木田のオッサンな、ど

っこにも宝くじ持ってないで。セカンドバッグにもデスクの引き出しにも車のグローブボックスにもないのや。どないしたんやろな」

「とぼけたことほざいてないで探せよ。券がなかったらどうにもならねえだろ」

「だから探したんやて。そいでもないんやから、弱った言うてるんやないか。まさか、オッサンに宝くじの券どこにありますのん、あれ一億当たってますねんで、ちゅうて訊くわけにいかへんしなあ」

「あたりまえだろ。荒木田が忘れてるすきに、探すんだよ」

「まあ、忘れてるのは間違いないわ。こないだはラーメン屋から油を捨てとくポリバケツ、ガメてきてな。オッサンのＢＭの窓、ぶち割って流し込んでやったんや」

「なんてことするんだ、やり過ぎだろ。荒木田、怒り死ぬぞ」

「そやかて、あれこれ仕掛けてオッサンが宝くじのこと、思い出さんようにせえ、ちゅうて真二が言うたんやないか」

「そりゃ、言ったけどさ」

油まみれになった愛車を見た荒木田の顔を想像すると、腹の底からしゃっくりみたいな笑いが込み上げてくる。ククク、と鳩のような笑い声を噛み殺していると、

「あンなア、笑うてる場合やないで。荒木田のオッサン、ヤバいこと言い出しよってん」

「なんだよ、ヤバいことって」

「えーと。ふつうにヤバいのと、えろうヤバいのとあるんやけど、どっちから聞きたい？」

「どっちでもいい。さっさと言え」

「殺された稲村のジイさんの件なあ、別の貸し金庫のキーがみつかったんやて。いまサツがそこに隠しとった書類やらなんやら、シラミ潰しに調べとるそうやわ。そのうち、もう一回オレたちんとこにも訪ねて来よるって、こないだのオッサン刑事が言うとったんやて」

「まさか、防犯カメラからオレらのこと割れたんじゃないだろうな」

「かもわからんな」

「……それ、ひどくヤバい方の話だよな」

「アホか。なに言うてんねん。こんなん、まだええ方や。もっとヤバいのはなあ、オッサンがそっちでオレらにやらそう考えとることや」

「な——何をやらせようっていうんだ」

「ユーカイやて」

「ユーカイ？　なんだ、それ。どういうことだよ」

「誘ってかどわかす、誘拐や。身代金目的の誘拐は、無期懲役とか言うやろ、あれや。

そんなもん、ようやれんわ、ほんまに。それも思いきりヤバい相手やぞ」

「誰を誘拐するんだ」

「そっちにある、ナンタラいう宗教団体のお姫さまやて。教祖が命より大事にしとる孫娘らしいわ」

「なんだって、そんなもの誘拐しなきゃならないんだよ」

「知らんわ。荒木田に訊いたってや。ほんま、どないせぇちゅうんや」


夕方になって古久庵に帰ると、知らない男が奥の座敷で待っていた。妙に愛想のいいその小太りの四十男を、真二はどこかのセールスマンなのかと思った。ちょっとあやしげな金融商品とか健康器具とかを売るような、その手の。

だが男の出した名刺には〈桐ケ谷市議会議員〉という麗々しい肩書きと、〈亀ケ森鶴司〉というばかに縁起のよさそうな名前が記されていた。

2

近所まで用足しに出た浩一は、駐車場の見えるところまで歩いてきて、ふと立ち止まった。菜々美が乗っているはずの軽ワゴンが、いつもの駐車スペースにもどっている。それだけなら予定より早く帰れたのだなと思うだけなのだが、車のそばに菜々美が立っているのが見えたからだ。

菜々美は誰かと話をしている。若い男のようだ。黒い革ジャンを着て、片手にフルフェイスのライダーヘルメットを抱えていた。後ろ姿なので顔はわからない。イヤがらせに来たヤクザと揉めているのかと浩一はドキリとしたが、菜々美の姿勢は柔らかかった。ごく自然にワゴンのドアに背をもたせかけて、かるく曲げた腕を身体の前で交差させている。革ジャン男がなにやら説明しているのを黙って聞いているようだ。

脅されているわけじゃなさそうだ。

しかし話している相手は誰だろう、と思いながら、浩一は大きなクスノキの陰にそっと引っ込んだ。ヤクザでないとしたら、近所の若者か。あるいはたまたま学校時代の友人と行き合わせたのかもしれない。菜々美にも大学の頃の友人はたくさんいるし、菜々美もたまには、ああして友だちと屈託ない話題に興じることがあるのだな。そのまま後ずさりしようとした浩一は、また足を止めた。こちらに顔を向けている菜々美の目に、ふっとある表情が動いたからだ。

何かを警戒するような、しかしそれに怯えてはいない澄んだ光。このイヤがらせがはじまってから、しばしば菜々美が見せる冷徹で芯の通った表情だった。

(……なんだ、何を話している)

革ジャン男が急に菜々美から離れた。ひらりと傍らのバイクにまたがると、あっという間もなく道路に飛び出していく。菜々美はそれを見送るように首をめぐらせた。

「あ、お父さん。どうしたの」

浩一が駐車場に入るより先に、振り向いた菜々美が声をかけてくる。いつもの穏やかな顔だ。さっき感じたような厳しい表情は跡かたなく消えていた。

「今、誰かと話していたみたいだな」

ついでのような口ぶりで訊いてみた。

「ああ、今いた人？　あの人ね、ウチのバイト君たちが脅かされてる現場を見たことがあるんだって。それでちょっとその話を聞いてたの」

「なんだ、そんなことか」

「そんなことだよ。ただ、あの人、脅してたヤクザたちが乗り込んだ車を追いかけたことがあるんだって。追いかけたって言っても、たまたますぐ後ろにつく形になっちゃっただけらしいけど。そしたら、あいつら、駅前通りの不動産屋さんに入っていったって」

「駅前のって、あれか、ウチに出入りしてるあの会社か」

「そう。やっぱりつるんでたんだね、あいつらと不動産屋」

考えてみればあたりまえの話だ。不動産屋はディベロッパーを名乗る男の代理でやってきていたのだから、その手先のヤクザとも通じていて不思議はない。

「それとね、さっき菅谷モータースに部品届けに行ったでしょ。そのとき、入れ違いに出ていった男がいたんだけど、あれ、たぶんあのときの揖斐川だと思う」

「いび……?」

「ほら、八王子の銀行で手形を盗んだ――」

「ほんとうか⁉」

「車に乗ってるのを見ただけだけど、あの横顔とか首から肩の感じがそっくりだった」

まさかという信じられない気持ちと、やっぱりという失望感がないまぜになって衝き上げてくる。童顔の不動産会社の営業マンも、古馴染みの菅谷もグルになって自分を騙していたのか。うすうす予感はしていたが、頭の中で考えているのとその現実を突きつけられるのとは、まったく別のことだ。

いったい、どうしたら――。

まっすぐに見返してくる菜々美の視線を受け止めかねて、浩一は目を足もとに逸らした。スズメノカタビラやオオバコがわびしく葉を伸ばした地面に、いくつもの靴跡が残っている。周りには土にめり込んだタバコの吸い殻。ついこの間まで、暴力団の手先たちがたむろしていた痕跡だった。

「どうする、お父さん」

いつになく細い菜々美の声が、耳のそばでささやいた。

3

まとまりのない建て方だな、というのが真二の最初に抱いた印象だった。全体としては、古寂(ふるさ)びた大きな和風旅館を思わせる。本瓦を載せた四つ足門を、高い築地塀が取り囲む。とんでもなく高いアカマツの林が、塀の向こうから巨人兵のようにこちらを見下ろしていた。

潜(くぐ)り戸が開いて、招じ入れたのはすらりと背の高い、若い女だった。きちんと髪を後ろで結び、黒っぽいスーツを身に着けている。超一流企業の受付にいそうな、いかにも利発そうで目のきれいな女性だった。

広い庭には芝が植えられ、苔(こけ)むした石畳が玄関へと続いている。ところどころに岩組みがあり、ツツジらしい植栽が岩を囲んでいた。

建物のイメージにまとまりがないという印象は、異彩を放っているある建造物のせいだった。母屋(おもや)の渡り廊下がガラス張りで、大きな窓を通して中庭がうかがえるが、そこに立つパゴダのような金色の建物。和洋ならぬ和・ミャンマーの折衷とでも言えばいいのか。

これだけ大きな建物なのに、人声も物音もまったく聞こえてこない。耳に押し入ってくるような静寂が緊張を高める。長い廊下を歩かされ、二回角を曲がると、もう自分が建物のどの辺りにいるのかもつかめなくなった。

案内されたのは、能舞台のように中庭に突き出した小部屋だった。正面にガラス障子が嵌まっていて、案内してくれた女性が繰り上げ式の障子の部分を開けると、目の前にパゴダが見える。茶室めいたもの静かな小部屋の先にそびえる、金色の巨大パゴダ。現実離れして、目がくらんでくるような光景だった。

「きょう、お時間を取らせていただきましたのは、ほかでもございません。桐ケ谷市の市政に携わる者として、ぜひ一度、佐々倉先生のご高説を賜りたいと念じておりまして」

市会議員の亀ケ森鶴司は、ようやく現れた事務長にていねいに頭を下げた。隣に座った真二も同じようにお辞儀をする。

名刺には〈宗教法人ニルヴァーナ　本部事務長　佐々倉力丸〉とある。年の頃は五十代の半ばといったところか。スダレ状になったごま塩頭をオールバックに撫でつけ、鼈甲縁の丸メガネを掛けていた。恰幅のいい体格に高そうなダブルスーツ、バブリーな時代なら儲かっている中小企業にいくらでもいたオーナー社長のタイプだろう。

ニルヴァーナとはサンスクリット語で、生死を越えた悟りの境地、涅槃の意味だという。パゴダが建っていることから見ても、ここが仏教を土台にしている教団であることは疑う余地がない。ただしパゴダはミャンマー仏教の建物だから、日本に伝わった大乗仏教とは流れが違う。つまりニルヴァーナは原始仏教に近い、修行重視の教団であるらしい。亀ケ森に聞かされたそんな話を真二は思い出していた。その推測はかつて大規模なテロ事件を起こした某教団を連想させて、どことなく不穏な臭いが立ち込めているような気にさせる。

だが控えめに言っても、佐々倉という男は宗教教団の幹部には見えなかった。むしろ、美食と運動不足で自分の身体を甘やかした、根っからの俗人と言った方がふさわしい。

そう思われていると知ってか知らずか、佐々倉はにこやかな笑みをさらに大きく広げて、まず亀ケ森に、それから真二にうなずきかける。きょうの真二は、亀ケ森の秘書兼運転手というふれこみである。

「ご丁寧なご挨拶で痛み入ります」

佐々倉は丸い身体をますます丸めるように、頭を下げる。「先生はたしか、経済産業委員会のお役に就かれていらっしゃいましたね」

「はあ。よくご存じで」

「私どもも、ぜひ先生にご相談願いたいとかねがね思っておりました。というのはですな、桐ケ谷市の町興しと言いますか、経済振興について、ぜひ亀ケ森先生のお力添えをいただけないものかと、そう考えていた次第でして」

「ほう、経済振興。それはまたどのようなお話で？」

亀ケ森はたちまち身体を前に乗り出した。気持ちが前へ出過ぎている、と真二はひそかに顔をしかめた。

　亀ケ森は市議会議員になって三年半。来年に初めての改選を控えているが、選挙情勢はきびしい。亀ケ森の選挙地盤は地元の零細な土木建築業者だ。だが公共事業の緊縮が続いたせいで、業界の不振は深刻だった。

　後援会の組織が弱いので、パーティを開いても予定の半分も人が集まらない。近頃は市の建設課に顔を出してもそっけなくあしらわれる始末だという。前回は引退する前職者の力を借りてどうにかすべり込んだものの、業者や役人が権力の蜜のありかにいかに敏感なものか、思い知らされているはずだ。

　そうした身としては、勢いのある新興宗教団体はたいそう魅力があるだろう。ふだんならこの手の集団には近づかないのが無難だが、今の亀ケ森にはそんな余裕はない。

「亀ケ森先生はアポロン倶楽部という集まりをお耳にしたことはおありですか。桐ケ谷とお隣の美ノ浜町のみなさんで活動している会ですが」

「アポロン……ええと、環境美化活動をされているグループだったかと」

「さすがにお耳が早い。アポロン倶楽部には、私どもも微力ながらお手伝いさせていただいております。環境美化活動はその一環に過ぎないわけでしてね。ほかにもいろいろな計画が進行しているんですよ。ネットテレビの開局もそうですし、FM放送も開局準備中です。もっともみなさんが力を入れているのは、レストランモールの建設ですな」

「ネット……テレビ？　そんなことができるのですか」

「ほう、ご存じありませんでしたか。このプランは二年前から動き出していましてね、そろそろ実現する段階に入っていますよ。もちろんケーブルテレビ局を開こうというのとは違いますから、資金も人手もそうかかるわけではありません」

ははあ、と言ったきり、亀ケ森は言葉が継げないらしい。真二は着慣れないスーツのポケットに隠したデジタルレコーダーをそっと指で確かめる。

桐ケ谷は湘南地方に属しているが、ごく地味な街だ。名所旧跡や有名な寺社などはほとんどない。観光資源は乏しく、鎌倉や江の島、箱根といったビッグネームの陰に、つねに押しやられている。有名な海水浴場があるわけではなく、大きな工場もない。海と丘陵に囲まれた自然豊かな街、と言えば聞こえはいいが、要するにパッとしない田舎街なのだ。

そんな桐ケ谷にテレビ局を開く？　FM放送局も？　おまけにレストランモール？相模湾から上がる魚介類をウリにしたレストランなら、鎌倉から藤沢までのエリアに山ほどあるし、そもそも湘南はグルメ人気の高い土地なのだ。テレビでも雑誌でも、しゃれたフレンチやらイタリアンやらがしょっちゅう紹介されている。

相槌も打てずにいる亀ケ森を、佐々倉はおもしろそうな顔で眺めている。口の周りに愛想笑いとも憫笑（びんしょう）ともつかない笑みが広がっていた。

「おどろかれたようですな。これまでは商店街にミニ広場をこしらえたり、アーケードにフラワーボックスを並べたり、地道な活動ばかりでしたからね。けれど、桐ケ谷の若い人たちが目覚めたんですよ。かれらはどうしたら桐ケ谷をもっと魅力のある、大勢の人々でにぎわう街にできるか、真剣に考えています。だから、私たちニルヴァーナの者にも、偏見のない目で接してくれるのです。この街に暮らす同じ仲間としてね」

真二は佐々倉の得意然とした顔をまじまじと見つめた。人の好さそうな笑顔を浮かべてはいるが、刃物で切り裂いたような細い目は笑っているようには見えない。修羅場をくぐり抜けてきた男に共通する、隠しても隠し切れないある種の底暗さがあるからだ。真二は麦山組の周辺にたむろする男たちとよく似た臭いを、この事務長に嗅ぎつけていた。

亀ケ森鶴司がニルヴァーナの噂を耳にしたのは、市議会選挙に立候補を決めた頃だった。湘南地方の中小零細土木業者を取りまとめている県会議員から、出馬の話がまわってきたときのことだ。桐ケ谷の市議が病気で引退するので、後を継がないかという勧めに、亀ケ森は躍り上がった。

亀ケ森の実家も小さな土建会社を営んでいる。父親が老齢なので、亀ケ森が経営を見ているが、彼はもともと見栄っ張りな性分だった。

人目を惹きたい、いい格好をしたいというわるい癖は子どもの頃から強かった。

来春の選挙が近づいた頃、地元の隣町から新人が立つという話が聞こえてきた。ビジネスホテルを経営する一族の娘で、亀ケ森よりひとまわり以上も若い。大学時代に準ミスキャンパスに選ばれた美人でもある。

地盤が重なる上に浮動票を持っていかれそうなライバルの登場に、亀ケ森はあせった。一期だけで落選などしたら、物笑いのタネである。

そこへ、あるスジからニルヴァーナが市政に関心を寄せているという情報を吹き込まれて、亀ケ森は舞い上がった。なんとかその話に食い込めないかとあちこち鼻を突っ込んだおかげで、二週間前にようやくきょうの会見がセットされたのだった。指折り数えて待つあいだに、ニルヴァーナについて猛勉強したものの、お盆の墓参りすらさぼっている不心得者が宗教法人に売り込めるものなど、何ひとつありそうもない。ここは入信も辞さないという低姿勢で、教えを乞う態度を持するのがベターだろう。

ところがニルヴァーナ訪問を翌週に控えた夜、旧知の北斗連合会麦山組の荒木田からおかしな電話がかかってきたのだ。

あんた、近々ニルヴァーナの本部を訪ねるそうだな、そう切り出すと、荒木田は鞄持ちでウチの若い者をひとり連れて行ってくれないか、と持ちかけたのだった。

このあたりの土建業界には依然として、北斗連合会の影響力が強い。つい数年前までは、ベルトコンベア一台、トラック一台しか持たない零細も、北斗連合会の差配のおかげで孫請け、ひ孫請けにありつけたのだ。北斗きっての武闘派と言われる麦山組からねじ込まれたら、よほどの無理スジでも断るのはむずかしい。

しかしよく聞いてみると、荒木田の頼みというのは取るに足りないものだった。ほんとうにただ同行させるだけでいい、あんたに迷惑かけるようなことは一切ないから、と荒木田はいつになく下手に出ていた。

亀ケ森は拍子抜けしたが、どうせなら、秘書がいた方が格好もつく。荒木田がニルヴァーナになにか仕掛けようとしているのだとしても、若い者を一度連れて行ったくらいでめんどうなことにはなるまい。そう考えて、亀ケ森はこの話を引き受けたのだった。

——というのがニルヴァーナ本部に着くまでの間、真二が亀ケ森から聞かされた経緯だった。話をしながら、いやに親密そうな態度を見せられるのは鬱陶しかったが、あらかじめ荒木田から受けていた説明もほぼ一致している。けれど真二には真二で、荒木田から言いつかった大事な目的があった。言うまでもなく、ニルヴァーナ本部への潜入偵察だ。建物の配置、本部スタッフの人数、セキュリティシステムの種類と設置ポイント。全体の空気感や佐々倉という男の雰囲気。できるだけ何でもつかんでこい、気の抜けた報告なんかしやがったらただじゃすまさねえぞ、と相変わらず荒木田は容赦なかった。

「それで、私にお話があるというのは、どのような？」

「ああ、これは失礼。つい前置きが長くなりました」

佐々倉は蝦蟇が頭をもたげるように、ぬっと上体を迫り出した。「じつは、いまアポロン倶楽部で進めている企画のひとつに、とりわけ力を入れているものがありましてね。桐ケ谷市とお隣の美ノ浜町の商店街、ショッピングモールなどで使える地域通貨を発行しようというプランなんです」

「地域通貨ですか？」

「そうなんですよ。もちろん通貨発行権は国にありますから、実際には地域限定の商品券みたいなものですがね。そう言えば、一九八〇年代にミニ独立国ブームというのがありましたでしょう。おや、ご存じない？」

亀ケ森は首を振った。真二も思わず佐々倉を見返す。ミニ独立国？　何だそれは。

「井上（いのうえ）ひさしさんの『吉里吉里人（きりきりじん）』という小説がヒットしたのをきっかけに、日本全国でブームが起きたんですよ。『吉里吉里人』は、東北の吉里吉里という小さな村が日本から独立する物語で、それにヒントを得て話題作りをもくろんだわけですが」

「……つまり、ほんとうに独立するわけではなくて、観光誘致のようなことですか」

「そういうことです。最盛時には全国で二百くらいできたそうですがね。それぞれ通貨を発行したり、パスポートを作ったり、大統領官邸をこしらえたり……。遊び心をそそる試みを工夫したのですが、その後バブル崩壊があり、市町村合併がありで、ブームは長続きしなかった。ですから、アポロン倶楽部はミニ独立国を作るつもりはありません。けれど、通貨を発行する試みそのものは、今でもおもしろいアイデアだと思うのですよ」

「しかし、現在ではあまり評判も聞かないようですが」

「そりゃそうですとも。三十年以上も前のブームです。ですが、逆にだからこそ考えてみてもいいんじゃありませんか？　時代が経ってしまえば、若い人にとってはむしろ新鮮に見えるということもある。実際、亀ケ森先生ご自身もご存じなかったわけでしょう」

亀ケ森はふうむ、と太い息を吐き出した。どう思う、というふうに、真二にチラリと目を投げる。佐々倉の言うこともわからなくはない。だがミニ独立国だの仮想通貨だのがおもしろがられたのも、カネ余りの好景気だったからだろう。今は桐ケ谷駅前のアーケードにも、シャッターが下りたままの空き店舗が目につく。夜ともなると、それこそ虫に食われた黒い穴みたいにそこだけ闇が溜まって見える。そんな状態の桐ケ谷でそうした試みがうまくいくのだろうか。

「ミニ独立国がじきに忘れられたのは、当然なのです。あちこちにできすぎて飽きられたからですよ。しかし、現在ならライバルはほとんどいない。それともうひとつ、アポロン倶楽部のプランと過去に試みられたその種のイベントとでは、大きな違いがひとつある」

佐々倉がそう言ったとき、ドアが音もなく開いて、先ほどの女性がお茶を運んできた。ふわりと薬草のような、けれど香ばしい匂いが鼻をくすぐってくる。

「南インド、マイソール地方の香草茶です。私どもニルヴァーナでは、瞑想に入る前にこれを喫する決まりになっています。とても気持ちが落ち着きますのでね」

口に含んでみると、かぐわしい匂いが咽喉から鼻へと抜けていくのがわかる。かすかに甘く、甘さの底にセロリに似た苦みがある。なるほど、と亀ケ森が佐々倉にうなずきかけている。たしかに気分が静まります、と付け加えたのはまんざらお世辞でもないらしい。

「ざっくばらんに申し上げましょう。先生のお時間をあまり頂戴しては申しわけない」

佐々倉はアメリカ映画の俳優のように、二つの手のひらを広げて見せた。

「つまり、こういうことです。かつて試みられた地域通貨、仮想通貨の類はたんなる遊びに過ぎなかった。たとえばここにドラクマという単位の地域通貨があるとして——ドラクマというのは古代ギリシャで使われていた通貨ですが——その一ドラクマの価値が一円だとしたら、どんな意味がありますか。ミニ独立国ごっこの雰囲気作りのほかには何の意味もありませんね。だから、そうしたブームが去ってしまえば——おわかりでしょう？」

佐々倉はいま気がついたというように、仕立てのいいスーツの袖口から糸くずをつまみ上げた。「そうです、誰も見向きもしなくなる」

「アポロン倶楽部のプランはそれとは違う、とおっしゃるのですか？　一ドラクマが一円以上の価値を持つというような——？」

「さすがですな、亀ケ森先生」佐々倉の目がわざとらしく見ひらかれた。「まさにそこです。アポロン倶楽部の通貨は、日本国の通貨と等価交換ではないのです。たとえば、もし百ドラクマで百五十円の物が買えるとしたら、どうなります？」

「そりゃ、人気になるでしょうがね」亀ケ森は苦笑した。「しかし、損になるとわかっていることを、誰がわざわざやるんですか」

「それが私たちにはできるのですよ。私たちニルヴァーナがスタンドオフをつとめるアポロン倶楽部チームならね」

なぜなら、と佐々倉は長くもない丸っこい脚を組み替えた。真二の視野の端に、ライムグリーンのおそらく絹の靴下と、ダブルストラップの革靴が浮いている。たぶんフェラガモとかサントーニとかのブランド物なのだろう。ニルヴァーナ教団にはうなるほどカネがあるとアピールしているつもりなのだろうか。事務長でもこれほど高級品で身を包んでいるのだから、本部の金庫室には札束が山積みになっているとか？

それが荒木田の目の付けどころか、と真二は体温がじわりと上昇したような気がした。

「なぜなら、アポロン倶楽部にはほかにはないアドバンテージがある。おわかりですかな？」

「宗教法人がスタンドオフだから？」

「そう。ニルヴァーナには宗教法人優遇税制の恩恵が与えられている。これはなかなか使い勝手のいい道具でしてね、いろいろな事業を低税率で展開することができる。ほんの一例を挙げてみましょうか。まず製造業からはじまって物品販売業、物品貸付業、不動産、金銭貸付、通信、運送、倉庫、出版印刷、写真、さらに旅館業や料理店、それ以外の飲食店業、周旋業に代理業……いかがです、もう少し続けましょうか」

「いえ、もうけっこうです。つまりそうした優遇事業の利益を活用すれば、地域活性化の活動ももっとうまくやれる。そういうことでしょうか」

「まさにそれです。それに言わせていただければ、宗教法人の優遇は税が軽減されるだけではありません。収益事業に対する課税は一般法人税より低いけれど、まあ十パーセントも違うわけじゃない。もっとおいしいのは、事業所得の二十パーセントを寄付と見なすことができることで、これは公益事業部門に移せます。公益部門は非課税ですからね。つまり事業所得への課税は一般法人の六割程度に抑えられる」

一億円の事業収益があれば、千二百万円くらいの節税になるんですよ、と佐々倉は算盤をはじいてみせた。

「しかもです、移された二十パーセントの収益は損金扱いになるから、収益のその部分は非課税になる。どうですか、ニルヴァーナが参画することで地域活性化の事業がグンとパワーアップするという意味がおわかりになりましたか」

まあ、およそのところは、とうなずきながら亀ケ森は言葉を濁している。ニルヴァーナがスタンドオフをつとめるという話は耳に入りやすいが——スタンドオフはラグビーチームにおける司令塔を意味する——要するに、通常の経済活動に宗教法人というブラックボックスを覆いかぶせようということだ。それは犯罪と紙一重、と言うよりすでに犯罪のぬかるみの中に一歩を踏み出している行為ではないのか。少なくとも脱税の疑いがかけられる恐れは十分あるはずだ。

そんなことに公職にある者が加担していいわけがない。だがそのくらいのことは、佐々倉にもとっくにわかっているに違いなかった。にもかかわらず、亀ケ森に危険な香りのする話を持ちかけてきたのは、なぜなのか。罪に問われる可能性はないと、なんらかの確証を得ているためか。荒木田の説明によると、宗教関係は県庁でも市役所でも、もっとも手を付けにくいアンタッチャブルな領域だという。へたに介入するとトラブルになりやすい上に、宗教法人はむやみと多いのに、それを管理する人手が足りていない。

「もちろん、タダ働きとは申しませんよ、亀ケ森先生」

亀ケ森の内心を見透かしたかのように、佐々倉が言った。

「ニルヴァーナの会員は桐ケ谷市だけでも千五百人はいます。一度だけでもここを訪ねたことがある人々を含めれば、かるく五千人は超えるでしょう。会員にはそれぞれ家族や友人がいる。もしそれらの人々に、次の市議選ではニルヴァーナのためにどうしてもみなさんのお力を借りたい先生がいらっしゃる、とひとこと告げたらどうなると思われます？」

おわかりですね、と言うように佐々倉がうなずきかける。亀ケ森は夢遊病者みたいな手つきでハンカチをまさぐり、額に押し当てていた。市議選なんて二千票もあれば当選ラインに乗るんだろうしな、と真二はちょっと痛ましい思いで、亀ケ森の横顔を眺めていた。千票、いや底堅い五百票があれば、展望が一気に開けるのはまちがいないだろう。

「そこでこのプランの要になるのが、さっきお話しした地域通貨の件、あれなんですわ。亀ケ森先生にご尽力いただきたいのは、じつはその問題でして」

水底をのぞき込むような佐々倉の目が、ジッと亀ケ森に注がれている。

「……そのお話は、もう少しくわしくお伺いしたほうがよさそうですね」

毒なのか薬なのかわからない液体を無理やり呑み込むような顔で、亀ケ森はそう答えを返していた。

「あっ、知ってるう！　なんか占いがよく当たるんでしょ。雑誌でも見たことあるもの。カメちゃん、あそこと関係あるの」

ミナミと名乗った金髪の女の子は、亀ケ森の太腿に置いた手に力を込めた。藤沢駅から南へ下ってすぐのところにあるメリークイーンズは、亀ケ森の行きつけのクラブだった。桐ケ谷や美ノ浜にもバーやキャバクラがあるが、地元ではやはり誰の目があるかわからないので、わざわざ足を延ばすのだという。

雰囲気から言えば、この店は準高級クラブと言っていい。女の子のレベルはなかかなか高い。ミナミはフロアレディの中ではいちばん若いひとりで、ウイークデイの昼は薬局チェーンで働いているというが、ほんとうかどうかはわからなかった。亀ケ森はこの店に来ると必ずミナミを指名するという。男女の間柄を期待してではないと道々、妙にそこを強調するのがおかしかった。ミナミを贔屓にするのは彼女が藤沢から桐ケ谷、鎌倉にかけてのゴシップにくわしいからだそうだ。

おいしいレストランの評判なら、だれでも手に入れられる。まずいレストランの噂はそもそも噂にする意味がない。だがミナミがどこからか聞き込んでくるのは、「前はおいしかったけれど、オーナーが代わってからまずくなったレストラン」といった類の情報だった。もちろん、彼女がキャッチするのはレストランやクラブにまつわる話だけではない。今夜もニルヴァーナという宗教団体があるのを知っているか、と席に着くなり水を向けてみると、身体をはずませながら、占いがよく当たるという噂を早口にしゃべりだした。

「その占いのことだけれどね、誰が占うわけ？」

ミナミがカシスリッキーで喉を潤している合間に尋ねると、

「そりゃあ、アナーヒタさまじゃないの？」びっくりしたように目を瞬く。

「アナーヒタ？　ニルヴァーナの教主のことかい？」

「決まってるじゃない。てか、カメちゃん、桐ケ谷の人なのになんで知らないの」

ミナミの説明によると、教主は信者たちからアナーヒタさまと呼ばれていて、六十代の独身女性らしい。一種の霊能力者らしく、占いには水晶玉やらカードやら星座図やら筮竹(ぜいちく)やらといった道具はいっさい使わない。依頼者を前にして、ただ黙想するのだという。やがて霊感がひらめくのか、神のお告げが下るのかわからないが、霊視の内容が語られる。

「けど、そんなのがほんとに当たるのかねえ。適当なことを言ってるだけなんじゃないの」

「当たるんだってば。じゃなかったら、雑誌に載ったりするわけないじゃない。そうだ、このお店の子にもアナーヒタさまに見てもらった子がいるんだよ」

ミナミは今にもその子を探しに行きたそうな様子を見せた。腰を浮かしかけるのをなだめて、ところでアナーヒタというのはどういう意味なんだ、と尋ねると、ミナミは一瞬、機嫌のわるい幼女の顔をしてからスマホをスクロールしはじめた。

「んーと……なんか、ゾロアスター教？　とかの神さまの娘らしいよ」

「ゾロアスターってのは、今のイラン辺りの宗教だぞ」亀ケ森はおどろいて訊き返した。「ニルヴァーナはどう考えても仏教系じゃないか」

「知らないってば、そんなの……あ、ちょっと待って。ここにほら、こう書いてある」

ミナミが差し出したスマホのモニターを見ると、雑学王を名乗るどこかのサイト主が親切にもこう教えてくれていた。

〈……アナーヒタは、ゾロアスター教の最高神アフラー・マズターの娘とされていま
す。ペルシャの女神ですが、のちにインド土着の女神と融合して、観音菩薩の起源と
なったとも言われています〉

「ほほう、観音さまの起源なのか。それなら仏教系のニルヴァーナとも縁はあるわな」

同意を求めるように亀ケ森が真二にうなずきかける。

「ねえ、カメちゃんも占ってもらったら？　今度の選挙、当選できますかってさあ。

お布施を積んだらいいお告げをもらえるかもよ」

「楽しく飲んでるときに、いやなことを思い出させるなよ」

亀ケ森が黙ると、ミナミは真二の頬に唇を寄せてきた。

「ねえ、このお兄さんさあ、ほんとにカメちゃんの秘書さんなの」

「ああ、そうだよ」

「どこで見つけてきたの、こんな人。カメちゃんの秘書なんかやらせとくの、もった
いないよ。そういうお店にでも出したら、すぐカリスマになれるんじゃない？」

言いながらミナミは胸の谷間に真二の二の腕を挟み込んで、すりすりさすっている。

腕を振りほどきたい衝動を抑えながら、真二は穏やかに尋ねた。

「そのニルヴァーナだけどさ、さっき見たらガードマンらしいのがひとりもいなかっ

たんだけど、警備はどうしているんだろうな」

「知らないよぉ、そんなこと」

興ざめな声を上げたミナミは、あ、そう言えば、と何か思い当たったふうに声をひそめた。「あそこさあ、なんかどっかのヤクザが入り込んでるんだって。だからそのヤクザがガードしてるんじゃないの」

「なんていう組か知ってる？」

「えー、覚えてない。けっこう大きい暴力団らしいよ、たしか……横浜の組だったかな」

「もしかして、紅龍会？　紅の龍って書く」

「あっそう、それ！」

ミナミがポンと手を打ち合わせて、すっごーい、よくわかるねー、と今度は真二の腕に頬ずりをはじめた。

4

「いいか、これからおまえたちにやってもらうのは、誘拐だ」

古久庵の二階座敷に顔をそろえた男たちを前に、荒木田がどすの利いた声で言い放った。

うへぇ、というため息まじりの声が聞こえたのは、悠人だ。真二は悠人からあらましを聞かされていたし、ニルヴァーナ本部に潜入して建物の内部をこの目で確かめている。が、それでもとまどう気持ちは隠せなかった。

誘拐などという陰険な犯罪は、まっとうな極道が手を出すような仕事ではない。麦山組では素人相手の強盗や窃盗、ストリートファイトでさえご法度とされているのだから、誘拐などはもってのほかのはずだった。

「ただし、ターゲットはそこらのガキじゃねえぞ。ニルヴァーナの教主の孫娘だ」

「教主ゆうたら、教団でいちばんの偉いさんやおまへんか。えらいガードが堅いんとちゃいますか」

男たちがみな固唾を呑んで荒木田の言葉に耳を傾けているというのに、悠人はまるで空気を読まない。そら、どだい無理ですやろ、といきなり水をかけるようなことを言うので、真二の方がヒヤヒヤした。荒木田は不快そうに眉をひそめただけだが、荒木田の右手に座を占めている牛村はただでさえ多血質の顔を赤くして、睨みつけている。

「黙っとけ。パシリの分際で、よけいなこと言うんじゃねえ」

へぇい、と悠人がふざけたような声を出して、牛村は座卓をドンと叩いた。荒木田がブリーフケースからペーパーをつかみ出す。

「ニルヴァーナの教主は立原芽衣子といって、今年六十六になる婆さまだ。伊豆大島の生まれで、小娘の頃から霊感があったそうだ。行方不明になった村人の居どころを言い当てたりしてな。中年期を迎えてからは、しばしば霊界からの霊示を受けるようになった。信者を集めて教団を興したのは四十七、八のときらしい」

伊豆大島の生まれやて、『リング』の貞子といっしょやんけ、と悠人がささやく。

真二は荒木田や牛村に見えないように、悠人のわき腹に肘打ちを食らわしてやった。

「その後離婚して、拝み屋のようなことをしていたらしいが、だんだんに信者が増えて、十年前に桐ケ谷に本部礼拝所を作った。今では美ノ浜と横浜にも礼拝所がある。本部のある建物はもともとほかの宗教団体のものだったんだが、こっちは自然休眠状態で活動実態はなかった。そこへ立原教祖とそのグループが信者として入り込んで、いつのまにか実権を握ったわけだ。おそらく初めから計画的な宗教法人格の乗っ取りを企んでいたんだろう。看板なんざ、あとでどうにでも掛け替えられるからな。現に、もとの教団は神道系だったらしいが、ニルヴァーナは仏教系ということになっている」

「――なっている、というのは、ニルヴァーナには教義らしい教義がないからなんです」

部屋の隅に正座しているケンさんが静かに言葉を継いだ。相変わらず、ケンさんは折り目正しい堅気の言葉遣いをやめようとしない。

「いちおうお経を上げたり、座禅のようなことをやったりしているようですがね。教祖の呼び名はアナーヒタといって、これはもともとペルシャの神さまだし、パゴダの中にカーリー女神の像があったりして、正統な仏教というわけでもないようです」

「ま、かなりいい加減ということだな」

荒木田はケンさんにちょっと会釈して、パーラメントに火をつける。ヤクザの世界では嫌煙権はないにひとしい。

「そもそもニルヴァーナという教団の本部はアメリカにあるそうですから」

そこですよ、と荒木田がケンさんの顔に鋭い目を向ける。ケンさんはうなずいて言葉を継いだ。

「総本部はロサンゼルスにあるんだそうですよ。だから桐ケ谷のニルヴァーナは唯一の日本本部という形になる。総本部の教義はホームページによると、プリミティヴ・ブッディズム、つまり原始仏教をベースにしているようです。人里離れた自然の中で修行することを目的とする、とあるくらいですからね、こちらのニルヴァーナとはちょっと雰囲気が違う。桐ケ谷の日本本部はかなり自己流にやっていると見ていいんじゃないですか」

「よくよく知恵のあるやつが絵を描いているってことだ」

荒木田が煙とともにそう吐き捨てる。

「あの、それのどこが知恵ありますのん？」

「宗教法人は信教の自由の問題があるから、捜査機関もそう簡単に手を付けにくいんですよ。まして外国に本部がある教団だと、へたに手を出すと外交問題にもなりかねない。なにか疑わしいスジがあっても、よほど証拠を固めてからでないと介入できません」

荒木田がタバコをふかしている間に、ケンさんがていねいに答えてくれる。

「ははあ……そしたら、ちょっと別件で引っ張って叩こか、てなわけにいきまへんな」

「そういうことです」

「えっと、そしたら、なんですかいな。そのニルヴァーナちゅう教団は、初手から宗教の隠れミノ被ったオオカミやったと」

「いい加減にしろ。チンピラ風情がいちいち口を挟むんじゃねえ」

いきなり牛村が怒鳴った。盛り上がった肩や分厚い胸板はまさに牛のようだ。絵に描いたような強面(こわもて)ヤクザで、ふつうの人なら道で会ったら顔を背けて通るだろう。

「なに言うてますのん、これから誘拐なんちゅう大仕事するんですやろ。まず相手のこと、ようく知っとかんと」

できるもんもできんようになりまっせ、と悠人は平気で言葉を返している。この野郎、と牛村が膝を立てる。あぐらをかいていても頭ひとつ高いのが、膝立ちになったから、まるで伸しかかるようだ。

「まあ、いいだろう。どうせついでだ」

荒木田がなだめるように言い、メガネのフレームを押し上げた。

「いま石村のアニキがおっしゃったのは、こういうことだ。ニルヴァーナは設立当時から疑わしいところがあった。休眠状態の宗教法人を乗っ取って、外国に本部がある教団の支部に切り替える。たまたまそうなったにしては、話がうますぎる。教主の立原芽衣子は中年過ぎまで主婦だっただけの女で、そんな絵が描けるタマじゃない。現にニルヴァーナは土地取引やら架空増資やらに絡んで、かなり荒稼ぎしているという話だ」

「まるでヤクザやおまへんか」

悠人の声に、ケンさんがフッと笑いを洩らした。めずらしい。

「だから、教主の立原芽衣子の後ろで糸を操っているやつがいる、というのが石村さんの読みだ。こっちでつかんでいる情報でもそれは裏付けられている」

「そんじゃ、教主の婆さまを操ってるちゅうのんは、マジモンのヤクザですかいな」

そうか、そういうことか。ようやく真二にもケンさんの話のスジが見えてきた。

「つまり、それが紅龍会の……ってことですか」

ふん、と荒木田が鼻を鳴らし、ケンさんはかすかにうなずく。

「土地や増資の扱い方から見て、動かしているのは素人じゃねえだろう。そう思って見張らせておいたら、案の定、とんでもねえ野郎が引っかかってきやがった。佐々倉という男でな、なんとニルヴァーナ本部の事務長に収まってるが、もとをたどれば、こいつは紅龍会の客分みてえなやつだ」

客分というのは、ある部分では暴力団周辺で活動するが、舎弟ではないという意味だ、と荒木田は説明した。身分はあくまで一般人である。日常的に暴力団とかかわりを持っているわけでもない。暴力団が何かしら旨味のある「プロジェクト」に動き出すとき、資金的な面でかれらとつながりを持つ存在だ。言ってみれば、暴力団と共生者を資金や人脈の点でつなぐパイプ役だった。

「おまえは佐々倉本人に会っているよな。野郎をどう思った？」

荒木田が真二に顔を向けた。

「かなりの食わせ者だと思いました。修羅場も相当踏んでる感じで」

「そうだろう。ま、殺してもただじゃ死なねえ野郎だ」

凄みを帯びた目で、荒木田はひとりひとりの顔を見まわす。「だが佐々倉はいつまでもパイプ役で満足するような男じゃねえ。警察の摘発対象リストからうまく身をかわしておいて、甘い汁だけはしっかり吸おうって魂胆だ。そんな野郎が事務長に収まりかえっているんだから、ニルヴァーナもろくなもんじゃねえやな」

「そんなら、教主の孫娘を誘拐するちゅうのは、ニルヴァーナと紅龍会の稼いだアブク銭を横取りしたろ、ちゅうことですかいな」

悠人の声がいくらか落ち着いているのは、そんな悪党どもが相手なら……という気分の表れだろう。いくら荒木田の言いつけでも、罪もない堅気の娘をさらってくるというのでは、気が進まない。だが先方もヤクザ絡みなら、気は楽だ。当の娘には大迷惑だろうが、怖い思いをしないですむようにせいぜい気を遣ってやればいい。

「それもある。なにしろ、紅龍会はこの春、鎌倉にあるアステリアという会社を乗っ取って、カネはうなっているはずだ。アステリアは高級婦人服卸の老舗だが、ここ数年は経営状態がよくなかった。増資して経営難を逃れようとしても、むろん銀行は融資したがらないわな。監査法人から増資ができないなら、今後は協力できないと追い詰められたところへ、あるファンドが助け舟を出した。経営再建に力を貸そうという投資機関が現れたわけだから、アステリアにとっちゃ地獄で仏ってもんよ。ところがこのファンドというのがくせ者でな、紅龍会の手先だった」

荒木田は饒舌にしゃべっている。インテリ風を吹かせる経済ヤクザだけに、この手の経済事犯について蘊蓄を傾けるのが好きなのだ。

「このインチキファンドの手口がわかるか、おまえら。紅龍会というのは、こういうことにかけては血も涙もねえ毒蛇みてえなやつらだからな。四億からの増資をしてやると喜ばせておいて、実行直前にカネの都合がつかなくなったと裏切った。一億は用意したが残りの三億が調わないと言われて、アステリアはもう真っ青だ。ここまできて増資ができなければ、信用ガタ落ちでもう破綻まで一直線よ。背に腹は代えられねえから、自社の資産から社長の自宅まで抵当に入れてカネをつくった。それをファンドに送金して、増資払い込みの格好をなんとかつけた、というやつだ」

うわア、そりゃあかんやつや、と悠人が叫んだ。

「増資計画はそれでどうにか片づいたんだが、ファンドは一億しか出していないのに、四億円分の新株を手に入れた。こんなもん、あっという間に第三者に売り抜けられるに決まってるわ。気がついたときには、市場で現金化されちまってジ・エンドだ」

「助けるふりして、身ぐるみ剝がしよるやっちゃ。外道ヤクザの常套手段やな。多重債務者に借り換えさして丸裸にする手口とおんなじでんがな」

「うるせえ！　アニキが話してらっしゃるときは、黙ってろ」

また牛村が怒声を発する。こっちはガタイと悪人ヅラが売りのコワモテ要員だから、荒木田の話は半分も耳に入っていないだろう。すんまへーん、と悠人が荒木田と牛村に頭を下げる。荒木田はぬるくなったほうじ茶で喉を潤していたが、機嫌はわるくなさそうだ。

階段の上り口に芳恵が顔を出して、お茶のお代わりと菓子鉢を差し出した。真二が腰を上げるより早く、ケンさんが立ってお盆を受け取る。小ぶりの茶碗に熱々の煎茶、お茶請けは栗甘納豆と塩豆だ。

「さて、ここからがこの話のキモだ。みんな腹をくって聞け」

荒木田がジロリとみなを見渡して言う。

「立原芽衣子の孫娘は中学三年生で、祖母といっしょにニルヴァーナの本部に住んでいる。本名は長尾春香。ごくふつうの生徒として市立中に通っているから、周りはニルヴァーナの教祖の孫だとは気づいていないようだ。ただし行き帰りはニルヴァーナの付けたボディガードが同行している」

「そら、あかんわ。ボディガード言うて、紋々背負った紅龍会のお兄いさんやったら、シャレになりまへんで」

「いや、紅龍会の者ではありません。ニルヴァーナの本部に勤める女性です」

ケンさんが軽く頭を下げるような姿勢で言う。

「ほう、女ですか」

荒木田がケンさんに向き直った。

「若い女性ですが、空手有段者だということです。大学時代には大きな大会で賞をもらっているとかで」

「ますますあきまへんで」

悠人が、そんなもんが付いてる子、どないしてさらいますのや、とつぶやいた。

「なあに、車で撥ねちまえばいい」牛村がこともなげに言う。「そのガードの女だけ撥ねておいて、ガキは車に押し込めば楽勝ですよ」

「ばかやろう。出入りじゃねえんだぞ。騒ぎになっちまったら元も子もねえだろうが」

荒木田が声を荒らげる。

「いいか。誘拐は警察はもちろん、世間にバレちまったらその時点で失敗だ。あくまで隠密裏に——要するに、誰にも知られねえようにやってナンボだ」

わかったか、と荒木田は全員をねめつける。

「明日からさっそく下調べにかかれ。ガキの通学路、ニルヴァーナ本部の内部情報、特にセキュリティ、これは真二がいいだろう。もう一度、実地にてめえの目で確認しておけ。下調べは牛村、悠人がサブにまわれ。真二は連絡役とプロジェクトのまとめ役だ」

えっ、という声が三人からそろって出た。

「ちょ、ちょっと待ってくれまへんか。その誘拐、オレと真二と牛村さんでやれ、言うてはりますのんか」

「あたりまえだ。ほかに誰がいる」

これにはおどろいた。悠人も口を半開きのまま固まっていたが、牛村は歯を食いしばり、目を張り裂けそうなほど見開いている。まるで沖縄のシーサーだ。

「……いや、そいつはちょっと無理じゃないですか。オレら、地元の人間でもないんだし」

真二自身、やっとそれだけ言うのが精いっぱいだった。

「地元の情報は石村さんが助けてくださるとおっしゃっている。あとはおまえらで考えろ」

「ほな無茶な。荒木田さんがリーダーやって、ケンさんにサブしてもろたらええやおまへんか」

「バカも休み休み言え。石村のアニキに、お願いできるスジじゃねえだろうが。今は堅気になっている方にご迷惑かけちゃいけねえよ」

荒木田にはめずらしく良識的な発言だが、たぶんケンさんの手前を意識したのだろう。

「そんなら、アニキはリーダーやらんと、なにしはりますの」

「東京で仕事がある。それに、おれの出番はガキをさらってきてからだ」

「えーっ、それ、ずるいのとちゃいますか」

うるせえんだよ、と荒木田は大粒の栗甘納豆を悠人に投げつける。

「そうすると、誘拐の手はずはオレたちが考えて、オレたちが実行するわけですか」

恐るおそる真二はまた口を開いた。

「そうよ。おまえらもそろそろそのくらいの仕事はこなせ。いつまでもおれに頼ってるんじゃねえぞ。ただし、カネとヤサの面倒だけは見てやる」

荒木田は財布を取り出すと、無造作に札束を抜いて、真二の前に放り投げた。バサバサと落ちた万札は五十枚はありそうだ。

「石村のアニキに迷惑になるから、明日からはここへ出入りするな。ヤサはここから離れたところに一戸建てを借りてある。カギは牛村に預けてあるから、今夜からそこで寝泊まりしろ。わかっているだろうが、ガキはそこに連れ込むんじゃねえぞ」

「それじゃ、どこに」

「石村さんがおっしゃるには、街の北はずれに取り壊しの決まっている公団住宅があるそうだ。出入り口と窓は封鎖されているが、三日や四日は暮らせるだろう。すぐに見に行って隠れ家に使う部屋を決めてこい。寝袋やらなんやらはボンゴに積んであるはずだ」

プランがまとまったら真二が連絡を入れろ、と言うと、荒木田はケンさんに頭を下げて立ち上がる。え、これでもうおしまいですかいな、と悠人が情けなさそうに声を上げげた。牛村でさえ、途方に暮れた顔で荒木田を見上げている。考えようによっては、計画も実行も三人に押しつけて、もし失敗したら自分だけは逃げおおせるつもりのようにも思える。

「いちいち言うまでもねえだろうが、人質のガキには絶対にケガをさせるな。女だからって妙な気を起こすんじゃねえぞ」

そんなアホなことしますかいな、オレと真二は絶対しまへんで、と悠人が言い、牛村がなんじゃそりゃ、どういう意味だ、と目を剝いているあいだに、荒木田は階段に足をかけようとしている。

「荒木田さん、ひとつ質問してもいいですか」

踏み板をギシギシ鳴らして下りていく背に、真二は尋ねた。おう、なんだ、と荒木田は振り向かずに応じる。

「さっき、悠人が身代金を取るのが目的かとお尋ねしたとき『それもある』とおっしゃいましたよね。ほかにも、何か狙いがあるんですか」

ふん、と荒木田が振り返った。

「もちろんあるさ。でなけりゃ、ガキの誘拐なんてみっともねえ真似、誰がやる」

薄暗がりの中で、キラリとメガネが光り、その奥の目が真二を見据えていた。

桐ケ谷市のはずれ、小高い丘陵を背にした扇状地に、築五十年を超える公団住宅がある。全二十二棟、二階建てでひと棟に四世帯が入るテラスハウスだ。分譲型集合住宅だが、地権者のほとんどは横浜や藤沢に勤務先を持つ大企業だった。昭和の高度成長期に社宅として利用され、今では無人の廃墟となっている。

建て替え計画はあるけれど、新たに地権を手にした不動産会社と、周辺住民のあいだで考えがまとまっていない。不動産会社側は湘南の自然を満喫できる高層住宅群をコンセプトにしたいと主張し、周辺住民は高層化がプライバシー侵害につながると反対している。話し合いは四年も続いているが、まだ合意に至らない。もともと丘陵と森と川に囲まれた土地だっただけに、人々の気配が消えると、たちまち荒廃の色が濃くなった。

「なんだか、薄気味のわるいところだな」

出かけてきたのは午後三時すぎだったが、牛村は寒そうに肩をすくめる。どんよりと空は曇っていた。わずかに西の空に青空がのぞくところがあって、オレンジ色に雲が染まっている。ボンゴをのろのろ走らせながら、二十二棟の建物を眺めまわす。

鋼板で塞がれている建物はスルーして、侵入できそうな入り口を探した。鋼板では取り外すのもやっかいだし、壊すにも音が出る。よく見ると、外周路に沿った建物は鋼板を鎖で留めてあるが、中庭に面して奥まった建物はベニヤ合板を打ち付けただけのようだ。

いくつか見てまわるうち、ここがよさそうだと真二が選んだのは、小さな森の後ろに立つ棟だった。その棟は中庭越しに、外周路の一部を見渡せる。街中を抜けてきた道路が外周路と交差するポイントが、その視界に含まれているのだ。それでいて、その棟の西半分は木立の群れにさえぎられて、中庭からも見えない。樹木に隠されている部屋をアジトに使い、屋上に見張りを置けばいい、と真二は考えた。

とりあえず、合板と角材で封鎖されているドアを点検した。悠人が雨樋伝いに二階のベランダに登ると、窓を塞いでいる合板は雑に釘打ちされているだけだとわかった。この窓は丘陵側を向いていて見通しがわるいが、万一のときの逃げ道にはなる。

「それじゃ、今夜遅くなってから、必要な道具を持ってここに集合しよう」

真二が手はずを確かめる。寝袋、ビニールシート、ハンドライト、飲料水と食料品、掃除用具と洗剤、タオル、水タンク、日曜大工道具一式……。

「あー、今夜はな、おまえらだけでやれ。大の男が三人がかりでやる仕事じゃねえだろ。おれは明日の朝、ここへ来るからよ」

牛村はぬけぬけと言い出した。言うなり、落ち着きのないしぐさで帰り支度をはじめる。

「なに言うとんねん、ズルやんけ。荒木田さんも三人でやれ、言うてたやないか」

すかさず悠人が嚙みつく。

「うるせえッ！　こんなショボい仕事、てめえらだけで十分だ」

おれはカビ臭えところが大きらいなんだよ、そう言い捨てて牛村はドアに向かう。

「そんなこと言うて、ええのんか。荒木田のアニキに言いつけまっせ」

牛村のグローブのような大きな手が、悠人の頭に振り下ろされる。ひょいと首をすくめて横殴りの平手打ちをかわした悠人が、身体を縮めた反動を使って、伸び上がりざま牛村のみぞおちに右の拳を打ち込んだ。とたんに手首をつかんで短い悲鳴を上げる。どうやら堅い腹筋に跳ね返されて手首を痛めたようだ。

「バカめ。そんななまくらなパンチ、おれさまに通じると思うか」

「待ってくださいよ。内輪揉めしてる場合じゃないでしょ」

今度はラリアットをかまそうと振り上げた牛村の腕に、真二は飛びついた。

寝袋にもぐりこんだのは、もう十二時をだいぶまわってからだった。リサイクルショップで手に入れたスタンド型のライトを、光を絞って点けてあるだけなので、部屋の中は暗かった。かろうじて悠人の顔がぼんやり見えるだけで、周りはほぼ真っ暗だ。

「やっぱりカビ臭ないか、この部屋」

「四年も閉め切っていたんだからしょうがないだろ。がまんしろ」

「それだけやないな。物が腐っとるみたいな臭いもするやん」

「虫か小鳥でもそのへんで死んでるのかもな」

「気色わるいこと言うなや」

「虫や小鳥じゃなくて、人が死んでるのかもしれないぞ。そこのウォークインクロゼットで、誰かが首吊ってたりしてな」

「やめエ！　ほんま、悪趣味やなあ」

悠人がおびえた声を上げて、寝袋の中に顔をうずめる。だが、この団地には四年前まで八十八世帯も住居があったのに、今はここにいる二人のほかに誰ひとりいないのだ。夜目にも黒々とわだかまる丘陵が背に迫り、無人の棟々は広葉樹の森に包まれていた。夜がここだけ深いようだった。物音ひとつしない広い闇の片隅に、ポツンと置かれている自分たちを想像すると、心細い思いが込み上げてくる。

二人がアジトに決めた建物は、壁面にW7と大きな文字が表示されていた。中庭をまんなかにして西地区の7号棟という意味なのだろう。桐ケ谷市の北西のはずれに立つ団地の、さらに西の端っこだ。ベニヤ合板は湿気で傷んでいたので、たわんでいるところにバールを突っ込むと、たやすく釘が抜けた。枠止めしてあるドアは、レンチとスパナを使って止めボルトを抜き取る。悠人がその作業をしている間に、真二は二階の窓をこじ開けて、室内へ侵入した。

二階が二部屋とクロゼット、階下はキッチンと水まわり、ダイニング。いちおう3DKだが、部屋はどれも狭い。二階の片方を人質の監禁に使い、もうひとつに監視役を置けばいいと考えながら、真二は階段を下りた。玄関のドアを開錠して、悠人を中へ入れた。

ざっと片づけてから、暗い中でコンビニ弁当を食べると、とりあえずすることはもうなかった。フローリングに段ボールを敷いて寝袋にもぐり込んだのがついさっきのことだ。

「なにも今夜から泊まることないやないか。せっかく荒木田のオッサンが隠れ家用意してくれたっちゅうに」

悠人は文句たらたらだったが、実際に夜を過ごしてみないと、どんな不具合があるかわからない。

「いやなら、あっちで牛村と泊まればいいじゃん。腕相撲でもして遊んでやれ」

「冗談言うたらあかん。牛村と寝るくらいなら、ユーレイの方がよっぽどましや」

ようやくあきらめたようだが、まだ寝袋の中でブツブツこぼしている。

「それにしてもなあ、さらってきたあとは、どないになるんやろな」

ボソボソと悠人がしゃべりはじめた。「ガキちゅうたかて、女やないか。怖がらせんように見張るゆうのも、けっこう気ィ使うで。着替えやらトイレやらシャワーやら、ひとりでさせなあかんやろ？　めんどくそうてかなわんわ。つかまえとるうちに生理にでもなりよったら、どないすんねん」

「女手があった方がいいってことか」

「そういうことや。古久庵の芳恵さんを仲間に入れるわけにいかんやろか」

「ダメに決まってるだろ。ケンさんでさえ迷惑かけるなって荒木田が言ってたじゃん」

そうやろなア、と悠人はなにやらつぶやいていたが、突然、頓狂な声を上げた。

「そうや！　ええ考えがあるで。真二が女装すればええんや」

「なに言ってんだ、おまえ」

「考えてもみい。真二は女顔やし、身体も大きゅうないし、声かて低くはないやろ。そら、明るいところやったらまずいかもしれんけど、ここなら暗いしな。絶対にバレへんて」

「だから、なんでそんなことしなくちゃならないんだよ」

「わからんやっちゃなあ。女がひとり混じっとったら、人質のガキも安心するやんか。そんだけ、怖い思いもさせんと済むし。それにひょっとして、あとで事件になったとしてみいな。警察にいろいろ訊かれたら、女子中学生、ペラペラ何しゃべるかわからんのやで？

そんときにやな、犯人の仲間に女がいました、言うたら、警察をだまくらかせるやないか。なあ、女装せえや」

ふざけるな、と言い返したものの、真二はすっかり動顛していた。めずらしく、悠人の言うことにスジが通っていたからだ。たしかに中学生の女の子が男ばかり三人に監禁されるのと、その中に女がいるのとでは印象が大きく違う。誘拐が警察の介入を招いた場合も、被害者の証言は重視されるだろう。かといって、今さらこのチームに女を加えることはできないのだから、誰かが女装するというアイデアはわるくない。

だが、実際に女装して相手の目をごまかせるかどうか、となると――。

「真二がどうしてもイヤや言うなら、オレがやってもええんやで。けど、タッパが一八〇超える女がそこらにおるか？　それとも牛村に女装させるんか？　どう見てもバケモノにしか見えへんやろ」

黙り込んだ真二にはかまわず、そや、この考え、荒木田のオッサンにも教えたろ、喜ぶでえ、と悠人はひとりで悦に入っている。

「お、そうや。もうひとつ、アイデアがあるんや。聞いてくれるか」

「……何のアイデアだよ」

「誘拐のアイデアに決まってるやん。ターゲットのガキには空手遣いのねえちゃんが付いておるんやろ？　そしたら、人目のないところでさらう言うても、簡単にはいかへんわな」

「まあ、それはそうだろうな」

「けどな、向こうが出てきたところをさらうんやのうて、こっちから攻める手もあるわけや。つまりニルヴァーナにこっちから攻め込んで、小娘を拉致してくるんやな」

「おまえ、バカか。そんなこと、できるわけないじゃん。いざとなりゃ警備係が何人も出てくるに決まってるだろ」

荒木田はああ言っていたけれど、一度や二度探ったからといって、ニルヴァーナ本部のセキュリティの実態などわかるはずがない。情報量に圧倒的な差がある限り、相手の陣地で戦いを挑むのは無謀すぎる。

「そこがかえって付け目なんや」

悠人は寝袋ごとくるりと身体を回転させて、うつぶせになった。顔だけこちらに向けて、もそもそとすり寄ってくる。

「ええか。まず真二が女装して、ニルヴァーナの門の前で行き倒れるんやな。そしたら宗教やっとる手前、放ってはおかれへん。中へ担ぎ込まれるわ。介抱されとるうちに救急車が来る。この救急車はニセモノや。救急隊員に化けとるのはオレと牛村で、そのすきに真二は小娘をかっさらってきて、シーツにくるみ込む。このときには女装は捨てて、救急隊員の格好になっとるわけや。で、あとは救急車ごと逃げてまえば――」

「アホくさ。マジメに聞いて損した」

真二は寝返りを打って、悠人に背を向けた。

「ちょっと待てェや。そのまんま、やろうちゅうわけやないで。これをベースにしてやな」

「もういいって。おまえ、ヤクザ映画以外はスパイアクションみたいなのしか見てないだろ。『ミッション：インポッシブル』とか『オーシャンズ』とか。だからそんな突拍子もないこと思いつくんだよ」

「そやけどな、発想はわるないやないか」

「ああいうのはいろんなテクを持ってるプロが集まってて、カネがふんだんにあるからできるの。オレたちは誘拐なんてド素人だし、たった三人しかいねえし、カネもこないだもらった分しかない。もうちょっとリアリティのある――」

言いかけて、真二は口をつぐんだ。そう、大切なのはリアリティだ。リアリティというのはつまり、テクを持たない素人でも工夫さえすればできそうなもの、ということだ。悠人の妄想がかったプランをもっと現実的な方向に引き寄せて、ただしミスディレクトの要素は残すようにすれば、ひょっとして方法がないわけでもない……？

誘拐シーンのイメージが、いくつかの具体的な断片として頭の片隅をよぎっていくような気がした。

「お、そうや。肝心なことを忘れとった」

振り返ると、悠人が寝袋からゴソゴソ這い出してくるところだった。なんだよ、ひとがせっかく考えを凝らそうとしているのに。真二は黙ったまま、変な薄笑いを浮かべている悠人を冷めた目で見返した。

「あのな。やっと見つけたったわ。こっちへ帰ったらすぐ知らせてやろう思とったのに、すっかり忘れるところやった。なんや、ボケーッとした顔さらしてからに」

「見つけたって、何を」

「宝くじに決まっとるやないか」

「マジか。どこにあった？」

「ほれ、紅龍会だかが組の事務所に火焔瓶ぶち込んで、タールぶちまけよったやろ。荒木田のオッサンのデスクなんぞ、引き出しの中までタール流し込まれて、書類がみんなワヤになったやんか。宝くじも引き出しの奥に入っててん」

「えっ、それじゃダメじゃん」

「おう。タールまみれになった書類といっしょに、ゴミ袋に突っ込んであってなあ。んで、オッサンにな、この抽籤券、もうワヤでっしゃろか、訊いたんや。そしたら、そんな汚れてバーコードも読めんようになったら使い物にならん、捨てちまえ、言うてたわ」

「そこまでメチャクチャになってたのかよ」

それじゃ見つけたって意味がないじゃん。そう続けようとした真二の目の前に、悠人がファイルケースを差し出した。薄いブルーのケースの中に、一枚だけ、横長の紙が挟んである。ハロウィンジャンボ宝くじの抽籤券だ。

「見てみい。これとあと三枚だけ、数字の部分にタールがかかってなかったんやで。奇跡みたいなもんやろ」

ケースをそっと開いてハンドライトの光を当てると、紙の左側ほぼ三分の一は光沢のある暗黒に塗りつぶされていた。右側上端に向かって、黒雲が覆うようにそれは紙面を横切っている。ただ、売り出し回数と組番号、抽籤券番号が記された右側部分は、ほんとうにタールの飛沫(しぶき)こそあれ、汚染を免れていた。

「だけどさ、おまえ喜んでるけど、こいつが当籤券でなきゃ何の意味もないんだぞ。そこをちゃんと確かめて」

「みなまで言わすな、アホ。確かめんで、どないするちゅうんや」

「えっ⁉ ちょっ、ちょっと」

「こっち来る前にな、新宿三丁目の売り場で当籤番号、バッチリ確かめてあるわい。でなけりゃ、誰がこない大事そうに運んでくるねん。バカにしたら許さへんぞ」

「え。それじゃ、これ⁉」

当たっているのか、と訊きたいのだが、口から出るのは、あ、あら、あら、あらという意味不明の呻きばかりだった。

「おうよ。当たっとるがな。一等前後賞、一億円や。ざまアみさらせ」

なんや、みっともな、そないに泡食うてもうて。悠人の罵声も耳を通り過ぎていく。

「で、でも、大丈夫なのか？　いくら数字が読めたとしても、こんなに汚れてて」

「それもおばちゃんに確かめてあるちゅうてるやろ。宝くじの当籤券、汚してしもうたんやけど、賞金もらえるんやろか、言うてな」

「それで、どうだって？」

「バッチリや。番号のとこが読めれば問題ない」

「じゃあ、この券は有効ってことか」

「そうや。これをみずほ銀行へ持っていけば、一億円もらえるんやで。一億や、どうや⁉」

この野郎、と叫んで、真二は悠人の首を絞めた。

「なんで、そういう大事なことを先に言わないんだよ」

「そやから、忘れとった言うとるやないか」

忘れんな、ボケ、と指に力を入れて、悠人の頭をグラグラ揺らす。やめや、ほんまに苦しいって、わかったわかった、オレがわるかったわ、と悠人は泣き笑いで謝った。おたがいに寝袋から腕だけ出してハイタッチし合ったり、ふざけてパンチを応酬したり、ひとしきり騒いだあとで、真二は真顔にもどって訊いた。

「でも、これを入れて四枚だけは、番号が判読できたんだよな。荒木田はこれが当籤券だってことに気づいていないのか？」

「全然気づいとらん。事務所じゅうシッチャカメッチャカで、片づけるのに大騒ぎやったしな。それどころやなかったんやろ」

「でも、荒木田って異常に細かいところがあるじゃん。突然宝くじのこと思い出して、調べる気になるかもしれないぞ」

「まかせておけって言うてるやろ。売り場のおばちゃんから外れ券をもろうてな、ちゃんと枚数が合うように交ぜておいてあるんや。もちろん18万台の券やで」

宝くじ売り場には、過去一年分の当たりくじが一瞬で判別できる、オンラインのジャッジシステムがある。常連客の中には、何か月分もの抽籤券を持ち込んでくる向きがいて、ジャンボの抽籤日過ぎはなおさらだ。何百枚も判定機にかけても、当籤券はほんの一部だから、捨てられたハズレ券が売り場に山ほどある。そこから荒木田の当たり券と番号が近そうなやつを一枚もらってきたのだ、と悠人は言うのだった。

「もちろん、番号よう読めんように、コールタール塗りたくっといたわ」

「おまえ、損得がからむときだけ、異常に頭がまわるな」

「だけ、はよけいやろ。オレらのコンビは、こっちが頭脳労働担当なんやからな」

「調子に乗るな、ボケ。どこが頭脳労働担当だ」

寝袋に入ったまま、下半身を持ち上げて悠人に蹴りを食らわせる。真二の寝袋は着ぐるみタイプなので動きやすいが、悠人のはマミータイプだからミノムシが巣にこもっているようなものだ。ジタバタするだけでうまく動けない。三、四回、小気味いいくらいにキックがヒットしたところで、悠人がわかったわかった、降参や、降参します、とミノムシよろしく寝袋にすっぽり隠れたまま、壁ぎわへ転がった。じゃれ合いタイムはここまでだ。

「けど、そんならそっちが考えてくれるんやろな。誘拐、どないにやったらええんか」

ひょいと顔をのぞかせて、悠人が言った。当たり券を手に入れたせいで、まだ締まりのない笑みをニタニタと漂わせている。

「おう、さっきのあれで行こうぜ。おまえが能書き垂れてた、ニルヴァーナ本部突入作戦」

「え。だって、あれはアカンてさっき言うとったがな」

「あのままじゃ、ダメだ。金も手間もかかり過ぎる。だからスケールダウン・バージョンで行く」

真二は肘を突いて上体を起こした。

「ただひとつだけ問題がある。どうしてもひとり、ソルジャーが足りない」

5

菜々美はこんな字を書くようになっていたのか。植草浩一はダイニングテーブルに置かれた便箋の文字を、もう何度も読み返していた。美しい、流れるようなボールペンの筆跡がシンプルな白い紙にていねいに綴られている。

浩一が覚えている娘の文字は、中学を卒業するときにもらった「両親への感謝の手紙」のそれだった。菜々美は、べつに私だけ書いたんじゃないの、とはにかむように言いながら手紙を差し出したものだ。担任の先生の発案で、クラス全員が両親かそれに準ずる人々に書くことになっただけ、と放り出すようなそんな説明をしていたものの、菜々美の文面には心がこもっていた。一字一字、トメハネひとつおろそかにせず、まぎれもなく菜々美自身の言葉がそこにはあふれていた。読みながら浩一は視界がぼやけ、あわてて顔を背けて咳払いした覚えがあった。

だが、あのときの文字はまだまだ子どもの字だった。それにくらべると――。

〈お父さん

ごめんなさい、少しのあいだ留守にします。

このあいだ、配達の帰りに末延（すえのぶ）さんのお店におじゃまさせていただきました。電話で長いお話をしたことがあるそうですね。

末延さんをお訪ねしたのは、うちのお店が巻き込まれているトラブルを解決する、現実的な道すじを探してみたいと思ったからです。私が考えていたことは、たぶんお父さんの意に反するものでしょう。

けれど、現実問題として、お店へのいやがらせはともかくとしても、お客さんにまで迷惑がかかっている状況では、お店を続けていくことはむずかしくなっています。四百万円の白地手形のことも心配です。

お店の土地を手放して新しく建つビルに入居する話は、スペースが今よりずっと小さくなるのですから、商売替えしろというのといっしょです。コンビニという案をお父さんは初めから拒んでいましたね。私も今さらお父さんに慣れないコンビニ店主が務まるとは思えません。無遠慮でごめんなさい。

そんなことを考えているうち、末延さんのことを思い出しました。末延さんとお父さんは若い頃からの同業仲間でしたから、私も親戚のおじさんのような気持ちで見ていました。ただ末延さんの会社は練馬区なので、うちのお店とは営業エリアが違っていますね。それでも末延さんは、こうおっしゃってくださいました。

――もしお父さんさえよかったら、ウチの会社の一隅を貸してあげてもいい。そこにデスクと電話、ファクス、パソコンを置けば、いまのお店で取引しているお客さんとのご縁はつなげられるだろう。

在庫品も末延さんの倉庫を貸してくださるそうです。そうすれば、いまのお店はなくなっても、お父さんの仕事そのものは生き残っていけます。これは現実味のある、ひとつの考えだと私は思いました。

でも、いくら古馴染みとはいえ、他人の会社に間借りするなんて、と思うかもしれません。仕事の規模も現在にくらべれば、半分以下か、三分の一程度になるでしょう。配達ルートが遠くなるし、お借りできる倉庫のスペースにも限度があるからです。

もうひとつ、お父さん（私もですが）のプライドの問題があります。無理強いされた道では心は足弱になります。いったん砕かれた自尊心は、人を弱くさせるからでしょう。

私は、誠実に生きてきたお父さんの晩年を、そんな寂しいものにはしたくないのです。もちろん、私自身のためにも。

いま私が漠然と思っていることを、この手紙でくわしく書く余裕はありません。まだ私にも先が見えないからです。ただ、もう少し、いろいろ考えてみたいのです。その上で、お父さんにもあらためて相談したいと思います。しばらく待ってください。でも、なにかが見つかるかもしれない。少しでも光が望めるなら、努力してみる価値はあると私は信じています。

さいわい、大学時代の友人二人が、気ままな旅行に誘ってくれました。学生時代のなかよし三人組で自由に旅をしてみたいというのです。目的地はぼんやり決めてありますが、それ以外はなんの計画も立てないそうです。旅を楽しみながら、頭をもう一度リフレッシュさせて、これからのことを考えてみたいと思うのです。

曖昧な言い方ですみません。もう少しだけ、私にチャンスをください。お願いします。〉

浩一は幾度も読み返してから、ようやく手紙から目を上げた。

手紙の前半に書かれている末延の話は、まったくの初耳だった。浩一がまだメーカーのディーラーに勤めていた頃、担当していた得意先のひとつが末延の部品販売会社だった。末延は二代目社長になったばかりの頃で、やがて浩一が独立して店を興したときには、惜しまず力を貸してくれた。植草部品の経営者となってから、浩一の目標は末延の会社に追いつくこと、できたらいつかは追い越すことだった。商売の上では、幾度か末延を瞠目させた経験もあった。それだけに、浩一は末延をもっとも信頼しながら、つまらない見栄かもしれないが彼の前だけでは弱みを見せたくなかったのだ。

――何を勝手なことを。

末延の会社に間借りして細々と事業を続けるなどと、そんなみっともない真似ができるものか。だからこそ末延からの電話にも、なアに、バブルの頃の地上げ屋の方がもっとキツかったよ、と強気を装っていたのに、娘があけすけに助けを乞いに行ったのでは浩一のメンツは丸潰れだ。

けれど、菜々美のしたことを知ったあと、怒りも不愉快さも込み上げては来なかった。むしろ、浩一が噛みしめていたのは痛ましさだった。菜々美にそこまで心労をかけてしまったことが悔やまれた。末延を前にして、おそらく緊張しながらこの話を口にした娘の面差しを想うと、ただ痛々しかった。

――もう、やめにしないか。

いつもなら食卓の向かい側にいるはずの娘の幻影に向かって、つぶやいてみる。もうじゅうぶんだ。もう、いいじゃないか。

先のある若い娘がそこまで気にかけるほどの店じゃない。そう言葉にしてみると、イバラだらけの密林から広々した原野に出てきたような気がした。その野は寒々と荒れ果ててはいるが、身のまわりにまつわっていた鬱陶しい熱を帯びた空気は、みごとに吹き払われていた。このまま、寥々(りょうりょう)とした風に老いた身をまかせてしまおうか。自分がそう決めさえすれば、菜々美には菜々美の行くべき道が見えてくるはずだ。

だがそんな親の気持ちも知らず、娘はさらに何か思いを抱いているらしい。いきなり姿をくらますというやり方からして穏当でないが、こうなってしまった以上、あまり無理をするなと祈るしかできることはなかった。菜々美はもう一人前の分別をもつ成人女性だ。年齢なりに成熟した判断力を信じて待つしかないだろう。

――それにしても、いったいどうしようというのか……。

テーブルの便箋を前に、浩一はなおも考えに沈んでいた。

6

ニルヴァーナ教主の孫娘、長尾春香についてはさすがに地元で、チンピラの堀田正義がすぐに調べ上げてきた。もっともマサヨシを人数に加えるかどうかでは、ひと悶着あった。

「バカ言うんじゃねえ。そんなどこの馬の骨だかわかんねえ野郎、仲間にできるか」

牛村は頭から反対だった。桐ケ谷団地の廃屋に真二がマサヨシを連れてくると、いきなりそう怒鳴りだした。汚れた窓から射し込む晩秋の光がまだらに染め分けた牛村の顔は、いつもに増して恐ろしげだった。

「どこの馬の骨じゃないですよ。桐ケ谷生まれの桐ケ谷育ちだから地元のことはくわしいし、家が土地持ちなんです。自分用のテラスハウスも持ってるし」

どうせ手を増やすんなら土地鑑のあるやつがいいに決まってるじゃないですか、と真二は押しまくった。テラハは第二アジトにも使えます、車も余分に使えるし、紅龍会の情報も取りやすくなります、と畳みかけると、牛村は考え込んだあげく、ようやく言った。

「けどよ、もしそいつが裏切ったらどうするんだ。てめえ、責任取れるのか」

「裏切りませんよ。絶対に裏切れないネタをつかんでいますから」

真二が自信満々にそう言い切ったのは、コンビニの駐車場でマサヨシをボコった実績があるからだった。真二から〈麦山組のちょっとヤバいプロジェクト〉を手伝えと迫られたマサヨシは、

「無理ッスよ。オレなんか素人じゃないスか。そんなプロの仕事、手伝えっこないスから」

血の気の引いた顔で、ブルンブルンと首を横に振ったものだ。

「オレからカツアゲしようとしやがったくせに、どこが素人だよ」

真二はあんがいなマサヨシの臆病ぶりにがっかりしたが、でも、おまえはオレに逆らえる立場じゃねえんだよ、と脅しをかけた。

「な、なんでですか」

「コンビニの駐車場でおまえ、下半身丸出しのフルチンだっただろ。あのときの写真、オレ持ってるんだよなあ」

ひえぇッ、と叫んでマサヨシは息を呑んだ。

「おまえが気絶してる隙に、スマホに撮っといたんだけどよ。アレ、プリントしておまえン家の周りとか、おまえのダチとかにバラまいたら、おもしれえだろうなあ。おまえ、チョー話題の人になれるんじゃね？」

「……ひ、ひどいッスよ、そんなの」

涙目になりかけるマサヨシに、真二はトドメを刺した。

「フルチンのボコられ姿さらして、ここらを歩けなくなるのと、オレたちを手伝って武勇伝作るのと、どっちがいい」

こんなふうにしてひとり足りなかった最後のメンバーが決まったが、アジトでマサヨシを紹介したとき、ひと目見るなり牛村は真二に耳打ちしたものだ。

「あいつはきっとビビリだぞ。危ねえヤマには使えねえよ」

「わかってますよ。でも、あいつにやらせるのは、せいぜい目隠しフェンスの役ですから。ガタイだけはそこそこでかいんでね」

「なんだよ、その目隠しってのは」

「荒木田さんにプランを説明するときに話しますよ」

「ここでしゃべる気はねえってのか」

牛村が凄んだのを見て、ドアのそばで小さくなっていたマサヨシがますます身体を縮めた。ガタイのでかさしか取り柄がないのは、この牛村もおんなじだ。

「いや、しゃべってもいいですけど、秋の日は釣瓶落としって言うじゃないですか。もうじき暗くなりますよ」

「……だから、なんだってんだ」

「ここの団地、取り壊しが決まったあとで自殺した住民が、七人もいたらしいんですよ。みんな独居老人だったみたいですけど」

牛村が気味悪そうに肩をすくめる。

「なにしろ長年ここで住み暮らして、思い出もたくさんあったんでしょうね。でも今では年を取ってひとり暮らしでしょ。家族もいない、友だちもいなくなった、そこへ今度は家まで取り壊される……もう生きていたってしかたない、そう思っても不思議はないですよ」

「まあ、な」

「きっと自殺する直前、笑ったり泣いたりした思い出が頭にあふれたんだと思います。ああ、あの頃は辛かったけど楽しかった。もう一度あの頃に帰れたらどんなにいいだろうなんてね。だから、きっと死んでからもそんな思いがここに残ったんじゃないかなあ」

「思いが……残る？」

「ええ。そう思ってみると、この部屋ってなんだか空気が冷え冷えしてるような気がしちゃって。ひょっとして、この部屋に住んでたお婆さんかなんかが、そのへんの鴨居で首くくってたのかもしれない、なんて想像すると」

周りに聞こえるほどの音で、牛村の喉が鳴った。ギョロ目が心もち細くなって、辺りを見まわしている。やっぱりまちがいない。こいつは大男によくある、幽霊とか怨霊とかにめっぽう弱いタイプだ。

やれやれ、このチームときたら、図体がでかいだけのビビリが二人と、あとは悠人だけか。それでいて与えられたミッションは、新興宗教の本部から教祖の孫娘を誘拐してこいという超絶難問なんだから、ひどい話だ。

「ちょっと、あそこに寄って行こうやないか」

悠人がふいに言い出したとき、真二は物思いにふけっていたので、〈あそこ〉がどこを指しているのかわからなかった。

ニルヴァーナの本部の周りを、車と歩きで二回ずつ視察したあとだった。ニルヴァーナの表門はバスの通る県道に向いているが、周囲はほとんど畑地と森で、どこからでもその寺院のような大屋根が見えた。ことに裏門の辺りは近隣に住宅もないので観察するには便利だが、逆に敷地の中からも見知らぬ者がうろうろしていればすぐにわかる。

ケンさんの話によると、教祖の住まいは奥まったところにあり、孫娘がふだん出入りするのは決まって裏門だという。孫娘は教団にとっては〈聖家族〉なので、信者の前に現れるときは教祖に準じた古代風の衣装を身に着ける。ティアラに似た金の冠を頭に載せ、巫女風のお化粧をするから、素顔を知る者は少ない。それだけに素顔にもどっているプライベートタイムは、裏門からしか出入りしないのだ。学校へはもちろんただの女子中学生、長尾春香として通っている。

裏門付近は、敷地のどこかから隠しカメラで監視されているかもしれなかった。神経を使いながら歩いたので、助手席にもどってから少しぼんやりしていた。気がついてみると、ボンゴは県道をかなり西へ進んでいて、もう藤沢駅の近くまで来ていた。

駅前ロータリーに面して立つデパートの片隅に、宝くじ売り場がある。カラフルなサンシェードの上に〈宝くじ〉の看板、窓口の下には、売り出し中のくじの種類や当籤金額、過去の抽籤結果などを記したボードが貼られている。

「見てみい。サマージャンボでこの窓口から一千万円出た、書いてあるやん。こういうとこはそこそこ客が多いから、いろいろ訊いても顔を覚えられへんやろ」

「訊くって、なにを訊くんだよ」

「決まっとるやないか。荒木田のオッサンから当たりくじガメたやろうが。あれどうやって換金すればええのか、訊いとかんと」

なんせ一億円やからなあ、山分けしても五千万や、ひっひっひ、と肩を揺すりながら降りると、悠人はスキップを踏むように売り場に向かう。

荒木田から横取りしてきた抽籤券はたしかに一等前後賞の一枚だが、すんなり換金できるかどうかはまだわからない。なにしろタールで汚されているし、もとはと言えば盗んだものだ。金券である以上、当籤券の扱いについては銀行も目を光らせているだろう。当籤金が支払われたあとになってトラブルが起きるのは、銀行がいちばんいやがるはずだ。

ヘラヘラと窓口に近寄って行った悠人は、さっそく売り子のおばさんと話し込みはじめた。手振り身振りをまじえて、うなずいたり首を振ったり大忙しだ。おばさんもにこやかに応じてくれているようだ。悠人はいいかげんなやつだけれど、変な愛嬌があるからおばさん年代にはモテる。なにげなく眺めていると、突然、首すじから板でも挿し込まれたみたいに、悠人の背中がこわばった。冗談やないで、とふいに高くなった声が聞こえてくる。

「……そないな……アホなこと……」

窓口に顔を押しつけるみたいに、悠人は背を丸めてかがみ込んでいた。

「んな……しょうむない……なんでやねん！」

どうも話の具合がうまくないようだなと思っていると、くるりと悠人が振り向いた。

不満でわめきだす寸前の、小学生そのままのふくれっ面だ。唾を吐き捨てながらもどってきた。なに言うとんのや、あのババア、ほんまケッタクそわるいわぁ、と罵りながら運転席に乗り込んでくる。

「あかんわぁ。宝くじの券はな、バーコードを会社で管理しとるから、どの組のどの番号の券がどこの売り場で売れたか、全部記録されとるんやて。売り場に配送された日時もわかるんやて。だから、あの抽籤券がどこの売り場で何日の何時頃売れたか、きっちり把握されとる言うてるのや、あのオバハン」

「それ、換金するのに関係があるのか」

「大ありやないか。五万円以上の高額当籤券は、銀行に行かへんともらえへんのやで。そんで銀行行ったら、身分証明書を調べられて、何月何日の何時頃、どこの売り場で買うたか言わんとあかんねん」

「つまりあれか、盗んだとか拾ったとかじゃ換金できないってことか」

「そういうことや。ちゃんと買うた日時も場所も言えへんと、門前払いちゅうことや」

「そう言えば、調布で宝くじ買ったとき、売り場のおばちゃんがおんなじこと言ってたような気がするな」

「そないなこと、覚えとるかいな」

悠人が泣きっ面で言う。それはそうだ。あのときはまさかそれが当籤券になるなんて、妄想すらしていなかったのだから。

もちろん真二たちの場合は、日時も売り場も言うことができる。代金を出したのは荒木田だが、買ったのは自分たち自身なのだからあたりまえだ。

「けど、それは言えんわなあ」

警察の捜査資料に、二人の名前がリストアップされているのは間違いない。そこへのこのこ宝くじの換金に名乗り出たら、どんなことになるか。アリバイのない暴力団準構成員が、犯行推定時刻に現場周辺にいた。しかも動機もないわけではない——。

もっとヤバいのは、それが決め手になって警察に任意出頭を求められた場合、宝くじの一件が荒木田にバレてしまうということだ。警察の方はまだ冤罪を晴らすチャンスがあるとしても、荒木田から逃れることはできないだろう。指を詰められて半殺しならいい方で、たぶんどこかの山にでも埋められるか、でなければセメント詰めで東京湾へドブンだ。

「くっそー、どないせえ言うんや」

悠人は膝を抱えて、頭を突っ伏している。「ひとり五千万やで、五千万。なんとかならへんのか」

「故買屋のオヤジにでも持ちかけるしかないかもな」

麦山組に出入りしている故買屋は窃盗品だけでなく、流れた手形だとか、倒産屋から買い叩いた債権証書だとか、あやしげな有価証券を扱う。そのオヤジのところへ持ち込めば、引き取ってくれるかもしれない。

「そやけど、どのくらい割り引かれるかわからへんぞ」

問題はそこだった。一億円の当籤券をヤミで換金するのは、決して表沙汰にできない事情があるからだ。故買屋は当然、そこに付け込む。そのリスクを取ってお金にするのが、かれらの商売なのだ。

「……まあ、よくて三分の一かな。下手すると、一割か二割くらいかも」

「そない殺生なことあるかい」

「向こうだって、危ない橋を渡るんだからな。そんなもんだろ」

「やめとこ。そら、つまらんわ。なにが悲しうてひとり五千万の当たり券、五百万や一千万で売らなあかんのや」

駄々っ子のように身体を揺すって、悠人は足を踏み鳴らした。「なあ真二、なんかうまい手、考えてや。頼むわ、ほんまに。そしたら一生、恩に着るわ」

「――じゃあ、故買屋を通さずに買い手を見つけるしかないな。ダークマネーを抱え込んでいて、マネロンのチャンスを血眼（ちまなこ）で探しているようなやつとか」

「そんなん、めっちゃヤバいやつやんか。暴力団そのものやろ」

「だから、そういう組関係者を探り出して、売りつけるんだよ」

「アホか！　そんなやつがまともにカネ払うわけないやろ。なんで当たり券を自分で払い戻さんのや、言われたらどないするん。へえ、うっかり名乗り出ると殺人容疑かかりましてん、それにもともとアニキからガメたもんですよって、そない答えるんか」

もちろん、そんなことを言おうものなら、いや言わなくたって何かウラがあると嗅ぎつけられたら、絶対に付け込まれる。ヤクザに弱みを握られたら、もうおしまいだ。そっくり巻き上げられるまで追い込まれるのだ。

「だったら、誰かに身代わりで換金してもらうとか」

「誰にや。誰にそないなこと頼めるちゅうんや」

悠人がわめくのも無理はない。まず堅気には頼めない。ビビリもダメだ。ヘタを打てば荒木田から命を狙われてもおかしくないのだから、度胸がなくては始まらない。それでいて、こんなヤバい事情を知っていて決して裏切らない人間。そこまで信用できるやつ、どこにおるねん、と悠人がドスンとまたボンゴの床を踏み鳴らす。

うーん、と目を上げた先に、ロータリーを巡回しているミニパトが見えた。真二はあわてて悠人を急き立てた。今、この瞬間はどんな関わりも警察とは持ちたくなかった――そう、いろいろな意味で。

7

ニルヴァーナ教主立原芽衣子の孫娘、長尾春香を誘拐する決行日の二日前。十二月十一日、午後七時四十五分。

キャンプ用のカンテラが、まばゆい光をテーブルの上に投げかけている。ただし明るいのはテーブルとそのわずかな外周だけで、五つの人影は光と影とを境にしてすわっていた。

「では、ブリーフィングをはじめる」

暗い窓を背にして、荒木田が重々しい声で言った。

うへ、ブリーフィングと来よったで。

隣で悠人がぼそりとつぶやく。荒木田は高級品とひと目でわかるグレーのスーツにアイボリーのワイシャツを着け、シブい格子縞のネクタイを締めている。一流企業の若手重役か、繁盛している辣腕弁護士といった貫禄だ。腰を下ろしているのがインテリジェントビルの高層階にある執務室ではなく、廃墟と化した公営住宅の一室だという点を除けば、だが。

テーブルの対面に真二と牛村が腰かけ、壁を後ろに悠人とマサヨシが控えている。

荒木田が真二に顎をしゃくった。テーブルの上には桐ケ谷市の市内地図が広げられて、各自の手もとにプリンティングペーパーが配ってある。かるく咳払いして、真二は口を開いた。

「立原芽衣子の孫娘、長尾春香という子は市立二中の三年生で、徒歩通学しています。ニルヴァーナ本部から中学校までは歩いて十五分くらいですが、ほとんどバス通りか商店街を通ります。その中で、人通りの少ない区間は二か所だけ。ニルヴァーナからバス通りに出るまでの三分程度と、学校のグラウンドに沿った側道を歩く二、三分だけです。もちろん通学時間に限っては、この側道も登校する生徒たちが次々にやってきますが」

そうだよな、とマサヨシにうなずきかけると、そうッスね、とマサヨシはテーブルに広げた市内地図に首を伸ばした。地図に赤いマーカーでラインが引かれているのが、長尾春香の通学ルートだった。

「このルートだと、その時間に人が少ないのはこの道の部分だけッスよ」

それはニルヴァーナ本部の裏手から、道が大きく東へ湾曲する箇所までのあいだである。その先はじきにバス通りだった。道の両側には畑が続き、木立に囲まれた墓地がある。点在する宅地はどれも農家らしい。距離にすれば、ニルヴァーナからカーブまでは二百メートルかそこらだろう。

「この道路の見通しはどうだ。畑の向こうから見られたりするとうまくねえからな」

「見えないッス。畑に沿ってツゲの植込みがあるし、イチョウ並木にもなってるんで」

「孫娘にはボディガードが付いているそうだな。空手有段者の女だというが」荒木田がメガネのフレームを押し上げながら言った。「かなりの手練れだと聞いているぞ。女だからといって見くびったらヤケドする」

「その女のこともありますから、通学路で襲ってさらうというのは、かなりむずかしいんじゃないですかね」真二は言った。「抵抗されると、人目にもつきやすくなるし」

「チャカで脅したらええのとちゃいますか」

「そういう問題じゃねえんだ。ボディガードの女に、こっちの顔や姿を見られちゃまずいってことだ」

「そしたら、みんなで変装でもしまひょか」

「いや、ガードの女に不自然に思われちゃ、かえって警戒される。できるだけ自然で、それでいて女の目を逸らせる方法を考えろ」

「けど通学路があかんのなら、ニルヴァーナに突入するしかあらしまへんで。街中でふらふらしよるような子じゃないやろうしね」

おまえは何を言っているんだ、と言いたげに荒木田が眉を上げて悠人を眺める。真二はテーブルの上で指を組んで、こういうのはどうでしょうか、と口を切った。

真二が考えていたプランはこうである。

悠人のアイデアはリアリティがなさ過ぎるが、フェイクな突発事件を目くらましに使う着想はわるくない。そこで孫娘の春香とボディガードが裏門から出てきたところを狙って、まずクルマの人身事故を起こす。目の前で人が撥ねられるのを見れば、動顚したガードの女は救急車を呼んだり、ケガ人を助けようとしたりするだろう。何かの口実を作って、女がニルヴァーナに人を呼びに行くように仕向け、そのすきに孫娘をさらって逃げる。

「わるくはねえが、二つ、問題があるな」

荒木田はすぐに反論した。「その案だと、ボディガードの女の前に顔や姿をさらす時間が長すぎる。もっとまずいのは、女がその場に残ってケガ人を介抱する気にでもなった場合だ。もし女が孫娘に誰かを呼びにやらせたらどうする。そうなったらどうにもならねえぞ」

「そんなら、ボディガードもいっしょにさらったら、どないですか」

「人数を考えろ、バカ。二人とも拉致しようと思ったら六人は要る。相手のひとりが武道の有段者で、どっちも傷つけちゃヤバいって条件なら、それでも足りねえかもしれん」

「要するに、ボディガードの目を奪って、同時に孫娘から引き離せばいいわけですよね」

真二はそれならいい考えがある、と言わんばかりに荒木田から順にみんなの顔を見まわした。

「ニセの誘拐をでっち上げるんです。若い女が逃げてくるのを、車の男が無理やり連れ去ろうとする。目の前でそれ見せられたら、腕に覚えある人間は絶対に反応しますよ」

「そら、ええわ。ひょっとして助けられるかも、そない思わせて引っ張れば、女は車を追いかけるで」

うむ、と腕組みした荒木田がうなずいたので、牛村まで真似をして唸った。

「そのすきに、もう一台使うて、中学生をさらうわけやな。イケるんとちゃうか」

「いや、もうひと工夫しよう。二台めの車が、女の注意を引いてしまう恐れがあるんじゃねえか」

冷静な荒木田の口調に、わずかに興奮の気配がにじんだ。

「では、こうしたらどうでしょうか。二台めの車から降りてきた男が、ボディガードに協力するふりをするんです。それなら女も疑いません」

「たまたま通りかかった、善良な市民ちゅうわけや」

悠人の合いの手にうなずいて、真二は声を励ました。

「善良な市民なら警察に連絡を入れたり、ほかの助けを呼んだりしてくれる。もちろん孫娘も安全なはずだ。そう思い込ませれば、女は前を逃げていく車を追いかけてその場を離れるんじゃないですか」

ふむ、わるくねえな、と荒木田はかなりはっきり答えた。それからおもむろに背後の窓辺から、植木鉢でも載せていたらしい小汚いプラスチック皿をつまむと、テーブルに置いた。ゆっくりとシガレットケースを取り出して、ダンヒルを響かせる。しばし片目をつむって吹かしてから、長い指を優雅に動かして皿に灰を落とす。様子ぶった荒木田のしぐさがひと段落するまで、誰も口を利かなかった。

「その線で行くことにするか。あとは細部の詰めだが」

荒木田はマーロン・ブランド演ずるドン・コルレオーネばりの低音で言った。「その拉致される役の女をどうするかだな。そこらで遊んでるようなねえちゃんじゃ、危なくて使えねえぞ。気が利いていて、度胸があって、口が堅い。そんな女がすぐに見つかるか」

「ケンさんとこの芳恵さんはダメですか」

「石村のアニキには迷惑はかけられねえと言ってるだろうが」

「事務所の方から適当な女をまわしてもらいますか。時間的な余裕はありませんけど」

ふん、と荒木田が考え込む。悠人がひらひら手を振って言った。

「そんなん、あきまへんて。ええですか、前の車に運転役と拉致役と女ですやろ、そしたら孫娘さらうのは誰がやりますのん？　後ろの車の運転手がひとりでさらって、女の子押し込んで、すぐに車走らせるんでっか？　なんぼ相手が女子中学生やて、そら、かなりキツいんとちゃいますか。だいいち、オトリするだけの車に三人も乗せとくのはもったいないですがな」

「つまり、後ろの車にもうひとり乗せておけ、そう言いたいってのか？」

「それはどうでしょうか」真二が首を傾げる。「後ろの車も男が二人だと、ボディガードの女が警戒するかもしれませんね」

「だったら、どうするんだ」荒木田が少しイラだった声で言った。

「ええアイデアがありますわ。真二が拉致される女に化けたら、どないです？」

悠人がニヤニヤ笑いながら言った。「真二いうたらこないなオンナ顔ですやろ。メイクして女の服着せたら、絶対バレませんて」

ふざけるな、と真二は腰を上げかけた。冗談を言っている場合か、と怒鳴りつけようとしたとき、文字通り暗闇の牛みたいにどんよりすわっていた牛村が、ほう、いいかもなぁ、と太い声を出した。

「そうでっしゃろ。真二なら気が利いとるし、度胸もあるし、口は堅うし、打って付けやおまへんか」

「よし、こうしよう」

タバコを皿で揉み消して、荒木田が一同を見まわした。「前の車の運転手は牛村、おまえがやってくれ。で、女を拉致るふりは堀田と言ったな、おまえがやる。牛村はボディガードの女をジャマする役だ。たぶん変装しても、いちばん悪人ヅラだからな」

ダハハハ言えとるわ、と悠人が大笑いして、牛村に睨まれている。

「後ろの車は悠人が乗れ。ちゃんとスーツ着てネクタイを締めるんだぞ。で、真二は女装して拉致される女の役だ」

「ちょっと、待ってくださいよ。そんなの無理ですって」

「うるせえ、黙って聞け。いいか、筋書きはこうだ。前の車に女が捕まっていると思い込ませて、すきを見て逆サイドのドアから降りる。そして後ろの車の陰に隠れろ。ボディガードの女は前の車を追っていくだろうから、悠人はその間に、孫娘を後ろの車に押し込む。真二は運転席でスタンバイしていて、娘を乗せたらそのまま逃げる。——どうだ、これでイケるんじゃねえか」

「でも、前の車から女の姿が消えたらおかしいじゃないですか」

「マネキン使うたらええやん。マネキンにカツラ被せて、真二のとおんなじ服着せといたらわからへんて。あとはマサヨシがあんじょうマネキン動かして、ひと芝居打つんや」

「それぐらいなら、オレ、やってもいいスけど」

マサヨシが言うなり、荒木田が拳を作った右手の第二関節で、コツコツとテーブルを叩いた。注目！の合図だ。

「よし、それで決まりだ。ベースラインはそれでいく。女装については芳恵さんに力を貸してもらうことにしよう。それくらいは石村のアニキも大目に見てくれるはずだ。それから、牛村と悠人はニルヴァーナの裏門の辺りをよく下見しておけ。二台の車の位置をどうするか、前の車から抜け出すタイミング、うまく目隠しに使える並木があるかどうか、そういうことをチェックしておくんだ。真二はボディガードの目を盗んで前の車から後ろへ乗り移るリハーサルもやっておけ。あくまでも女に見える動きを忘れるな。そこがいちばんのポイントになる。わかったな」

つまり真二が主役ちゅうことやな、主演女優賞まちがいなしや、と悠人がまぜ返して、牛村に一喝された。

インタールード Ⅱ

十二月十五日、午前六時すぎ。

「身代金、三千万円とはまた中途半端ですね。われわれも見くびられたもんだ」

警備主任の肩書きを持つ北角武志が言った。外見はただの事務職員にしか見えないが、自衛隊くずれで、アキレス・パーソナルサービスという警備保障会社から出向している男だった。

警備業務はその内容によって四つに分けられる。1号は一般のガードマンに当たる、建物や施設の警備、2号は交通関係、3号は運輸運送、そして4号が身辺警護。アキレスは4号、つまり個人のボディガードを主な業務としている。スタッフの数は多くないが、採用されるのは格闘技経験があり、身体能力が高く、車輌運転や通信機器の扱いに習熟しているなど、スペックの高い者ばかりだった。

そのため自衛隊員や警察官の経験者が少なくない。だがアキレスの大株主のひとつは、横浜紅龍会の息がかかった不動産分野の特別目的会社である。登記上の所有者になって投資家から資金を集め、株式や債券を発行するペーパーカンパニーだ。もともと紅龍会は地上げや民事再生、不動産担保債権といった案件を主なシノギにしている。

アキレスはそのアガリで作った特殊警備会社だった。

ただしアキレス自身の業務は合法的なもので、実績もよかった。経営陣にも直接に紅龍会につながる人間はいない。

「三千万円の現ナマはどのくらいの重さになるんだ」

佐々倉は自分が走り書きしたばかりのメモを読み返しながら、北角に尋ねた。誘拐犯からかかってきた電話は三十秒も続かなかった。その短いやりとりのあいだに書き取ったものだ。

「一千万円の札束が一キロちょっとですから、三キロ強というところでしょう」

「女でも運べるし、抱えて走ることもできるな。一億となると持ち運びがちょっとやっかいになる。つまり敵は金額にはこだわっていないということだ」

「やったのは、やはりプロだと？」

「決まっている。萩尾の話だと、少なくとも男が三人いたというじゃないか。もうひとりいた女も敵の一味かもしれんしな。三千万円を三人もしくは四人で分けてみろ。誘拐をやって引き合う金額だと思うか。それにあの手口だ。素人の思いつきでできる仕事じゃない」

「狙いはなんでしょうか」

その答えには見当がついていたが、佐々倉は問いを無視した。ちらりと腕時計に目を落として、時間のないことを思い出させる。

「電話の声は合成音声だから年齢も性別もわからなかったが、言葉遣いからすると、中年以上の男で地位もそれなりにある人間だろう。だが、ひとついい材料もある。金盗りが目的でないのなら、人質はとりあえず安全だ」

「相手がプロなら、無益に傷つけることはありませんよ」

そんなことはわかっていると言うかわりにフンと鼻を鳴らすと、佐々倉は電話の内容を必要最小限に、けれど正確に伝えた。取引は二日後の午前八時、紙幣は使い古しで番号不揃いのものを用意すること。むろん警察への通報は論外。警察が動いているとわかった時点で取引は中止、二度と連絡することもない。人質が帰るチャンスは消滅する。

「何人、揃えられる？」

「十人は集めます。向こうが三人ないし四人なら、そのくらいは揃えないと。接触する場所も時間も向こうに決定権があるわけですから、二チームプラス遊撃クルーが必要です」

よし、すぐに集めてくれ、とうなずいて、佐々倉は北角を去らせる。あの男は陸自のレンジャー出身で、個人警備の専門家だ。今は現場を離れているとはいえ、誘拐犯の追跡くらいはこなせるだろう。

身代金は裏門の外に置いてあるバッグに入れて、八時ちょうどに桐ケ谷運動公園の掲揚台に持ってこい——というのが、その朝七時ちょうどにかかってきた電話の要求だった。

萩尾ナオミを裏口に走らせてみると、門扉の前に緑色の防水布で作られた小さなバッグが置かれていた。深さは十五センチほど、新書版の本を並べて入れられるくらいの大きさだった。ここに三千万円の札束を二つに分けて入れると、底面にほぼぴったりと収まった。

桐ケ谷運動公園は、もともとある都銀の持ち物だったグラウンドを、十数年前に市が買い取ったものだ。一周三百メートルの走路が六コース分ある。ふだんはサッカーコートとしても使われるので、土日は少年たちの歓声でかまびすしい。だが平日の朝は、グラウンドを囲む土手を犬と散歩する人がちらほら見えるだけだった。

掲揚台はホームストレッチの中央にある。高くなった芝生の上に、国旗や大会旗を掲げるポールが三本。

現金運搬役を買って出た北角武志は、いま小高い丘のような掲揚台に立って、辺りを見まわしている。広いグラウンドと、それを取り囲む観覧席と草の土手。さらにその外回りには、背の高い木立のつくる林が広い空の下を彩っている。

視野に入る限り、近づいてこようとしている人間も、双眼鏡でこちらをうかがって覗(のぞ)いている人間も見当たらない。おそらく、敵は木陰やトイレの中に身をひそめて覗いているに違いない。ただでさえぽつんと小高い丘にひとりで立っているのだから、こちらの様子は手に取るように見えているだろう。

部下のひとりがバードウオッチャーを装って、どこかからグラウンド周囲をビデオ撮影している。不審な動きをする者がいれば、ウォーキートーキーですぐ報告が入るはずだが、左肩に装着したレシーバーはまだ反応する気配を見せない。

スマホの着信音が響く。ディスプレイに佐々倉の名とナンバーが浮かび上がった。

「新しい連絡があった。そこからグラウンドを横切って、駐車場へ向かえという指示だ。駐車場の南西の隅に、屋根のついたベンチがある。三分以内に到着しなければ、取引は打ち切ると言っている」

北角は電話を切るやいなや、土手を駆け降り、グラウンドを突っ切りだした。ゆっくりとジョギングをはじめていた初老の男が、びっくりしてこっちを見つめている。

くそッ、どこかからおれを監視していやがるんだ。北角は歯噛みする思いで、グラウンドから対面の土手によじ登り、その先にある長い階段を三段抜きで駆け降りていく。

グラウンドの周囲には、乗用車三台に分乗した部下をひそませていた。北角が動けば、かれらも動かないわけにはいかない。バイクに乗せた四人は遊撃クルーとして運動公園外でフリーハンドにしてあるが、それ以外のメンバーはフルスピードで走る北角をマークしているはずだ。敵はかれらの動きを炙り出そうとしている。そうとわかっていながら、従わないわけにいかないのが腹立たしかった。

ベンチはさいわい無人だった。駐車スペースに停まっている車も四台だけだ。そのうちの一台は北角自身の乗ってきたシビックセダンだし、遠くに停めてあるのは部下二人が乗り込んでいるステップワゴンだった。運転席は無人に見えるが、ビデオカメラでこちらの姿をモニタリングしているはずだ。

「ベンチのそばにアオキの植込みがあるだろう。その奥に茶筒のような銀色のボトルが置いてあるそうだ。どうだ、あるか？」

間を置かずにかかってきた電話にせっつかれながら、黄みを帯びたアオキの葉を掻き分けて奥に踏み込む。限界ギリギリの全力疾走のあとで、北角の息はまだ整ってはいない。太いスダジイの根っこにつまずいて、湿った地面に膝を突いたとたん、それらしい筒が目に飛び込んできた。蓋をまわして開けると、白い紙が一枚だけ入っている。

〈青蓮寺川に架かる尾ノ崎橋に行け。右岸の河原に下りると、作業小屋がある。小屋の中にシートにくるまれた物がある。そこで次の指示を受け取れ。ただし七分を過ぎても到着しなければ、取引は終了する〉

くそッ！　呪詛の言葉を吐きながら、北角はシビックに飛び乗る。

北角武志がシビックのタイヤに悲鳴を上げさせ、バックのまま車体を市道に飛び出させた頃、佐々倉は舌打ちしながら廊下を歩いていた。

よりによって、こんな朝に――それも八時過ぎという時間に訪ねてくるとは、なんという間のわるい男だ。とはいえ、相手はいきなり押しかけてきたわけではなく、一週間前にアポイントを取って、決められた時刻にやってきたのだ。文句を言える立場ではなかった。

受付のスタッフから男の来訪を告げられたとき、佐々倉は一瞬、「断れッ、こんなときになにを考えているんだ！」と怒声を上げそうになった。辛うじてそれを呑み込んだのは、こんなときだからこそ外の人間には平静を装わねばならない、と自省の念が働いたからだった。むろん内部の者にも、この事態はできる限り隠し通さなければならない。

教祖の孫娘は教団内では、パールヴァティさま、と呼ばれている。パールヴァティはインド神話の最高神シヴァの妻で、心優しい癒しの女神とされていた。戦争好きな女神ドゥルガーや殺人狂のような女神カーリーにくらべれば、ずっと親しみやすい神さまだ。祖母が観音さまでもあるアナーヒタの生まれ変わりで、孫娘は癒しの女神パールヴァティの再来。そう言い慣わしているのに、パールヴァティが誘拐されたなどと噂にでもなったら、信者たちはパニックに陥るだろう。

「やあ、お早いですな。ご精勤なことで」

応接室に入っていく頃には、佐々倉の顔はにこやかな笑みさえ浮かべている。

「いや、申しわけありません。議会がはじまってしまうと、なかなか時間が取れないものですから。……ご迷惑でなければよろしいのですが」

ご迷惑どころかとんだ大迷惑だよ、とはむろん口には出せない。

「朝が早いのはこちらもご同様ですよ。なにしろ教主さまの朝のおつとめは五時からですから、お仕えする身としては寝坊するわけにいきません」

ははあ、宗教家の方はやはりきびしいものですな、と感心する亀ケ森に、佐々倉は「さて、例の件ですが」と本題を切り出した。「どうです、市議会の方は」

「興味を持っている議員は数名ほどいるようですが、正直なところ、動きは鈍いですな。ともかく選挙が近いので、みんな浮足立っていまして。なにかといえば、それは票になるのか、なるとしたら何票になるか、そんなことばかり気にしている始末です」

「それはまあ、しかたないでしょう」

磊落(らいらく)に笑いながら、おまえがその代表だろうと佐々倉は腹の底でツッコミを入れる。

「そこで、私が推薦議員になって請願を出すことにいたしました。ご存じかと思いますが、陳情と違って、請願は必ず一度は委員会で検討しなければなりません。会期末が近いので成案まではむずかしいですが、とりあえずのアピールにはなるかと」

「ほほう。さすがは亀ケ森先生、仕事がお早い」

お世辞を言ってやると、亀ケ森は他愛もなく頬をゆるめてお茶に手を伸ばしている。なにかと思えば、そんなことか。請願を出したというだけなら、電話でも済む話ではないか。それとも〈ほら、こんなふうに教団のために働いていますよ〉とアピールに来たのか。

ニルヴァーナが後押しして地元商店街が発行する地域通貨は、すでに一部で使われはじめている。今のところはまだサービス券扱いだが、桐ケ谷市と美ノ浜町全体に広げるために亀ケ森に議会工作をさせていた。ほかの町興し政策と抱き合わせて、市側を手なずけるためだ。行政の協力などハナから当てにしていないので、ただジャマをさせないための根まわしだった。

「ところで佐々倉先生。じつはもうひとつ、お耳に入れておきたいことが」

茶碗を卓にもどした亀ケ森が、ふいに背をまるめて声を低くした。ゆるみっぱなしだった顔から、笑みが干上がるように消えている。これをひとつ、ご覧ください、と差し出された紙を一瞥して、佐々倉は眉をひそめた。

「警察消防委員会、の議事録ですか？」

「さようです。県警本部から上げられた、昨年度の経済事犯の報告なのですが――いえ、あくまでご参考のためです。ですが、この文書の中に二度ばかり、こちらの教団の名前が引用されているところがありまして」

「なんですと？」

佐々倉が紙を持ち上げたとき、デスクで卓上電話が鳴りはじめた。亀ケ森がおどろくほどのすばやさで、佐々倉は受話器をひっつかんだ。

怖いほど真剣な顔で受話器を耳に押し当てていた佐々倉が、するどく叱声を放った。

「――そんなことはいちいち報告してくるな。そっちで処置すればいい」

不機嫌そうに電話を切った佐々倉は、照れ隠しじみた作り笑いを亀ケ森に向ける。

「ここの連中は、なんでもかんでも私に判断させようとするんですよ。こまったものです」

さっきちょうど話に出ていた例の代行紙幣が新しくできあがって、昨日から印刷会社が納入に来ているのだ、と佐々倉は言った。「その第二便が午後イチで来る予定だったのが、急に繰り上がって朝イチで搬入することになったと言うんですな。それでいいかと訊いてくるんですから、まったく」

「まあまあ、幸先がよろしいじゃありませんか。私がその案件で報告に上がった朝に、肝心のものが届くというのも、きっとなにかの縁ですよ」

亀ケ森が取りなすような調子で言ったとき、今度は佐々倉のスマホが着信音を響かせた。ウサギを捕らえる猛禽のように、佐々倉の手がスマホをさらって部屋の隅へと運び去った。

どうしたッ、と手で覆われた口が叫んでいる。佐々倉のくぐもった声の真剣さに、亀ケ森は気づまりな沈黙で応えるしかなかった。

青蓮寺川は桐ケ谷市を北西から南東へ流れ下っている。尾ノ崎橋は市内ではもっとも上流にある橋だった。運動公園から尾ノ崎橋まで七分ではきびしいが、そんなことは言っていられない。交通警察隊のパトロールに見つからないことを念じながら、北角は法定速度を遥かに超えてシビックを走らせていた。

二回ほど、黄信号から赤信号に変わる瞬間、交差点を突き抜けた。行き先は待機しているバイク班にもただちに伝えられている。投網を引き絞るように、十人のスペシャリストたちは尾ノ崎橋を包囲しつつあった。

シビックのフロントガラス越しに見える空が広くなった。川へ向かう道は桜並木のほか、視界をさえぎるものもない。バックミラーで確かめると、三台後ろにステップワゴンがいる。敵は必ずシビックについてくる車をチェックしているはずだった。ワゴンはいわばオトリで、ほかに二台のセダンが別のルートから尾ノ崎橋に接近しているのだ。

シビックを橋の手前に停めると、北角はハッチバッグを開けて工具ボックスを取り出した。それを肩に担いだまま、川に沿った遊歩道から金網によじ登った。川向うにいた小学生たちが目をまるくして、いいオトナが石積みの護岸壁を下りていくのを見守っている。

作業小屋は川が湾曲して河原が広くなった洲に、コンクリート土台を組んで建ててある。もうずいぶん古いもので、中にしまわれている河川や橋梁補修工事の用具は、ほとんどがもっと下流にできた河川管理事務所に移されていた。

板戸の留め具を固定している鎖をチェーンカッターで切断する。小屋の中は雑然としていた。ロッカータイプの大きな用具入れがあるが、その前にゴタゴタと雑多なものが積まれている。石垣防護用ネットがグルグル巻きになって立てかけてあったり、砂嚢や使いかけのセメント袋が放り出されていたりするその端に、奇妙なものが置かれていた。

真新しいブルーシートに包まれた、五十センチ四方ほどもある箱だ。箱は角にぴったり寄せて固定されていた。箱の上面に当たる部分に、封筒が張り付けてある。北角は足もとにあるプラスチックのボックスケースにバッグを置いて、封筒を引き破った。

〈この中にドローンが入っている。ドローンの下部にアクリルケースが取り付けてある。その中にカネの入ったバッグを入れて、スナップ錠を掛けろ。今から五分以内にドローンを橋の上に置け。一秒でも遅れたら、交渉の意思を放棄したものとみなす〉

しっかりとテープで留められたシートをバリバリと剝がす。

「ドローンでカネを運ばせるつもりだ」

北角はウォーキートーキーにささやいた。カッと首すじが熱くなる。やはりそう来たか。読みが当たったという興奮で、息が弾んでいた。

桐ケ谷は川が街を割って流れ、山が近い。そこから続く丘陵が住宅地にも延びている。田畑や森も多い。車とバイクを手配していても、道路の通っていない部分はやすやすと移動できない。空を飛ぶ運搬手段を使われたら、手も足も出ないのはわかり切っていた。

ドローンかラジコンヘリを使うのではないか、という予測は北角にも最初からついていた。そのために撮影機能をフル装備したドローンを一機、借り受けている。撮影するだけでなく、データを可逆圧縮で保存できる高級機だ。操縦者はドローンの撮った画像をリアルタイムでモニターしながら追跡し、もし取り逃がした場合でもあとで編集して分析できる。スピードは時速九十キロまで出せるから、まず逃げられる心配はないだろう。

箱の蓋は、二重に縒り合わせた革紐で厳重に縛られていた。革紐の芯に針金を通してある上に、箱の上面と側面に付けた突起の穴に結びつけてあるので、ほどく手間がかかる。針金カッターの刃も通らない。

なんだって、こんなにめんどうなことを——万にひとつでも無関係な第三者に盗まれないためだろうとは思ったが、イライラさせられる。

「——くそッ！」

無理やり結び目をほどこうとして、針金の切り口に指を刺された。小豆のような血玉が指先に盛り上がる。悪態をつきながら、北角は箱の上に身をかがめて、それぞれ六つあった突起をつなぐ革紐をようやくほどき終えた。

蓋を持ち上げる。

「……マルチコプターか」

四個のローターが四方についたラジコンヘリのようなものが、箱の中にすっぽり納められていた。ダークグリーンを基調にした迷彩色に塗られている。持ち上げてみた感触では、業務用の大型機ではない。全長、全幅ともに四十五センチくらい、空撮用のカメラは取り外してあるようだ。そのかわり、機体の底にアクリルケースがボルトで留められている。手前に横蓋が開く。その中にバッグを押し込んで、指示通りにスナップ錠を掛ける。

これがホビー仕様だとすれば、航続時間はさほど長くない。いや、ホビー機でも、今どきの最新型なら三十分近く飛べるという話を聞いたことがある。だが機体重量は五キロあるかないかだろう。これで三キロになる三千万円の包みを輸送することができるのか。まさかとは思うが、途中で事故でも起こされては、むしろこっちがこまる。

北角はドローンを抱きかかえて、護岸壁をよじ登った。再び金網をまたいでいると、先ほどの小学生たちがワッと声を上げて駆け寄ろうとする。ワルガキみたいな真似をするおかしなオッサンが、河原の小屋からプロペラが四つもついたマルチコプターを持って出てきたのだから、騒ぐのもしかたがない。北角は手を大きく振って、そばに寄るなと子どもたちを一喝した。

橋のまんなかにドローンを置いて、周囲を見まわす。誘拐犯はどこかから必ず監視しているに違いなかった。橋のたもとに群れている小学生たちを除けば、老人がひとり、のんびり川向うへ歩いていくだけだ。山のふもとの農道に軽トラックが一台停まっているが、無人のようだった。

プルルッとかるい振動のあとに、軽快だが力強いエンジン音が響いた。バッテリー式とは運転音が違う。

ガソリンエンジンも積んでいるタイプなのか。航続時間や積載重量を増やすために、エンジン回りを改造するホビーファンもいるという。

ふわり、と浮き上がったドローンは地上三メートルほどのところでホバリングを開始した。うわあ、とまた小学生の歓声が上がる。

ブンッとローターが唸りを上げる。ドローンは一気に空中に舞い上がると、北北西の方向に滑空しはじめた。かなり速い。北角はシビックに駆けもどるのももどかしく、エンジンを始動させる。早くもドローンは畑地の上を横切り、山すそへ向かおうとしている。まずい、と北角はアクセルを踏み込んだ。山に入り込まれると、車輛では追跡できない。

シビックのわきをバイクが追い抜いていく。抜きざま、ライダーが右手の親指を立てて見せた。バイクはもう三台用意してあるから、別の方角からもドローンの進行方向へ急行しているはずだ。くそ、逃がしてたまるものか。身代金を抜き取る瞬間にその場に居合わせたやつは、ひとり残らず捕まえてやる。

そのとき、左手前方の竹林の上空から、蜂の群れがいっせいに羽を震わせるような音が聞こえてきた。そちらを見上げた北角は、ガッツポーズをとった右手を小さく突き上げた。

ネイビーブルーの美しい機体を陽に輝かせて、もう一機のドローンが竹藪の上をすべるように飛んでいる。ニルヴァーナ側が用意した空撮用ドローンだ。ブルーのドローンはひし形の本体に四つのローターが付いて、可動型カメラが吊り下げられている。目立たないファミリーカーにモニターが積んであり、画像をチェックしているメンバーから、そのつど報告が入る。空撮ドローンは迷彩色ドローンの後方、十五メートルほど上空にポジションを取ると、追尾をはじめた。

「――敵ドローン、北北西から進路を北西もしくは西北西へ変更するようです。山を迂回せず、飛び越えるつもりかもしれません」

さっそく、モニター班からのレポートが、肩口に固定したウォーキートーキーから流れてくる。見ると、報告の通り、ドローンは山の斜面を登りはじめた。獣道さえない、藪また藪の斜面だった。先ほどのバイクのメンバーは、バイクを乗り捨ててクマザサだらけの斜面をよじ登っていく。

このメンバーは学生時代から長距離ランナーで、自衛隊の頃には富士演習場のクロスカントリーに第一連隊代表で出場している男だ。かなりの走力の持ち主だが、抵抗のない空中を行くマシンが相手では勝ち目はなかった。みるみる引き離されていくが、ドローンがどこで着陸するかわからない限り、誰かが張りついていなければならない。北角はシビックを山すそに沿って走らせた。山をまわり込んで向こう側へ出るには、そうするほかにない。まわり込むまでのあいだ、ドローンが視界から消えてしまう。

トーキーから雑音まじりの声が叫んだ。バイクライダーのひとりからだ。

「ドローン視認しました。こちらは北方面から目標に接近中。稜線を越えてこちら側の斜面を降下する模様です」

「よし、距離を取ったまま追跡を続けろ。そろそろ着陸する可能性がある」

改造していないホビータイプなら、航続時間はそれほど残っていないはずだ。いや、たとえ改造しているとしても、三キロの荷重を背負っていることを考えれば、そう長く飛び続けられるとは思えなかった。

「あッ、ドローン、煙が出ているようです。黒っぽい煙で……エンジントラブルかもしれません」

「なんだと⁉」

「ブレています。機体がブレて……左側のローター付近からグレーの煙が出ています」

小学生が遠足に登る程度の低い山だが、裾をまわり込むには時間がかかる。タイヤに悲鳴を上げさせながら、シビックを駆って反対側の農道に出ると、稜線を越えたドローンは高度を下げてフラフラと機体を大きく揺らしていた。

「降下するぞ。周りを監視しろ、誰か隠れているはずだ」

上空からなにか見えないか、と北角は撮影ドローンをモニターしているメンバーに指示を出す。

「今のところ、周囲に人影らしいものは見当たりません」

徒歩でドローンを追いかけていたメンバーが、額の汗をぬぐいながら稜線の上に姿を現した。大きく肩を波打たせ、苦しそうに顔をゆがめながらも、すばやい足取りで斜面を下りてくる。迷彩ドローンは上空に待機する撮影ドローン、斜面を走るバイクライダーに北角のシビックと、ほぼぐるりを包囲されていた。

斜面をやや下ったところに、倒木や折れ枝、粗朶などを積み上げた小屋がある。側壁もない、小屋とも言えない代物だが、雨除けの屋根だけはある。迷彩ドローンは、その傍らで茂みを盛り上げているサザンカの藪に突っ込もうとしていた。

「墜落してもすぐには近づくな。状況を監視して報告しろ」

部下に命じておいて、北角はクマザサとマサキの生い茂る中を、小屋をめざしてじりじりと登っていく。高度を下げたドローンの姿はすでに視認できなかった。

「どうだ、着地したか」

「ちょっと確認できませんが、藪の中からかなり煙が出ています」

こんなところでドローンが不時着してしまうとは予想していなかったので、北角は思い惑っていた。こちらがドローンを追ってきていることは敵も見抜いているだろうから、まさかノコノコ回収にやってくるとは思えない。とはいえ、そのまま放置しておくわけにもいかないだろう。こちらが回収してしまえばこの取引は失敗だったことになる。

「あっ、また煙が大量に出ています」

サザンカの藪のてっぺんから、天をめざす暗灰色の帯のように煙が立ち上っていた。

その帯が一瞬、無数の絡まりあった大蛇みたいに太くなった。

（ひょっとして、爆発する⁉）

北角が思わず足をとどめたとき、キンという高い金属音とともに、再びダークグリーンの機体が藪の上に現れた。ゆらゆら揺れながらも、ぐんぐん上昇していく。上空から撮影していたこちらのドローンがあわてて距離を空けた。

「また動き出すぞ。おれが追跡するから、それぞれ連絡を取ってバックアップしろ」

敵ドローンが進路を北西にとって飛びはじめる。このまま飛べば、青蓮寺川にぶつかってさらに上流へ向かうことになる。

くそッ、敵はどこからあれを操縦している？　視認操縦しているとすれば、たぶん三百メートルかそこらの圏内にはいるはずだ。しかし、途中で山越えをしているのだから、その時点で視認操縦はできないはずだ。とすると、現在は機体を確認しないまま飛ばしているのだろうか。墜落して炎上でもしたら、元も子もない。

ドローンは煙をたなびかせつつ、川のほぼ真上にコースを取ったようだ。北角は頭の中に桐ケ谷市内の地図を広げて、貫いて流れる青蓮寺川の周辺地形をチェックする。ここからさらに北上すれば、両岸の山肌がますます川に迫り、河原は狭くなっていく。

つまりドローンはどんどん狭隘（きょうあい）な谷間に入り込んでいるわけで、犯人サイドから見ると、ドローンを無事に着陸させて身代金を奪うのがむずかしくなる。

（なぜ、わざわざ逃げにくいところへ誘導するんだ）

もっと広いところ、森や林が広がり、大きな建物がある場所なら、桐ケ谷にはいくらでもある。いや、海岸へドローンを飛ばして、海の上で待機しているモーターボートに回収させるという手もあるではないか。それなのに、なぜこんな――。

川の右岸に沿って延びる市道を、シビックはドローンと等速で走っている。ステップワゴンはさらに先を行き、ドローンより五十メートルほど前に出ていた。遊撃隊のバイクライダーは山向こうの間道をほぼ並行しているはずだった。ドローンの航続可能時間から見て、敵の稼働距離はさほど残っていない……。

（――しまった！）

そこまで頭をめぐらせて、北角は反射的にブレーキのフットペダルを押し込んでいた。

「罠かもしれん！　誰か、さっきドローンが下降した場所にまだ残っているか⁉」

「はい。バイク四号機、まだ監視を続行中です」

「誰か、現場に近づいた者は？」

「いません。現場付近を通行した者もありません」

「そうか……よし、そのまま監視を続けてくれ。ただし、敵に視認されないようにな。動きがあったらすぐに知らせろ」

バイクチームのうちから、さらに一台を、先ほどの粗朶小屋周辺に向かわせる。粗朶小屋付近に不時着しかけたあのシーンを、北角はフェイクではないかと疑ったのだった。危うく藪の中に不時着しかけたドローンは、どうにか機体を立て直して再び飛行を続けている。だが、もしも藪に隠れたドローンと、そこから再度上昇していったドローンが、別々のものだったとしたら——そこにドローンは一機だけ、という先入観を利用したトリックが仕掛けられていたとしたら。

（再び飛行をはじめたドローンが、じつはオトリだったのではないか）

いきなり北角の頭に降ってきたその思いつきは、ゾッとするような恐怖を伴っていた。北角とそのメンバーの目を飛び去って行くフェイクのドローンに向けさせておいて、その隙に藪の中に着地したホンモノの方からバッグを回収する。もし敵の狙いがそれだとしたら、北角はその手にうかうかと騙されて、大変な失策をしでかすところだった。

「もう五分待機しろ。それでも誰も現れなかったら、さっきの降下地点を調べろ」

バイク四号機に指示を出しておいて、北角はシビックのスピードを上げた。仮に目の前を飛んでいるのがオトリだったとしても、今さらどうしようもない。

「飛行が不安定になっていますね。煙は薄れましたが、送信機からの電波をうまく受信できていないのかもしれません」

上空の撮影ドローンをモニターしている係から報告が入る。ドローンは二十メートルほど先を、だんだん左方向へ傾きながら川の上を飛んでいる。傾くだけでなく、左へ横すべりしているのだ。左右の動きをコントロールするエルロンの操作がおかしい。このままだと川の右岸へ飛び出して、山腹の林の中に突っ込んでしまいそうだ。

それともここから急上昇して、また稜線を今度は西へ越えようというのか。しかし、それなら敵はどこからドローンを操縦しているのか。

「われわれと並行して走っている車はいないか？　間道もチェックしろ」

了解、と声を残して空撮ドローンが急上昇する。より高い位置から広い視野を得ようとしているのだ。

「——間道を農作業用の軽トラが一台、走っていますが、ほかには見当たりません」

「その軽トラのナンバー、望遠で撮れるか」

「あッ、衝突します！　ドローン、山にぶつかります！」

先行しているワゴンからの叫び声が耳もとで弾けた。ハッとして目を上空に向ける。川が蛇行して右岸が大きく張り出しているその場所へ、あいかわらず左へスライドしながら迷彩ドローンは飛び込もうとしている。

なぜ回避しない⁉　視認していないのか？

北角は言葉にならない言葉を発した。盛大に枝葉を巻き上げつつ、濃緑の機体はさまざまな緑や黄色や紅の葉をキングローブのようにたなびかせて、河畔の雑木林の上をすべっていく。瞬きする間もなく、ドローンは林を突き抜けて、山腹に激突する。

ドガッと衝撃音が空気を震わせた。ドローンの左サイドのプレーンが折れ、ブーメランのように飛んでいく。機体は左側を下にして、山肌を削りながらずり落ちる。地面にぶつかった機体は縦になったまま、つかのま絶妙なバランスを見せる。ひと呼吸する間に、舞い上がる土埃の中、上下を逆さまにゆっくりと倒れ込んだ。

この辺りの川幅は五メートルほど、水深はさほど深くない。北角はシビックを乗り捨てて、護岸壁の転落防止柵に取りついた。ワゴンから降りた二人とバイクライダーが、早くも川に飛び込んでいる。ズボンを太腿まで濡らした男たちが、ザブザブ水を切って進み、対岸に足を踏み入れる。

「――どうだ⁉ どうなってる？」

「プレーンが全部折れています。バッグは無事なようです」

「よし、カネを取り出せ。発火でもしたらコトだからな」

かがみ込んだ男がアクリルケースの錠を撥ね上げ、手を差し入れる。防水布でできたバッグを引っ張り出すと、川をもどりはじめた。

「受け渡しは失敗ですね。どうするつもりだったんでしょうか」

「わからんな。しかし、きょうのことでこっちの動きが読まれたとすると――」

バッグのジッパーを開いた北角の手が止まる。つい十数分前、自分の手でたしかにケースに収めたはずのバッグだ。その中に入っているはずの三千枚の一万円札が消えていた。代わりに入っていたのは、ほぼ一万円札と同じ大きさの——これはコピー用紙か？

ほかの三人の目が、北角の手もとに注がれる。三千枚あるかどうかはともかく、無地の白い紙がその手からすべり落ちそうになっていた。

「そんな……まさか」

誰かがつぶやいて、全員の身体が揺れた。すり替えられたということは考えられない。ドローンは尾ノ崎橋からずっと空中を飛んでいた。地上に近づいたのは、たった一度だけ、粗朶小屋のわきのサザンカの茂みに突っ込んだときだけだ。すり替えるチャンスがあったとすればあのとき以外に考えられないが、藪の中にとどまっていたのはせいぜい十秒ほどだ。バッグをすり替えるどころか、スナップ錠を外す時間もあったかどうか。

いや、それ以前に、藪が繁っているとはいえ、そこに人間がいたなら気がつかないわけがなかった。ドローンの迷彩色でさえ、サザンカの葉叢（はむら）の中で遠目にも区別がついていたくらいだ。もし人間がひそんでいて、なんらかの動きを見せたなら見逃すわけがない。北角自身は斜面の下から、徒歩のもうひとりは山の上から、そして空撮ドローンはほぼ真上から、それこそ瞬きも忘れてドローンを注視していたのだから。

「いったい、どういうことなんだ」

誰かが震える声でつぶやいた。ようやく動きを止めたドローンは、異世界から侵入してきた異形の生物の死骸のようだった。

「もうひとつ、可能性がある」

北角はさっきのドローン降下地点に張りついているメンバーを呼び出した。

「降下地点はどうなっている？」

ゴクリと喉が鳴った。背すじを戦慄に似たものが這い上がり、紙束をつかんでいる手がジワリと汗を握るのがわかった。

「それが、あの」

ウォーキートーキーの向こうで、太い声がとまどっていた。

「あれとそっくり同じドローンがもう一機、墜落していますが」

やっぱりそうか。北角は無意識のうちに額の汗をぬぐった。ニセのバッグを運んできたドローンは睨んだとおり、フェイクだったのだろう。サザンカの藪に突っ込んだと見せて、フェイクドローンを飛び立たせるのが敵の考えた作戦だった。こちらがそろってフェイクを追跡していくあいだに、降下させたホンモノのドローンを回収するつもりだったのだ。もしあそこで気がつかなかったら、まんまと身代金を抜き取られていたに違いない。

「そのドローンは確保したんだな」

「……ああ、はい。それは」

「よし、すぐにもどるから、そこで待機しろ。ドローンに近づいた者は誰もいなかったんだな」

「はい、誰も。あの……ただ、ですね」

トーキーの向こうの声が不明瞭に濁った。

「なんだ？」

「いえ、つまりあの……降下していたドローンですが、カネは積んでいないようです」

なに、どういうことだ、と問いかけながら、北角は道に迷ったことにいきなり気づいたハイカーのように、左右に目を泳がせた。まだ理解しきれないなにか――おそらく好ましくはない、と言うよりむしろ禍々しいなにかが、ふいに目の前に迫って来たような気がした。直ちに処置しなければならない事態に直面しながら、事態の意味さえつかめない。

「ですから、ドローンはバッグを積んでいるんですが、中にカネはありません。バッグの中は古雑誌のページが折り畳まれているだけで――」

北角はあえいだ。膝から下は砂糖菓子にでもなってしまったみたいに頼りなかった。

では敵は作戦通りにバッグから身代金を盗みおおせたというのか。こちらがただの白紙が詰め込まれた、ニセのバッグを追いかけている隙に。

だが、そんなことはありえない。現にバイク四号機のライダーは、自分たちがフェイクドローンを追跡していたあいだも、ずっとその場で現場を監視していたのだ。犯人を取り逃がしたというならともかく、ライダーはドローンに近づく者を見ていない。では、どのタイミングで、どうやって。

スマホが鳴った。佐々倉のほとんど怒鳴っている声が耳もとで爆発する。

「おい、どうなっているんだ。たった今、身代金はたしかに頂戴したという電話があったぞ。どういうことだ。取り逃がしたのかッ」

第四章

招かれざる客

4

1

その翌日は下見とリハーサルにたっぷり時間を割いたあと、牛村と悠人は車の調達に出かけた。東京から乗ってきたボンゴも、もちろんマサヨシのマイカーも現場では使えない。レンタカーは論外だった。結局、一台は藤沢の中古車ディーラーで捨て値で売っていた、事故歴ありのセレナを買い、バンパーは廃車置き場からガメたものと付け替えた。二台めは荒木田の伝手で、クルマ窃盗グループから借り受けた白のポルシェカイエンだ。

残された真二は、古久庵の二階で女装のトレーニングを受けていた。コーチは栗山芳恵である。降って湧いたような、女装のアドバイスという頼みごとに、芳恵は異様なほど情熱を示した。真二君を初めて見たときから、この子、メイクアップさせたらきっときれいになるだろうなと思っていたんですぅ、上気した顔でそう言うと、さっそくメイク道具を並べて仕事に取りかかった。

夕方になって牛村と悠人、そしてアジトに一週間分の食料と飲料水を運んだマサヨシが古久庵にもどってみると、そこにはスポーティでボーイッシュな趣の、だがまぎれもない若い美女ができあがっていた。ダークブラウンのショートボブ、透明感のあるナチュラルメイク、白のシャツブラウスに紺と赤のロングカーディガン、グレーのジーンズ。

「どうかしら。真二君、もともと優しくて可愛い目だから、アイシャドウはブラウンをぼかす感じで、切れ長感を出してみたんだけど。アイラインもブラックを細めに塗ったから、こう美剣士みたいにキリリッと見えるよね」

あとお肌は逆に女の子っぽく見えるように、パウダーをブラシで載せて艶出ししてみたんだけど、と生き生き説明する芳恵の横で、真二はむっつり黙り込んでいた。幼女が着せ替えた人形を見てもらいたがるように、芳恵は真二に右を向け、左にまわれと命じる。男たちに自分の〈作品〉のできを自慢したかったらしい。その願望はたちまち叶えられた。

「マジ、たまげるわ！　オレ、こんなん好みやわ」

悠人は息を呑んで見つめてから、そろそろと近づいてきた。目をのぞき込んでからちょっと後ずさって顔全体を眺め、さらに一歩引いて、全身を見下ろす。

「たしかに真二の顔なんやけど、どう見てもオンナやもんなあ」

指を伸ばして頰を触ろうとするのを、真二は邪険に払いのけた。

「このオッパイ、なに入れてますのん」

今度は慎ましく盛り上がった胸もとを突っつこうとする。

「高級枕の素材。それをストッキングでくるんだだけなんだけど」

「なんかこう、見てると変な気持ちになってくるッスね」

マサヨシが遠慮がちに言うと、悠人が切なそうな顔で言った。

「そやろ？　さっきからもう、ムラムラして困っとるわ。うっかりしとったら、オレ、真二を襲ってまうかもわからへんで」

「いいかげんにしないとぶっ殺すぞ、てめえら」真二は真顔で言った。

「あらあら、ダメよ、そんな口の利き方したら。女の子らしい言い方に慣れておかないと、本番でしくじっちゃうから」

芳恵がすかさず手を伸ばして、力の入った真二の肩をポンポンと叩いた。その本番はいつになりそうなのかを芳恵が確かめたが、訊かれた牛村はギョロギョロと真二を見まわすだけだった。悠人はともかく、獰猛なヌーみたいな牛村に、妙に粘っこい目で見つめられるのは気持ちがわるい。

誘拐当日だけでなく、人質をさらったあとも、真二は女装を続けることになっていた。どうせ人質の前では変装するのだから、と荒木田が勝手に決めたのだ。

ほかの三人は素顔を隠すためにパーティグッズのゴムマスクをかぶることになった。ゴムマスクは昨日のうちに、マサヨシが横浜のドン・キホーテで仕入れてきている。

だが、

「そやそや、真二はこれでええとして、オレらの変装もリハーサルしとかんと」

悠人がそう言い出して、引っ張り出してみると、マスクはゴリラにフランケンにゾンビというサプライズ・パーティ向きのキャラばかりだった。

「ばかねえ。相手は中学生の女の子なんでしょう。ただでさえ怖がってるところにこんなもの被って、どうするの」

芳恵が咎めると、マサヨシが情けなさそうにボソボソつぶやく。

「ですけど、ゴムマスクってどれも気持ちわるいんですよ」

「な？　それやから、オンナがいた方がええんやて。わかるか真二」

「だったら特訓しなくちゃね。声は低くてもいいけど、女性らしい話し方、立ち居振舞いを身につけないと。椅子にすわるときも、いくらジーンズでもそんな大股開いてちゃダメ」

勢いづいて芳恵が口を挟み、悠人がそらそうや、ほれ内股で歩かんと、と茶々を入れた。

「それに、そんなパパッと直線的に動いたらアウト。やわらかく、やわらかく、曲線的な動きを意識するの。あッ、手はなるべく見せないようにって言ったじゃない。どうしたって男の子の手は大きいし、骨ばってるんだから」

ああん、うまくいかないなあ、真二君、気持ちから女の子になり切らなくちゃあ、芳恵が口をとがらせる。真二はむっつりと黙り込むしかなかった。

2

「どうだ、タマの様子は。少しは落ち着いたか」

隠れ家に借りた長者森の一軒家には、荒木田が待っていた。人質をさらってきたあとはここが当分の司令塔になる、と言っていた通り、さっそく乗り込んできたわけだ。県道から一本奥に入った生活道路に面していて、前は中華レストランチェーンの駐車場、左手が老人世帯だけの古家、右手は金網に囲まれた空き地になっている。

あやしまれないように、不動産屋の手前は、事務機リース会社の仮事務所という体裁にしておいた。会社の改装工事に伴う一時的な事務所である。荒木田が管理職で、ほかの四人は営業マンに成りすましている。営業職なのだから出入り時刻がまちまちでもおかしくない。やっかいなのは真二だけは女装を続けているので、毎朝、メイクアップをしてもらうために古久庵に寄らなくてはならないことだった。

芳恵は相変わらず真二にメイクのテクニックを注ぎ込むのに夢中だった。真二たちが何を企んでいるのか承知しているだろうに、この犯罪幇助（ほうじょ）――になるのかどうかわからないが――に嬉々（きき）として手を貸している。芳恵なりの理屈を言わせるなら、「最初は短い間だけ女性だと思わせればいいって話だったでしょ？　だからできるだけシンプルに仕上げたのよ。でも条件が変わっちゃったわけね。今度はしばらくの間、それも明るいところでも女性に見えなくちゃいけないんだよね。だったらメイクの仕方も変えないと」ということになるらしかった。

おかげで、真二はさらにフェミニンでファッショナブルなメイクを施されるという、受難に耐えなければならなかった。マスカラだのビューラーだのチークだのアイブロウだのコンシーラーだのウォーターリップだの、次々に出てくるメイク用品で顔をいじられ、ブルーやオレンジの色彩を塗りたくられるたび、自分がぬり絵帳になったみたいな気がした。額を汗の粒で光らせながら、芳恵は唇を半開きにして真二の顔に取りつく。その滑稽なほど真剣な目つきといったら、お姫さまのぬり絵に熱を上げる幼女のようだ。

この朝も女性営業職らしく、グレーのパンツスーツにベージュの秋物コートを羽織っていた。ヒールのある靴だけはどうにも履きこなせないので、茶のコンフォートシューズで代用する。レディースバッグを肩にドアを入っていくと、突き当たりのリヴィングを事務室に使っている荒木田が顔をのぞかせるなり、

「どうも慣れなくていけねえな。おまえに会うたびにギョッとする」

気をわるくしたような口調で言った。

「オレだって鏡を見るたびにギョッとしてますよ」

「そいつは傑作だな。知らなかったら、アカマッポがフダ持って来たのかと思うぜ」

アカマッポとは女性警官を指す隠語だ。フダは逮捕状のこと。たしかに鏡に映る自身の姿を見ると、真二はあの篠井とかいう薄い顔だちの女刑事よりよっぽど自分の方が刑事らしいと思う。

「うっかりしてると、そんなことにもなりかねませんね。あんなウルトラ級のハプニングがあったんじゃ」

「ハプニングじゃすまねえだろう。おまえも現場にいたんだろうが」

一瞬鋭い視線を送ってから、荒木田は椅子にあごをしゃくった。

「不純物が混じると水は凍らないという話を知ってるか」

「はあ、聞いたことはあります」

「シノギもおんなじよ。予定外の要素をできるだけ排除しておかねえと、できるものもできなくなるんだ。シケ張りが甘かったんじゃねえのか」

見張りに手抜かりがあったのは疑えない。もともと人通りの少ない道路に加えて、朝の時間帯で、わきには目隠しになる植込みもある。まさかあんなことがありうるとは、現場にいた誰ひとり想定していなかったに違いない。

「でもまあ、おかげでタマのご機嫌はわるくありません。少なくとも、オレがオンナのふりして世話を焼くよりは気持ちわるくないだろうし」

ふむ、と荒木田は眉間に深い皺を刻んだ。そうは言うがな、と何か言いかけて黙り込む。わざわざ地味な安っぽいスーツを身に着けているのは、リース会社の勤め人に見せるためだが、そうしていると、むずかしい進路相談を受けている高校教師くらいには見える。

「だが、難度の次元がひとつ上がっちまった。方程式の未知数が一個増えたようなもんだ」

真二がウルトラ級と言い、荒木田が次元が上がったと言うハプニングが起きたのは、あの朝の——おそらく七時五十分前後のことだろう。拉致された女性役になった真二がセレナの反対側のドアから飛び降り、ニルヴァーナのボディガード女が前の車を追っていった、そのすぐあとだ。

後ろのポルシェから降りていた悠人が、すばやく車をまわり込む。一挙動で、裏門のところで石に変えられたみたいに固まっていた長尾春香に駆け寄った。少女の口を手で塞ぎながら、ほとんど横抱きにしてもどってくる。入れ替わりに運転席にすべり込んでいた真二は後部座席のドアを開けてやった。

悠人が春香を放り込むように車に押し込み、真二がアクセルを踏み込もうとした、その瞬間だった。

「——うおおおッ、ヤバッ、ヤバッ！」

断末魔の悲鳴を思わせる悠人の絶叫が響いた。

「な、なんだ⁉　どうした？」

振り返った真二はおどろきのあまり、言葉を失った。何を思ったのか、悠人がいきなり長尾春香の膝の上に這い上がったからだ。春香は目を見開いたまま、声すら上げない。悠人は春香の身体をまたぎ越すと、いま閉めたのとは反対側の後部ドアを開けて、外へ飛び出していく。

「――な、な、何してるんだ、悠人⁉」

気でも狂ったかと、真二も運転席のドアハッチに手をかけた。悠人がどこへ行くつもりなのか見当もつかないが、いつもの気まぐれを発揮するつもりなら、今この瞬間だけはやめてくれ、と念じながら。

「――は、早う出せ。何してるんや！」

怒鳴り声とともに悠人が転げ込んできた。ああ、よかった、と思えたのは、たぶん一秒の四分の一くらいの間だっただろう。真二の目は再び凍りつき、後部座席で固まっている長尾春香の鏡像のように瞬きすら忘れてしまっていた。

春香を奥の座席に押し込みながら、悠人がダイブするように頭から飛び乗った――その悠人の右腕が、誰かの首っ玉を抱え込んでいるのだ。その首ごと身体をフロアに押さえつけると、すかさず悠人は後部ドアを叩きつけるように閉めた。

「――だ、だ……誰だ、そいつ？」

バックミラー越しに後ろをのぞいた目に、チラリと黒い髪と白い顔が見える。女だ。

「そんなん、あとや！　早う出せっちゅうてるやろ！」

「けど……そ、その女……」

「アホッ！　こないなときにぼんやりすな、ボケ！」

ドスッとシートの背を蹴り上げられて、真二はあたふたとアクセルを踏み込んだ。

全員が後ろへのけぞるほどの加速で、ポルシェが唸りを上げる。前方の路肩で膝を突いているボディガード女の背中が、あっという間に後ろへ飛んで行った。

それから十五分ほどのドライブは、おそらくこの世の誰も経験したことのないような、運命の女神モイラがいたずらしたとしか思えない奇妙な体験だった。脳内パニックに襲われながら、ただただハンドルにしがみついている真二に、極度の緊張で青ざめている悠人、自分に何が起こったのか理解できずシャットダウン状態の長尾春香、そして存在そのものが謎の塊のような、どこから現れたのかもわからない、もうひとりの女。

最悪、と真二は思っていた。四人がおたがい誰とも意思が通じておらず、何がどうなっているのか理解している者もたぶんひとりもいない。たったひとつ運がよかったのは、この第二の女も茫然自失に落ち込んでいるらしく、騒いだり暴れたりしなかったことだ。女は愚鈍でごくおとなしい動物みたいに、悠人に押さえつけられるままフロアにうずくまっていた。もしこの女がヒステリーに駆られて暴れでもしていたら、どんなことが起こっていても不思議ではなかった。車内に充満した不安と緊迫のエネルギーが限界を超えて、想像したくもないおぞましい惨劇が起きていたかもしれない。

地獄の底のような沈黙が続くまま、セダンは旧桐ケ谷団地の外周路に入っていった。半周したところで建物の間を折れる。さらに何回か曲がって、アジトと定めたW7号棟の裏手に進入する。小さな森に隠れるように停車して外へ降りると、先着していたワゴンを降りた牛村とマサヨシがぶらぶら近づいてきた。

まず真二が車をまわり込み、右の後部ドアから春香の手を引いて降ろす。喉もとを掻きながら牛村（ゴリラマスク姿だが）が寄ってくる。その後ろからはゾンビマスクのマサヨシが、ゆらゆらとふらつきながら現れた。マスクの目ののぞき穴が小さいせいで、視野が狭いのだろう。春香が初めて恐怖の対象に気づいたように、後ずさった。真二は春香の手を握った手のひらに力をこめてやる。

「な、なんだ、その女⁉」

ゴリラマスクの後ろで、くぐもった声が叫んでいる。いつのまにか七三分け、黒縁メガネからフランケンマスクに変装した悠人が、もうひとりの女の手を引いてポルシェから降り立ったからだ。さっき真二を襲ったのと同じおどろきと混乱が、牛村とマサヨシにも襲いかかったのだろう。その場で磔（はりつけ）にでもなったみたいに固まっている二人を尻目に、真二と悠人はそれぞれ長尾春香と見知らぬ女の手を引いて、アジトの中へ入っていった。

悠人の説明によると、春香をポルシェに押し込んでいたとき、ふいにどこからかその女は現れたのだという。視野の端にふわりと動く色彩を感じて、悠人は乗り込んでいたセダンのリアウインドウから後ろを見た。ターコイズブルーのツーピースを着た若い女が、ニルヴァーナの裏門の向かい側に、立っていた。女の顔は信じられぬものを目撃した人間の顔そのもので、女の指は自分の上着の襟もとをキュッと握りしめている。

とっさに悠人は、見られた、と直感したという。この女は最悪のタイミングでこの場に通りかかって、誘拐の一部始終をそっくり見ていたにちがいない。この女は至近距離からことのすべてを目にしているのだから、警察に駆け込む可能性はかなり高い。もし異変に気づいたニルヴァーナの人間が訊き出そうとすれば、見たことをすべてしゃべってしまうだろう。車の種類、色、ひょっとしてナンバー、こっち側の人数、年恰好、人相……。女も連れ去るしかない。あとのことはあとで考えるとして、ともかくここは――。

悠人の決断はやむを得なかったのだが、当然のように荒木田は怒り狂った。誘拐はただでさえリスクの高い犯罪なのに、現場を目撃されたばかりか目撃者を拉致してくるなど、正気の沙汰か。こう怒鳴り散らされて、さすがに悠人も神妙にフローリングに土下座した。いつもの荒木田なら、蹴りの二、三発は飛んでくるところだったが、「ほな、どないすればよかったんですやろ」と悠人がつぶやくと、椅子を思いきり蹴倒したあと、むっつり黙り込んでしまった。荒木田にもほかにどうしようもなかったことは、わかっていたのだろう。

ところが、思いがけないことのあとには、思いがけないことが起こるものだ。なぜか、春香がこの見知らない女にすぐ懐いたのだ。アジトの二階に押し上げるまではびくびく身体を震わせ、手を離したら今にもその場にくずおれそうな様子だった。じっさい、二階の奥の部屋——以前は六畳間の和室だったらしいが、いまは段ボールを敷き詰めてある——に連れ込んだときには、真二が支えてやらなければひと足も歩けないほどだった。

時間が経つにつれて、自分がどんな境遇に陥ったのか、うっすらと理解しはじめたに違いない。異様なマスクを被った三人の男と、人造人間めいたメイクの女。人が住んでいるとは思えない、心霊スポットにでもなりそうな廃墟。

まともな頭を持った十四才の女の子なら、この先どんな展開がありうるか、想像できる。ひょっとして自分は殺されるのか、とか、あの気持ちわるいマスクの男たちにレイプされたりしないだろうか、とか。

それをなだめてパニクらせないのが真二の役目だったが、正直なところ、自信はさっぱりなかった。泣きわめかれたりするのならまだいい。ケガをしないように平手打ちでもかましてやるまでだ。だがしくしく泣くばかりで、口も利かなければものも食べない、だんだん衰弱していく、なんてことになったらお手上げだ。そのうちすっかり鬱になったあげく、舌でも嚙み切られたりしたんじゃ目も当てられない。

だが、キッチンで飲み物を用意して、部屋に入ったとたん、真二は目をまるくした。

壁ぎわのクッション――粗大ゴミの搬出日にマサヨシがどこかからかっぱらってきた――に肩を寄せ合うようにして、二人がささやき合っていた。春香は頭をもうひとりの女の肩に載せて、姉に甘える妹みたいに、何か言うたびに女の目を見上げていた。

真二に気がつくと、ハッと身体を固くしたが、すぐに女がささやきかけて少女の肩を抱きすくめた。

ふうん、そういうことか。真二は肩から力が抜けるのがわかった。自分の肩からだけでなく、春香の肩からも。こいつはあんがいケガの功名ってやつかもしれない。おっちょこちょいの悠人がこの女をポルシェに連れ込んだときには、とんだお荷物を背負い込んだと思ったが、こういうおまけがついてくるとは思わなかった。この状況でパニクらないだけでも、なかなか賢い女だとわかるし、進んで春香の守り役をつとめてくれるとは。

真二はあらためて女の全身を眺めてみた。セミロングを後ろでまとめているだけのあっさりしたヘアスタイルで、ツーピースも色こそ鮮やかだがシックでおとなしいデザインだった。顔立ちは目立つほど美形と言うわけではないけれど、端正と言っていい。ごく自然に整えた眉、やや細いが形のいい怜悧そうな目、鼻すじが通り、その下で意志の強そうな唇が結ばれている。ナースかそれこそ女性警官の制服を着せたら似合いそうだ。

長尾春香はと言えば——見たところは甘えん坊の妹そのものだ。たぶん同年齢の女の子たちの中にいても、いつのまにか、みんなからイジられる妹ポジションに落ち着いてしまうタイプ。この場合、イジられるという言葉には、可愛がられる、からかわれる、ときによってはいじめられるという要素も含まれるかもしれない。ちょっと下ぶくれのおっとりした顔立ちで、肩くらいまでの髪を耳のところでヘアピンで留めている。ただ左側はブルーの髪留めで押さえているのに、右側はまとめていない。ひょっとすると、悠人に抱きかかえられたときに外れてしまったのだろうか。目のふちが赤らみ、瞳に涙の膜が張っていた。

真二は二人の前にミネラルウォーターのペットボトルを置いて、部屋のドアのところまで退いた。窓を封鎖してあるので薄暗いとはいえ、近くにいると女に正体を見抜かれるかもしれないと思ったからだ。女子中学生は騙せても、同年配の女の目をごまかせるかどうかはわからない。

トントンと階段を上がる足音がして、フランケンシュタインがドアを開いた。フランケンの醜悪な顔が近づいてきて、どや、なんかわかったか？　と耳打ちする。真二は軽く首を振った。声を出せば、この女に疑われる気がする。よし、とつぶやいて、悠人は女の前にしゃがみ込んだ。

「あんた、名前は何というんだ」

ほう、標準語もしゃべれるのか、と真二は悠人の背中を眺めて思った。そうか、犯人のひとりが関西弁を使っていました、とあとで警察なりニルヴァーナなりにタレ込まれてはまずいからな——まあ、さっきの現場では思い切り関西弁でがなり立てていたけれど。

「言いたくないなら言わなくてもいいけどよ。そうなると、あんたの持ち物をいちいち調べなくちゃならない。あんただって知らないやつにバッグの中を漁られるのはイヤだろう？　おたがい、無駄は避けよやないか」

バカ、最後がナマってるじゃないか。

「……しらいしまなみです。白い石に真の波と書きます」

「よしよし、家はどこ。桐ケ谷の人？」

「いいえ、家は鎌倉です。きょうは桐ケ谷のお客さまに書類を届けに来ました」

「なるほど。仕事は？」

「建築設計事務所で事務をやっています。でも、そのほかの仕事もお使いもやりますけど」

「ああ、それで事務所のお客さんに書類をね。――よし、わかった。その書類はこっちで責任を持って届けておこう。あんたもそのお客さんも困ったことになるだろうしな」

いちばん困るのはオレたちだけどな、と真二はこっそり考えた。いったい、どうすれば、この女が突然行方をくらませた理由を、この女の周囲の人間たちに納得させられるのか。

「だけど、あんたが言ったことが本当かどうか、こっちにはわからない。なにか、証明できるものは持ってる？」

女――白石真波――はバッグの中からパスケースを取り出した。手渡されたそれを悠人は二秒ほど眺めてから、真二に手渡した。鎌倉・横浜区間の通勤定期券だ。白石真波の勤め先は横浜にあるらしい。それから真波は別の透明なアクリルケースを差し出した。写真入りの社員証で、建築設計事務所アーキテクト・ワークスというのがその勤め先だった。

「名前もちゃんと合うてるな」

悠人は真二にうなずきかけた。「あと、バッグに入っているものを、いちおう全部出してみて」

出てきたのはスマホに化粧ポーチ、一本しかカギの付いていないキーホルダー、半透明のビニールケースと、文庫本と英語のペーパーバックが一冊ずつ。

「レコーダーとかデジカメとかはないな。そのビニールケースの中には何が入ってる？」

「ティッシュとアルコールタオルとメイクセット……あと衛生用品です」

「よし、いいだろう」

空になったバッグをいちおう検めると、悠人は気安そうに真波にそれを返した。

「それから、スマホはしばらく預からせてもらう。悪用なんかしないから、安心していい」

ただな、直近の電話とメールの相手はチェックさせてもらうぜ、そう言って女から受け取ったスマホを真二に投げてよこす。

「返事のいるメールは適当に返しておいてくれ」

悠人は急に、にやけた顔に似合いそうな――もちろんフランケンは微笑の欠片すら浮かべていなかったが――軽薄な声で付け足した。「まあ、あんたたちの身の上も安心してもらっていいよ。オレたちはただの誘拐犯ってわけじゃない。いやまあ、形は誘拐に似ているけど、これは何というかビジネスの一種というかね。誘拐とはそうやね、コーヒーゼリーと煮凝りくらい違うと思ってくれや」

少女と女がとまどったように目を見開いた。いきなり珍妙なギャグを聞かされて、困っているような顔だ。真二はそっと悠人に接近すると、二人からは見えないように尾骶骨の辺りにトゥキックを食らわせた。これ以上しゃべらせておくと、こいつは調子に乗って絶対よけいなことを言い出す。

ウッと唸った悠人はよろけながら立ち上がり、「とりあえず、ちょっと休んでいてくれ。また来る」と踵を返した。親指をクイッと上げて、真二に〈いっしょに出ようぜ〉のサインを送ってくる。長尾春香と白石真波をあとに残して、二人は一段ごとにボートを漕いでいるみたいにギイギイ騒ぐ階段を下りた。

「どや、少しは緊張ほぐれたんやないか、ねえちゃんたち」

まあな、と真二は答えた。

「それより気がついたか？　あのねえちゃん、英語の小説読んでるらしいぞ」

英語のペーパーバックは空港のラウンジで売っているのを見かけたことくらいしかないが、女の持っている本の表紙には、西洋の古いお屋敷みたいな建物を背景に、むかし風の服装をした男女が見つめ合っている絵が描かれていた。タイトルは残念ながら読めなかった。文庫本の方も著者名がカタカナ、つまり外国人だった。

「そうやな。英語、得意なんやろ」

悠人は気のなさそうに答えてから、なんや、それがどうかしたんか、と振り返った。

「思いついたんだけどさ……あれ、あのねえちゃんに読ませてみたらどうだろうな」

「あれってなんや」

「稲村のジジイんとこで拾った本と原稿みたいなやつだよ。英語の本を読むくらいなら、あれ読ませたら何かわかるかもしれないじゃん」

「そら名案かもしれん」階段の上を見上げながら、悠人は小さく二度うなずいた。


それが誘拐当日の午前八時半から九時頃にかけての状況だった。

そして今日、午後早くに、事務機リース会社の仮事務所という名目で借りた隠れ家にやって来た荒木田は、そのまま事務室代わりのリヴィングに陣取っている。昨日の午後も今と同じ椅子にすわっていたし、夕方になってもそこで持参のパソコンを叩いていた。

荒木田は最初から誘拐現場に立ち合おうとはしなかったし、人質の前に姿を現すつもりもないらしい。誰にも知られていないこの後方陣地から指令を出すだけだ。ずるいとも言えるし、巧妙とも言えた。何かまずいことが起こったら、いつでも尻尾を切り捨てて逃げられるポジションを守っているからだ。

そういうところがオレたちをシラけさせるんだよ、オッサン。つとめて淡々とした顔を維持しながら、真二は無言の抗議を投げつけた。それがクールだと思っているんだろうけど、あんたみたいなビジネスヤクザの、自分をいちばん可愛がる自己愛性キャラみたいなものには、正直言ってうんざりする。

そんな目で見られているとも知らず、荒木田はますますクールで切れるインテリヤクザの風を吹かせるつもりでいるらしかった。

「やっかいはやっかいだが、その女の始末はとりあえずペンディングだ。あとでおれが考える。当面の手当だけはしてあるんだろうな」

「女の家と勤め先には、心配させないように電話を入れさせてます。二日や三日はそれでごまかせると思いますけど」

「よし。まあいいだろう」

荒木田はあごをしゃくった。「とにかく春香の世話には気を入れろ。怖がらせるな。泣かすんじゃねえぞ。あとになってPTSDだの何だの言われたんじゃぶち壊しだからな」

やおら悠然とパーラメントをくわえた荒木田が、テーブルの観葉植物の陰から隠れていた右手を持ち上げたのを見て、真二は思わず目を瞬いた。気取った指が、琥珀色のウィスキーグラスをつまんでいる。

「どうしたんですか、その……?」

「おう、これか」荒木田はサイドテーブルから、青いラベルのウィスキーボトルを掲げてみせた。「ジョニーウォーカーのブルーだ」

「いや、そうじゃなくて、なんでこんなときに酒なんか」

「バカヤロウ。祝杯に決まってるだろうが」

祝杯って……まだターゲットを手に入れただけで、肝心の身代金交渉はこれからではないか。誘拐は身代金奪取の瞬間がもっともむずかしい。あらゆるその手の本にそう書かれている。犯罪実録、ミステリー、警察物ノンフィクション。どの本でも指摘しているように、犯人が被害者側の前に姿を現さなければならないからだ。たとえ直接の姿を見せないとしても――有価証券を利用して間接的に利益を手に入れるとか――なんらかの痕跡を残さずにはいられない。そこをどうクリアするかが、最大の難所、エベレストで言えばヒラリー・ステップみたいなものだろう。それなのに、朝っぱらから祝い酒だって?

「勘違いしてるようだが、こいつはタマを手に入れた祝杯じゃねえぞ。ニルヴァーナが完全に白旗を掲げて降参してきたのを祝ってるんだ」

真二は呼吸を忘れていた。知らず知らず口が半開きになっていることも。

「そうおどろくんじゃねえよ。考えてもみろ。長尾春香がさらわれたことはとっくにニルヴァーナも気づいている。なにしろ、ボディガードの目の前でかっさらわれたんだから、大騒ぎになってるはずだ。だがさらった相手が何者か見当もつかねえんじゃ、向こうも手の打ちようがねえ。そこで、さらったのがそこらのチンピラでも変質者でもねえってことを知らせてやったわけだ。こっちにちゃんと交渉能力があって、タマの身の安全を保証できるとわかれば、向こうも落ち着いてものを考えられるようになる」

「なるほど。では、身代金の方はどういうことに？」

「身代金は三千万だ。二日後に取引する。向こうはあっさり呑んだ」

「三千万ですか」

「おう。少ないと思うか？　ニルヴァーナなら一億吹っかけても払うだろうが、金額はどうでもかまわねえのさ。あまり多いと、佐々倉あたりが欲に駆られてサツに通報する気にならねえとも限らねえ」

「その、身代金受け取りの段取りはどうなります？」

ん？　という顔で荒木田は真二の顔を眺めた。

「おまえも苦労性だな、真二。そんなものはとっくに考えてある。でなきゃ、はじめられるわけねえだろうが、こんなヤバい仕掛けはな」

だがな、苦労性で先へ先へと読んでいけるアタマがなけりゃ、この世界でノシていくことはできねえんだよ、と荒木田はまともに真二の目を見返した。これはつまり将来ノシていけそうだぞ、と激励してくれているつもりなのか？　クイッとウィスキーグラスをあおった荒木田は、それを真二に手渡そうとする。「ま、おまえも一杯やれ」

いえ、運転がありますんで、深々と頭を下げて断った。荒木田がそうかい、と鼻白んだ顔になり、真二がそろそろ腰を上げようとしたとき、チャイムが鳴った。

「いやあ、わからんもんですわ。あの春香ちゅう子、すっかりねえちゃんに懐いて、さっきなんか二人であんパン食うて笑うてましたで」

ドタドタいう足音とともに、騒々しい空気が舞い込んできた。キーキーと椅子の脚を引きずって、ドカリと腰を下ろすとたんに、けたたましい声が叫ぶ。

「あらら、アニキ、もう前祝いでっか。ちょいと気イ早すぎるんやおまへんか」

荒木田がうるさそうに顔のまえで手を払う。

「おまえは呼んでないぞ。あっちは留守にして大丈夫なのか」

「牛村のアニキとマサヨシが付いてますがな。そやけど、牛村はんて意外に器用なことできるんでんな。朝飯や言うて、携帯コンロでうまいことスクランブルエッグ作らはって、女の子二人にも食べさしてましたで。マサヨシはマサヨシで、御用聞きでんな。買い物係。欲しいもんあったら何でも言うてや、ちゅうてガラわるうわりに腰のかるい男ですわ」

「で、おまえは何をしにここへ来た？」

荒木田はコトッと硬い音を立ててグラスをテーブルに置いた。「仲間のうわさ話か」

「なに、のんきなこと言うてるんでっか。アニキに相談しよう思うて来たんですがな。あの白石真波いう女、このあとどないしたらええんでっか。よけいなことしゃべらんように、口封じしておかんとあきまへんやろ」

「それはいま真二にも言ったところだ。とりあえず実家の住所を押さえて、しゃべったら家族もろとも皆殺しだとでも言っておけ」

「それ、ちょっと甘いんやおまへんか」

悠人はジョニーブルーの瓶をチラチラ見ながら言う。「いや、酒のことやおまへんで。こんだけめずらしい目に遭うたら、人間ちゅうのは、なかなか脅されたくらいでは口をつぐんでおれまへんて。だいいち、親には隠しておけまへんやろ。そんでひとりくらいになら、そう思うてこっそり誰かにしゃべりとうなる。で、それ聞いた者がまたほかの誰かにしゃべりとうなって……」

「ふん。だったら、どうしようと言うんだ」

「いっそ、バラしてしもたら、どないだす」

荒木田がギョッとしたように目を据えた。身体を固くしたのは真二もいっしょで、悠人の顔をマジマジと見つめてしまう。こいつ、こんなこと言い出すようなやつだったのか？

「バラすんはめんどうやったら、裸にして写真撮るとか、よってたかってヤラれとるとこを動画に撮ってまうとか、そのくらいやっておきまへんと」

「しゃべったら、写真やら動画やらネットにアップするぞ、と脅すわけか」

「そういうことですわ。女、黙らそう思うたら、そのくらいやらへんとわからしまへんで」

荒木田は腕を組んで考え込んでいる。目がちょっとのあいだ上を見て、そのあと左斜め下へスーッと流れる。頭に浮かんだ考えが気に入らないときの荒木田の癖だ。まさか殺すことは考えていないとしても、いざとなれば荒木田はかなり冷酷になれる男だ。いま気がかりなのは、白石真波をどう処理すれば失点を最小限度に食い止められるか、そこのところだろう。甘く見るのは禁物だが、下手にことを大きくすると、思わぬ綻びが出かねない。この歓迎すべからざる客の存在は、荒木田のプランにとって、精密なマシンに挟まった砂礫のようなものだった。

「そんで、もうひとつ、ええ考えがあるんですわ。どうせのことやし、あの真波ちゅう女の親からも身代金取ってまうのはどないです」

「バカヤロウ。そんなことしたら、もう一件、誘拐を抱え込むはめになるだろうが」

「もう女の身柄、抱え込んでるやおまへんか。そんならついでにカネ取ってしもても、損にはなりまへんで」

「女の親がサツにタレ込んだらどうするんだ」

「サツが出張ってるようなら中止するまでですわな。ええでっか、裸の画像で脅かしたかて、今どきそんなんいくらでも加工処理できるやないか、言われたらそれまでですわ。じっさい、加工したニセ写真、ネットに仰山出まわってますしな。だったら誘拐でっち上げて、親にカネ払わせまひょ。女がこっちに拉致られてた証拠を作らさな、あきまへん。そうしておけば、画像でも動画でも武器になりますよって」

ふむ、と荒木田は腕組みして椅子の背にもたれかかる。

「それは真二の入れ知恵か」

いえいえ、とんでもない、という真二の声と、ちゃいまっせ、オレのアイデアですがな、という悠人の声が二重唱になった。なるほど、それは言える、と真二も思っていた。相手が開き直れば、画像も動画も決定的な脅しネタにはならないかもしれない。でも身代金を支払えばなんらかの痕跡が残る。若い娘が拉致られていたという事実は、親も本人も世間に隠し通したいはずだろう。拉致監禁されていた事実が裏付けられれば、画像や動画の信憑性も高くなる。とすれば、あまり無理のない程度のカネを取っておくのはわるい手ではないかもしれない。

「……もう少し考えてみるか。まだ日があるだろう」

荒木田はぶっきらぼうに言った。へえ、そしたらそうしますわ、と悠人はあんがいあっさり引っ込んで、首をすくめながら、真二に意味深な流し目を送って来る。

「ただ、妙なんはあの真波いう女、真二の女装になんとなく似とるんですわ。姉妹や言うても通るかもしれまへんで」

ほんとうか、と荒木田が真二を今さらながらしげしげ眺める。知りませんよ、と真二はそっぽを向いた。

「その女の件とは別に、ニルヴァーナの孫娘の様子は毎日ビデオに録画しとけ」

牛村にもそう言ってあるが、ミスがあってもフォローできるようにおまえも撮れ、と荒木田は悠人をあごで指した。

3

島本から電話がかかってきた。島本は真二たちより五、六歳年長で、麦山組の周辺者だと警察に睨まれている少年院帰りの男だ。殺された稲村が高利貸しや有価証券、チケット類の転売をやっていることを教えてくれたヤクザ業界通でもある。

「おれのとこにも来たよ、デカ。稲村の事件のことだけどな」

もともと稲村との付き合いは島本の方が古いから、それは当然だろうが、「女のデカがさ、おれのことより、おまえらのことをあれこれ訊いてたぞ」と言われては、聞き捨てにできない。女のデカとは、この前事務所に訪ねてきた篠井に違いない。

「あれこれって、何だよ」

「よくわかんねえんだけど、おまえら、稲村の部屋から何か持ち出したのか？　本とかコピー用紙とかよ？　そういうこと聞いてないか、ってしつこく訊かれたぞ」

なんだ、それ、わけわかんねえよ、ととぼけたが、島本はさらに真二の肝を冷やすようなことを言う。

「なんか鞄がなくなってるんだと。で、その中に外国の小説と、プリントアウトが入っていたんだって、家政婦のおばちゃんがそう言ってるらしいんだ。でも、あれはおまえらにターゲット絞ってるな、間違いねえわ。絶対疑ってる。なんか証拠が出てきたら、フダ取るつもりだぜ」

真二はスマホを持ち替えると、それまでつかんでいた手をシャツの裾にこすりつけた。知らず知らずに汗を握っている。

「あとはどんなこと訊かれた？」

「えーと。そうだ、その何とかいう外国の小説家と稲村は若い頃からのダチだったらしいな。稲村ってイギリスに留学してたんだろ。んで、今でもメールのやりとりしてたらしい」

「え、外国の作家って、なんて名前の？」

「知らねえけど、稲村の部屋からなくなってた本を書いたやつだってよ」

島本の言うことをまとめると、こういうことだろうか。稲村徳也はジョン・マックフリーとイギリスにいた頃、友人づきあいをしていて、その後も連絡を取り合っていた。つまり稲村の部屋にマックフリーの本があったのは、たんに愛読者だったからではない。交流があったからだ。いや、それともあの鞄に入っていた原書は、弟子の船曳のものなのか。でも、それと船曳がマックフリーと似た設定の小説を書いていたのとは、どうつながるのだろう。

だが島本の話は、その辺りになるとますます曖昧だった。

「んー、女刑事、ごちゃごちゃ言ってたけどな。あんまマジで聞いてなかったんだわ」島本はへらへら笑った。まあとにかくよ、とあとを続けた。

「稲村って小説家にはなれなかったらしいけど、そっちの世界じゃけっこう顔が利いたらしいぞ。そのナンチャラいう外国人作家にも、いろいろアドバイスしてたんだとよ。メールのやりとりしてたのは、そのためだ」

今度は真二が黙り込む番だった。

おまえら、ヤバいブツ持ってるんなら、早いとこサツにチンコロしとけ、電話の向こうで島本の声が真剣になっていた。

「お嬢ちゃん、マンガ好きか」

部屋に入ると、悠人はいきなり春香の前にしゃがみ込んだ。春香はあわてたように首を縦に振るが、左手はしっかり白石真波の右袖を握っている。

「そうか、そりゃよかった。今な、このゾンビの兄ちゃんがブックオフ行って、マンガどっさり買うてきたんや」

あごをしゃくると、ゾンビマスクのマサヨシがポリ袋をドサドサと床に置く。

「どんなもの買ってきたんだ」

「えーと。『ハチミツとクローバー』『ちはやふる』『とりかえ・ばや』『赤髪の白雪姫』、このへんはあるだけ買ってきましたけど」

「名作ばかりやん」

「私も『ハチミツとクローバー』、とても好きです」

真波が細い声で言うと、春香がこくりとうなずいた。

「おお、そりゃよかった。ところで、そっちのねえちゃんは外国の小説よく読むみたいだな。なんか読みたい本があったら、このお使いゾンビに言うてくれや。ただし文庫本になってるやつで頼むわ。図書サービスやないんやから、何千円もする本買ってこい、言われてもこまるからな」

真波はちょっと唇をまるめる笑い方をしたが、ときどきうっかり混じる関西訛りに気づいているだろうな、と真二はヒヤヒヤしていた。

「それでな、ねえちゃん。それとは別なんだが、ここにな、こんなものがあるんだ」

悠人が取り出したのは、稲村徳也の家で見つけた例の原書と、「ガール・ハンティング」のプリントアウトだった。

「これな、ちょいと目ェ通してみてくれんかなあ」

いぶかしげに小首を傾げて、真波が本とプリンティングペーパーの束を受け取る。

本の表紙をしげしげと眺めてから、小声でタイトルを読み上げた。

「ジョン・マックフリーの新作ですね、これ」

「ほー、知っているんだ、その小説家」

「ええ。特にファンじゃないですけど、二冊くらいは読んだことがあります。かなり有名な作家ですから、日本でも固定ファンが多いですよ。本が出るとよく書評されていますし」

これは今年になって出版されたんですよね、と真波は中扉の発行記録を見せた。

「ああ、そうなんか。……そんでな、読んでほしい言うんは、そっちのプリントがな、その本と内容がよく似ているらしいんだわ。本の余白に書いてあるメモ見ると、こらおんなじ話やないかいうくらい似てる」

「そうなんですか。でも、*The sweet kidnapping*はもうハリウッドで映画化の話が出ているくらい、あちらではヒットしていますよ」

「へえ、そないにか。まあオレらは小説なんかろくに知らんから、小説にくわしいねえちゃんに読んでもらって、ちょいと感想やなんか聞かしてもらおう思うてな」

「好きで読んでるだけで、別にくわしくなんかないですけど」

「まあ、ええわ。オレらよりは全然くわしいやろから、ひとつ頼むわ。ねえちゃん、英語の本も読めるみたいやしなあ」

はい、とうなずきながら、真波は興味津々という趣で、本のページを開いたり、プリントアウトを繰ってみたりしている。こいつはあんがい期待できそうだな、と真二は考えた。もし白石真波が稲村殺しの手がかり——直接に犯人を名指しするものでなくても、解決のヒントになるような——をみつけてくれれば、警察の嫌疑の目からはとりあえず逃れられる。稲村殺しの真犯人が捕まれば、宝くじ当籤券を換金するリスクもある程度少なくなるわけだ。大金をゲットしたことを荒木田に感づかれさえしなければ、だが。

「ところでな、真波ちゃん。折り入って、もうひとつ相談があるんだけどな」

今や首を本の真上に垂れて、熱心に*The sweet kidnapping*を読みはじめている真波に、悠人が声をかける。「あんたの家はお金あるんか?」

顔を上げた真波の表情にはまだ何も浮かんでいない。浸り込もうとしていた本の世界から急に引き上げられたせいか、どこか焦点の合わない目をしている。

「お金、ですか。お金は大してないと思いますけど」

「お父さんは、何してる人？」

「以前はホテルで働いていました。今は仕事はしていません。母方の祖父から受け継いだアパートがあるので、その管理をしているくらいで」

「おっ、アパート経営かいな。こら、けっこう貯め込んでるパターンやないけ」

「いえ、たった十室の古アパートですから。いつも修繕費がかかって割りに合わないと愚痴をこぼしています」

「ふーん。そんじゃ、ええとこ一千万てとこかいな」

悠人がどこか遠いところを見るような目で言う。ただしフランケンのマスクも瞳の辺りに空けてある穴が小さいので、悠人の目の表情が読めたのは真二だけだった。

「一千万って、何がですか」

「あんたの身代金。どや、そのくらいなら、オヤジさんも払えるんやないか」

「無理です、そんな。一千万円なんて、うちにはありません」

真波は強く首を横に振った。

「いざとなりゃ、アパート売っても作れるやろ。一千万くらい」

「そんな無茶な。絶対できません」

真波がキッとした口調でさえぎった。

「できませんで済むか、ボケ！　身代金ちゅうたら、住んどる家どころか、腎臓売ってでも作らなあかんのやぞ」

だしぬけに悠人がとんでもない怒声を上げた。真波はビクリと肩を震わせ、春香の靄(もや)のかかったような水っぽい目には、またしても新しい涙の粒があふれそうになる。ついでにマサヨシまでが後ろへよろめいて、段差に足を取られて尻もちをつく。

「いっつもいっつも甘いことしか言わん思うとったら、大まちがいやぞ、こら」

大声でわめくと、ポリ袋からこぼれ落ちたカップ入りプリンを、悠人はインサイドキックの要領で蹴り上げた。プリンはすばらしい勢いで飛んでいき、隣室の窓枠に激突して、中身半分を撒(ま)き散らした。と思う間もなく空中をもどって、残った半分をマサヨシのゾンビマスクの鼻の辺りにぶちまける。

「──おまえ、なんだってあんな声出すんだよ。春香、泣かしたらダメじゃん」

階段を下りながら、真二は悠人の背にささやいた。

「そやかて、あの女、ちょこっとオレらをナメとるんとちゃうか。たまに脅かしとかんと、取れるもんも取れんようになるで」

4

十二月十六日、午後三時過ぎ。

「あすの手順だが、身代金の受け取りはおれと牛村でやる。アシスタントには堀田を連れて行く。そのあいだに、おまえたちには別の仕事をしてもらおう」

荒木田がそう言い出したとき、真二と悠人は口の中のものを呑み込むことも忘れて、顔を見かわした。悠人が喉を詰まらせて咳き込むのを見て、お茶を淹れかえていた芳恵が背中を叩いてやる。

「別の仕事て、なんですねん」

ようやく蕎麦餅を腹に落とし込んで、悠人がガブガブお茶を飲む。

「あすの朝、七時過ぎにニルヴァーナの佐々倉と取引をはじめる。向こうはアキレス警備の連中を呼んでいるに決まっているが、やつらがこっちにかかり切りになってている隙に、ニルヴァーナ本部に入り込むんだ」

「そんで、何しますのん」

「段ボールを運んでいって、段ボールを持ち帰るだけの仕事よ。だがちんたらやってる時間はねえぞ。こっちが身代金を受け取るより前に、片を付けろ」

荒木田はいつも人を食ったような言い方をする。真二と悠人はまた目を見かわして首をかしげるしかなかった。

「荒木田さん、もう少し説明してあげなくちゃ。この子たち、何にもわかってないって顔してますよ」

芳恵がテーブルの上から丼や皿を下げながら言った。荒木田の借りた隠れ家に、二日にいっぺんは出前をしてくれている。もともと古久庵は出前をしない店だが、天麩羅(てんぷら)蕎麦だの、鰊(にしん)蕎麦だののタネものや、天丼だの、親子丼だのを運んでくれるのだった。ほんとうを言えば古久庵は本すじの蕎麦店だから、メニューに丼ものなど掲げていないのだけれど。

そればかりか、ケンさんはおなかの足しにと言って、蕎麦掻きや蕎麦饅頭のおまけもつけてくれるのだ。きょうは特製カツ丼に昆布巻き、蕎麦餅が二つずつ付いている。

芳恵さんに心配してもらったんじゃ、敵いませんね、と荒木田はいちおうケンさんの身内同然らしい芳恵に気を遣っている言い方をする。

「この前、ニルヴァーナにいっしょに行った市議会議員の亀ケ森は覚えているな？あいつが明日の朝、ちょうど身代金取引がはじまる頃、佐々倉を訪ねる。人を訪問するには非常識な時間だが、政治屋ってやつは選挙がからめば何でもありだ。やつにはニルヴァーナにご注進したくなるネタを握らせてある。だから佐々倉は必ず話を聞くだろうが、そういうわけで、あすの朝のニルヴァーナ本部は相当に混乱しているはずだ」

「なんですか、そのネタっていうのは」

「亀ケ森のボスは、県議会の警察消防委員長をつとめていたジイさまだ。そのスジから入った情報、ということになっている」

「ははあ、警察が何かの案件で教団の内偵に入ったとか、そないな話でんな？」

それなら誘拐犯から電話がかかるわ、警察情報のタレ込みはあるわで、ニルヴァーナ本部はパニックになるだろう。

「で、モノはなんですねん。その、すり替えて盗ってこいちゅうモノは」

「身代金だ」

真二と悠人はまた蕎麦餅をつまんだまま、その場にフリーズする。

「まったく、わるい癖ね、荒木田さん。すぐ人を弄ぼうとするんだから」

今度も芳恵が荒木田をたしなめる。「あのね、こういうことなのよ。あした、あなたたちが運んでいくのはただの紙くずゴミが入った段ボール箱。すり替えて持ってくるのは、ニルヴァーナの会が発行することになっている地域通貨の入った箱」

「なんで芳恵さんがそんなこと知ってるんですか」

「だってウチのお店の二階で、ケンさんと荒木田さんがこっそり相談していたんだもの」

荒木田が苦々しげに咳払いをする。

「でもそれ、早う言うたらドロボウやおまへんか」

「ニルヴァーナの後ろで糸を引いているのは紅龍会だぞ。これからタマの取り合いになるかもしれねえって相手から盗むのは、この世界じゃドロボウとは言わねえんだ。盗まれる方がマヌケって話だ。よく覚えとけ」

事務所にタールぶちまけられるんも、やられた方がマヌケちゅうことでんな、ボソッとつぶやいたとたん、すさまじいスピードで陶製の箸置きが飛んできた。アツーッと叫んで悠人が椅子から転げ落ちる。勘弁したって、頼んますわあ、と床に座り込んで頭を下げながら、チラッと真二に左手を開いて見せる。手のひらに箸置きが握られている。相変わらず反射神経だけはいいらしい。

「手順はこうだ。帆布で囲いを付けた台車に段ボールを積んで、裏門からニルヴァーナに入る。あすの午後イチに印刷会社が荷を届けに来ることになっているから、それに偽装するんだ。バンはもう用意してある。予定時刻より早くなることは前もって向こうに連絡する。倉庫に入り込んだら積み荷を下ろして、代わりにそこにある段ボール箱を台車に載せる。たったそれだけの軽作業だ」

「そんな情報、どこから手に入れたんですか」

「ニルヴァーナ御用達の印刷会社が藤沢にあるんだけど、そこの営業課長さんがとってもお蕎麦好きな人なの。それにひどく気のいい人で」

芳恵が唇の端をクッと持ち上げて、いたずらっぽい目をする。ニルヴァーナ情報の出どころは古久庵ということか。

「先週、その印刷会社がニルヴァーナに例の仮想通貨というか、代用紙幣を運び込んだのよ。その続きが明日、また搬入されるの。だから……」

「搬入に見せかけて、先週の分を盗み出すってわけですか」

真二はちょっとたじろぐような思いで、芳恵を見返した。おっとりした、と言っていい芳恵の顔の下から、別の人間の表情がのぞいているような気がする。この人もふつうの女じゃないな、と思う。ふつうの女がどんな経緯があるとしても、こんなヤバいことに手を貸すわけがない。

「そやけど、出てくるとき台車の中を見られたらどうするんでっか」

「だから帆布のカバーで囲ってあると言ってるじゃねえか。お姫さまをさらった誘拐犯から電話が来るわ、市会議員がヤバいネタをタレ込みに来るわ、そんなときに印刷屋の台車なんか誰が気にするんだ」

「それはわかりましたけど」

真二は荒木田に向き直った。「代用紙幣と言っても、桐ケ谷周辺でしか使えないんですよね？　そんなものをわざわざ盗んでも、あんまり意味が――」

「ゴチャゴチャうるせえな、てめえらは！　黙って言われたとおりにしていればいいんだ」

荒木田が湯呑みをつかんだので、思わず身をすくめる。

「それじゃ、昭和の代貸しみたいよ。荒木田さん」

荒木田の指が少しゆるんで、湯呑みは静かにテーブルにもどった。

「そうそう、その方がインテリらしゅう見えまっせ」

一瞬だけ、殺気のこもった目で悠人を睨んで、荒木田はまた口を開く。

「ニルヴァーナの通貨はもともと千円までの小額紙幣だけだ。段ボールひと箱分でも、せいぜい一千万ってところだろう。ちゃんとやり切れば、おまえらには百万ずつやる」

「百万もくれるんでっか！」

「あわてるな、バカ。今のところ、使えるのはニルヴァーナと提携している商店街だけだ。どうせレストランだの土産物屋だの雑貨屋だのだから、大して値の張るものは買えねえがな。あとはニルヴァーナが開く通貨交換所に行けば、あたりまえの現金と取り換えてくれるが、一度に換金できるのは数千円までだろう。多すぎると疑われる」

「えー、そしたらタダ飯食えて、小物買うて、あとはコーヒー代程度の小遣い稼げるちゅうだけですかいな。ショボ！」

「そのショボい使い道しかないニセ通貨でも、二千万、三千万がいっぺんに流出したらどうなる。ニルヴァーナが被害をこうむるだけじゃねえぞ。正規ルートを通らない通貨が大量に出まわったら、使っている店は大混乱だ。ニルヴァーナの信用もがた落ちになるな」

「ははあ、そういうことでっか」

「そうよ。つまり、こっちでニセ通貨を大量に押さえちまえば、今度はそれが人質ってわけだ。ニルヴァーナは手も足も出せねえ」

「よくそういう悪知恵がまわりまんなあ、さすがは――」

悠人はその続きをムニャムニャと途中で口を閉じてごまかした。きっとまた不穏当なことを言おうとしたのに違いない。荒木田は、なんだと、と冷たい声で聞きとがめる。

「それはそうと、明日の身代金受け取りの方は、どんな作戦なんですか」

真二は荒木田の視線を柔らかく受け止めて、真摯に答えを知りたいという気持ちを顔に浮かべた。わざと無邪気そうに尋ねる。「きっと、あっちはセキュリティのプロを揃えてくるんでしょうね」

「いくらプロが相手でも、こっちが圧倒的に有利な状況は変わらねえよ。こっちの出方を向こうは予知できねえからな。戦争ってものは、先の展開を支配している方が勝つのよ」

眉のあいだに深く刻まれた皺をゆっくりと伸ばして、荒木田は言った。「作戦というほど複雑なものはいらねえんだ。聞かされりゃ、そんな手に引っかかるかと思うような代物だが、先手先手と仕掛けられると、追いかける方は頭がついていけなくなる。ケンカはよっぽど力に差がない限り、先に攻めるポジションを取ることだ」

「なるほどでんな。言えてますわ」

荒木田はまた一瞬、目に鋭い光を浮かべたが、すぐにその光を和らげて、口を開いた。

「明日はドローンを使う。カネの受け渡しはただでさえ、リスクがでかい。ニルヴァーナの警備は紅龍会系の専門会社が担当しているから、そこのスタッフが必ず最前線に出てくるだろう。ほとんどが自衛隊や警察の出身者で、戦闘技術も鍛えている。そんなやつらとカーチェイスだの、顔突き合わせてコンバットだのやりたくねえだろうが」

「ドローンって……誰が操縦するんですか」

「そりゃ、おれしかいねえだろ。おまえら、操縦できるか？」

「荒木田はん、そんなオタッキーな趣味、持っとったんですかあ。こらぁ、意外やなあ」

「おう。中坊の頃からラジコンヘリに凝っててよ。近頃はマルチコプターで、まあ民間資格だがインストラクターの認定証も持っている」

「なんや、ええとこのボンボンみたいやなあ」

そんなら、誘拐みたいな手間かかることやめといて、ドローンに爆薬積んで紅龍会に突っ込ましたらどないだす、と悠人は無責任なことを言う。

「ただしホビー用の小型だから、操縦可能域は半径三百メートルしかねえ。航続時間は二十七分、スピードもそこまで出ねえしな。これだと、相手を振り切れるかどうか、確実性に問題が残るわけだ」

まさか向こうも空を飛んで逃げるとは予想していないだろうが、地上の追跡には万全を期すだろう。クルマやバイクを揃え、的確にメンバーを配置しておけば、ドローンが限界に達する前にキャッチアップされるかもしれない。それに佐々倉は周到な男だから、追跡用のドローンを準備してくる可能性もある、と荒木田は目に凄みを利かせた。

「だから、ちょっとした目くらましを使う。ドローンを追いかけさせて、向こうの動きを確かめてから、わざと墜落させるんだ。自動発煙装置をセットして、トラブルが起きたように見せかけてな」

「……わざと墜落させるっちゅうて、身代金はどないなるんでっか」

「もちろん、戴くに決まってるじゃねえか」

「でも、ニルヴァーナの連中に追いつかれたら――」

「そこが目くらましだって言ってるだろうが。いったん藪の中に突っ込ませて、すぐにそっくりの二号機を飛ばす。むろん、これはオトリだ。型も色も機材も、発煙装置もそっくりのドローンが藪から飛び出せば、やつらはそれに釣られて追っていく」

ほう、というような声が洩れた。悠人がうんうん、と小さくうなずいている。芳恵も口を開けていた。

「いや、しかしですね、そこまでのドローンは荒木田さんが操縦するとして――つまり、どこから操縦するんです？」

「やつらから一本離れて並行している農道を走りながら、コントロールする。牛村に運転させて、おれが荷台だ。農業用の軽トラを借りてあってな、目隠しに肥料袋を積んである」

ここが不時着させるポイントだ、と荒木田はテーブルの上に市街地図を広げて、ある一点を指差した。桐ケ谷市のほぼ北端に近く、低い山が連なっている辺り。

「そして、ここから二号機を飛ばして、あとは北へ向かって川を遡る」

荒木田はスッと指先を地図の上方へと動かした。かなり綿密に桐ケ谷市北部の地理を調べ上げてあるようで、ドローンを落とす場所もすでに下見してある、と不敵そうに言い放った。

「でも、敵がオトリの二号機にうまく釣られたとしても、そっちは誰が操縦するんですか」

「誰も操縦なんかしやしねえよ。制御スティックを一定に固定しておくだけだ。まあ自動操縦みてえなもんだな」

「え、それだとあかんでしょ。電波の届く範囲に操縦者がおらんと」

「プロポをやつらのクルマの屋根にくっつけてやりゃあいいだろうが」

プロポはドローンの送受信機のことだ。たしかにコントローラーを車に貼り付けておけば、やつらは知らないうちに、自分が追いかけているドローンを自分で操縦するはめになる。こいつは傑作だ。

「なーるほど、わかりましたわ。そんで、そのプロポちゅうのを相手の車に引っ付けるのが、マサヨシの役目ちゅうわけや」

「おれと牛村は落としたドローンを回収してトンズラする。そのあいだに、マサヨシがやつらの裏を掻く。どうだ、この手でうまくいくと思うか、真二？」

荒木田は薄い唇を歪めて、真二にかるくあごをしゃくる。

「うまくいくと思いますよ。いきなりドローンで逃げられたら、追いかけるだけで精一杯になります。ウラがあるんじゃないかとか、考える余裕ないんじゃないですか」

「おまえなら、騙されるってわけか」

すくい上げるような目つきで、荒木田が気味のわるい笑いを浮かべる。

「騙されると思います。それにほら、もし身代金の奪取ができなくても、その隙にオレらがニルヴァーナの通貨をガメてきますから。つまり、身代金受け取りの駆け引きそのものが、ある意味、おとりみたいなもので——」

「よくわかってるじゃねえか」

荒木田がようやく満足そうに唇に薄笑いを漂わせた。「だがな、アキレス・ガードの現場チーフが騙されるかどうかはわからねえぞ」

「えっ？　どういう意味ですか」

「向こうはプロだとおまえも言っただろうが。二機めのドローンがニセモノだくらいは見抜くかもしれねえってことだ。さて、そこでどうしたらいい？」

荒木田はうすら笑いのまま、真二と悠人の顔を見くらべる。

「どうしたら言われても、なあ」

さすがの悠人も減らず口が叩けないようだ。

「おまえら、マジックを見破るにはコツがあるのを知っているか」

荒木田の口調にどことなく楽しげな気配がある。きっと、人にものを教えるのが根っから好きなたちなのだろう。

「いや、知りまへんけど」

「マジックにはどこかに必ず目くらましがある。たとえば、派手に動いているように見える手がたいてい目くらましで、目立たない方の手が仕事をしているようにな。そこに注目することだ。あすのケースで言えば、ドローンを使うのは意表を突いているように見えて、じつは目くらましだ」

「そやかて、ドローンは使いますやん」

「たしかに使う。だが使い方が違うってことだ。カネの入ったバッグをドローンに積めと言われたら、相手はドローンがどこかで必ず回収されるはずだと思い込む。そこが付け目になる」

「でも、回収はしますよね」

「しない」

「しないって……それじゃ身代金の三千万円はどうなるんです」

悠人がちらりと真二を見た。大丈夫か、このオッサンとでも言いたげな顔だった。

真二にしても、話の方向が見えず、言われていることがさっぱり理解できない。

「ドローンは空を飛ぶものだ。カネを空に飛ばして途中で奪うつもりだ、と思い込ませるのが、この作戦のキモだと思え。相手の意識をそっちに集中させるんだ。だがカネはその前に奪い取ってしまう」

「その前って、どこでですか」

荒木田はテーブルに広げた地図の、ある一点をボールペンで指した。

「尾ノ崎橋、ですか？」

「そうだ。ドローンは河川敷の作業小屋の中に隠しておく。厳重に梱包した木箱の中だ。タイムリミットがある上に、蓋ががんじがらめに固定されているから、敵はパニックに襲われる。意識が箱とドローンに奪われている、その隙を突くんだ」

「どうやって⁉」

それから荒木田が説明した〈三千万円抜き取り作戦〉は、なんとも単純で芸も何もないものだった。作業小屋の壁ぎわに、道具入れのロッカーがある。人間ひとりがゆうにしゃがみ込めるほどのスペースがあるという。上下二段になったそのロッカーの下段に誰かが身をひそめて、敵を待ちかまえようというのだ。

さて、メモの指示通りに、ニルヴァーナ側の人間が作業小屋にたどり着く。木箱はすぐ見つかるが、容易に開かない。蓋を開けようと敵は必死になる。その一瞬を逃さずロッカーから手を出して、敵の足もとにある身代金入りのバッグをニセモノとすり替える――。

「そない、うまく行きますのん？」

悠人が首を傾げる。「視野の端っこでも、何か動くとあんがい気がつくのとちゃいますか」

それがうまくいくんだ、と荒木田は断言した。

「牛村をロッカーに入らせてリハーサルしてみたが、まったく気づかないうちにすり替えられた。箱の前に立つと、そもそもロッカーは視野から外れてしまう。箱そのものが目隠しになって足もとは見えないしな。まして身代金が狙われるのはドローンが飛んでからだと思い込んでいれば、周囲に対する注意力は散漫になる」

ははあ、と悠人があごを撫でまわし、真二は腕を組んだ。うまくいくだろうか。たしかにドローンを使うぞと吹き込んでおいて、それを使う前にバッグをすり替えるという着眼はわるくない。だが、すり替えるチャンスはせいぜい数秒の間しかないだろう。冷静な判断力と俊敏さ、なにより思い切りと度胸が要る。そんな難役を誰にやらせようというのか。

「牛村がやる」

荒木田はあっさり言った。「それとも、おまえらのどっちかがやると言うんなら、替わってもいいんだぞ」

いえいえいえ、と悠人が首を振る。真二は、そりゃちょっと気の毒だな、と牛村に同情した。あの巨体でロッカーの下段に隠れるのは、さぞ狭苦しいだろう。

「なアに、それでうまくいかなかったら、スタンガンで気絶させて強奪する」

荒木田はいきなり荒っぽいことを言う。「ついでにバーニングハンマーでも食らわせてやればいいだろう」

そんなむちゃな。牛村のバーニングなんか食らったら、たいていの人間は死んでしまう。

「でも、荒木田さんひとりで、ドローンの航続範囲をカバーできるんですか。もし途中で電波が届かなくなったりしたら――」

「だから堀田にはスレイブのプロポを持たせておく。不時着現場付近に待機させておいて、万一の場合はオレが操縦可能になるまで時間稼ぎをさせる」

「スレイブってなんです？」

「まあ、サブのコントローラーだな。メインの方がマスターで、サブがスレイブだ。マスターの電波が届かないときはスレイブでコントロールできる」

なるほど、マスターつまり主人と、スレイブつまり奴隷というわけか。

「だけど、マサヨシにそのスレイブですか、そんなもの操縦できますかね」

「そうでっせ、あいつ、ラジコンヘリもよう飛ばしたことあらへんのに」

「スレイブプロポは一定範囲を旋回するだけにスティックを固定しておくから、心配はいらない」

荒木田は自信満々に言い切る。

「いやいやいや、ちょい待っとくれまへんか。そら、相手が紅龍会の警備員だけならええとして、もしもでっせ、警察に通報されたらどないしますのん？」

　めずらしく悠人が硬い声で訊いた。言葉のひとつひとつが凍っていて、もし床に落としたらコン、と響きそうなくらい張りつめた声だ。「警察が出てきたら、この人数じゃどないもなりまへんで」

「警察には通報しねえはずだ。これがただの営利誘拐じゃねえことは、ニルヴァーナにもよくわかっているからな」

へえ、そうでっか、とあいづちを打ったものの、悠人はまだ不安そうな顔をしている。重苦しい沈黙が広がり、荒木田がお茶で喉を潤す音だけが聞こえる。

「ちょっと悠人君、昆布巻き、残してるじゃない。ダメよ、ちゃんと食べなくちゃ」

　芳恵が片づけの手を止めて、声を張り上げた。

「あ、すんまへん。昆布みたいなヌチャヌチャしたもん、苦手なんですわ」

「ダメダメ、これは前祝いのお膳なんだから。カツ丼と昆布巻きで『カッて、よろコンブ』なの。縁起物は残さないのが渡世のしきたりだよ」

　うへえ、かなわんなあ、悠人がしぶしぶ昆布の煮物を口に放り込む。泣きっ面でモグモグ口を動かしている。ほんとうにまずそうだ。荒木田がかすかに頬を緩めるのが見えた。

5

アジトの人質部屋は、いつの間にか、さらに居心地がよさそうな場所になっていた。窓は板で閉ざされたままだが、ランプ型の照明具が二つに増えたせいで、明るくなった。床も段ボールを厚敷きした上に、毛足の長いカーペットがきっちりと並べられて、いくらか暖かい。電気もガスも使えないけれど、小型の石油ストーブを焚けば、朝晩の冷え込みも凌げそうだ。寝具は新品の寝袋が二人分。キッチンには携帯コンロとクーラーボックス、小さな食器棚さえある。

真二がおどろいたのは、人質部屋のまんなかに座卓が置かれて、その上に大量の雑誌やコミック、文庫本が山積みになっていたことだ。パソコンやスマホを使わせるわけにいかないから、本でも読ませておくしか暇つぶしの方法がないのはわかる。けれど、壁に寄りかかってそれぞれ少女コミックと翻訳小説を読みふけっている長尾春香と白石真波を見ると、なんだか妙な気がする。仮にも誘拐された人質が、ここまで優遇されていていいのか。

おまけに座卓の上には、お菓子を盛ったバスケットまである。クッキーにチョコレート、グミにガム、ドライフルーツに鎌倉名物の鳩サブレまで用意されている。キッチンのポリ袋にいろんなペットボトルが入っているところを見ると、飲み物もさぞバラエティに富んで提供されていると想像できた。

「そやかて、またオッサンから大切に扱えちゅうて言われとんのや」

ちょっと甘やかし過ぎじゃないのか、と真二がささやくと悠人は困り顔になった。

「こないだ、ちょいとオレが怒鳴ったやろ。そしたら、とたんに春香が鬱っぽくなりおってなあ。オッサンにえろうとっちめられたわ」

おまえこそ、そない気になるなら、毎日ここへ顔出したらいいんちゃうか、と言われると、真二は一言もない。ここへ来るときは女装しなくてはならないからだ。ヘアピースをつけて、女物の服を着るくらいはがまんできるが、耐えられないのはメイクだ。芳恵にしてもらうだけでも、めんどうくさい。世の中の女は日々、こんな難行に耐えているのかと思うと、リスペクトしたくなってくるほどだ。つい、ここの見張り役はほかの三人に任せてしまいがちだった。

「そんなことより、どうや。例のニルヴァーナのカネ使うて、うまいもんでも食いに行こうやないか」

なにしろ、オレら百万円の小遣い持っとるんやで、と悠人はニヤついていたが、うまいものを食うといっても、チェーン店ではまだ使えないので個人経営の店に行くしかない。フェミニンテイストの小ぎれいなレストランには行く気がしないし、百万円を懐にラーメンを食いに行くのもビミョーだった。蕎麦は古久庵で十分だ。

――印刷業者に化けてニルヴァーナ本部に潜入する作戦は、とめどなく滲む冷汗でシャツが濡れ透るくらいにヒヤヒヤものだった。その朝のニルヴァーナ本部はまさに修羅場だったので、裏門のインターフォンを押してもなかなか応答がない。やっと裏門が開いたと思ったら、出てきたのが春香のボディガード女だったから、真二は息が止まった。

あのときは念入りに女装していたし、この日は素顔に素通しの黒縁メガネを掛け、白いキャップを被っている。服装もグリーンの作業着だ。まさかバレるわけないと思っていても、女の目がこちらの顔に止まった三秒間ほどは、愛想笑いも浮かばなかった。

悠人はこの前のメガネのスーツ姿からキャップに作業着、首にタオルという格好で、念のためにほっぺたに含み綿を詰め込んでいた。ついでに目の上にセロテープを貼って、垂れ瞼にしてある。

搬入口のある事務棟は、裏門から左手に進み、建物の翼棟をまわり込んだ先だった。塀に沿って、回廊のようになったコンクリートの搬入路がある。台車を乗り入れると、思ったより大きな音が耳に響く。窓の多い建物から、誰かが顔をのぞかせるのではないかと、二人は足を速めた。建物の向こう側へ出たとたん、黄金に輝くパゴダが木立の向こうに立ち現れて、ギョッとさせられる。

運のいいことに、搬入口に着くまで、ひとりの職員にも会わなかった。どこからともなく、遠い潮騒に似たざわめきのようなものが聞こえてくるが、はっきりした物音も人声も届いては来ない。搬入口のドアに付いているインターフォンを押すと、たっぷり一分間待たされてドアが開いた。顔を出したのは、神経質そうな小柄な中年男だった。口がとがって耳が大きく、どことなくネズミを連想させる。

「え、印刷所の人？」

やたら目をパチパチさせるその男は、「先週来た人と違うね」といきなり核心を衝いてくる。真二は思わず唾を飲み込もうとするが、なんとかこらえる。いま喉を動かしたら、頭の隅々まで響き渡るような音がするに違いない。悠人がニヤリと笑って半歩前へ出た。

「そうなんすよ。いやあ、ちょっと聞いてくださいよー。一昨日、ウチの社長が会社にカキを持ってきましてね、カキって、ほらオイスターの方です、柿食えば鐘が鳴るなりの方じゃなくて。なんか知り合いからもらったから、みんなで土手鍋やるぞーとか張り切っちゃって。ところが、これが中（あた）っちゃったんですよ。そうです、食中毒。おかげで昨日から社長以下、ほぼ全員が病欠してます。ゲロ吐くのと水下痢が止まらないのとで、トイレから出るに出られないんじゃないすかねー。ええ、たまたまぼくたち貝類が苦手なもんで、ろくすっぽ食べなかったんですよねー。しょうがないから、ネギと豆腐ばっかり食ってたんですけど、それでまあ助かったというか、いや貧乏くじ引かされてるっていうか――」

「ああそう、わかった。それじゃ、手早く済ませてくれるかな」

途中からうんざりした表情を浮かべていた小柄な中年男は、めんどくさそうに手を振るとくるりと背を向けた。はあい、と声を揃えて二人は、台車の前に汚れよけのビニールシートを敷いて、備品倉庫と思われる手近な部屋までゴロゴロと押していく。

「ああ、終わったらいちおう声かけてね」

男は隣の部屋のドアを開けながら振り返って言う。わっかりましたあ、と答えて室内に台車を運び入れる。

「しかしおまえ、いざとなると標準語がスラスラ出るね」

「あたりまえやないか。あとでバレたとき、関西弁使てるやつがおった、言われたらまずいやんけ」

悠人はせかせかと帆布シートを外して、紙屑入り段ボール箱を下ろしはじめる。「そやけど、まずいで。あのオッサン、オレらが出るとき、絶対台車のチェックすると思うわ」

「そうかな。――中をのぞかれたら、段ボール積んでるのがバレちまうような」

荷下ろしを終えて空っぽのはずの台車に、来たときとは別の段ボール箱が積んであったら、どんなトロいやつでもその意味がわかるだろう。

「しゃーない。そんときはオッサンぶちのめして、逃げの一手や」

いや、それは危険だ。どこにどんなセキュリティシステムが設置されているかわからないし、ほかのスタッフに感づかれでもしたら取り返しがつかない。

「よし、こうしよう。こっちの箱を全部下ろしたら、あっちの箱を開けて中身だけ台車にぶちまけろ。上からシートを掛けておけばわかんねえだろ」

「よっしゃ、あっちの箱はそのまま置いとくんやな」

それからの作業は、二人して猛烈なスピードでやってのけたおかげで、おそらく終了するまでに十五分もかからなかっただろう。紙屑入り段ボールを放り投げ、代行紙幣入りの箱を運んできて、蓋をこじあけ、中身を台車の床に落としていく。五箱分バラして台車の床が見えなくなったところで、ビニールシートを上から被せる。バラした箱はもういっぺん組み立てて、もとの場所にもどしておく。

「よーし、完璧や」

悠人が袖で額の汗をぬぐい、真二がフーッと長い息を吐いたとき、

「どう？　そろそろ終わったかな」

ネズミに似たあの中年男がまた顔を出した。部屋の中へ足を運んで、壁に沿って積み上げてある段ボール箱の列を点検する。もとから積まれていた箱が十二箱、ただし

そのうちの五箱、上の段になっているやつは、中身が空っぽだ。搬入されたばかりの紙屑入りが八箱。こっちはもとからの箱の横に、きっちり二段に積み上げてある。

　中年男はどこかケチをつけるところはないかと粗探しするような目で、室内を見まわし、箱の列に目を動かしている。男の腕が持ち上がって、上に積んだ紙屑入りの箱に指が伸びていく。ほんの二センチばかり、下の段とのあいだにズレがあるのに目を留めたのだ。箱を動かして、上下の段がぴっちり揃うようにしようというのだろうか。もし男が箱に手を掛ければ、思いのほか軽いことに気がつくのは確実だ。紙幣入りなら三十キロはあるはずなのに、内容物はスカスカの紙屑なのだから。

「おっと、これは失礼。手が汚れますよ」

　こういうときの悠人の反射神経は、大したものだと認めないわけにいかない。お調子者で気のいい若者キャラそのままに、ヘラヘラと箱に近づくと、いかにも重そうに持ち上げて下の段にぴったり揃え直す。中年男は「ま、いいだろう」と言うようにあごを上げると、台車の方を振り向いた。男の目が台車の帆布シートに注がれる。ここで幸運に恵まれたのは、男の身長がシートの上から台車の床をのぞき込むには、わずかに低かったことだ。

　悠人は親切ごかしにシートのジッパーを開けて、中を見せようとした。床に被せたシートの端っこから、ほんの一センチほど紙幣の角が飛び出しているのに真二が気づいたのは、ジッパーが引き下げられはじめた、その瞬間だ。とっさに真二は中をのぞき込むふりをして、キャップを弾き飛ばした。ジッパーが十分に開いて、中年男がその隙間に顔を突っ込むのと、キャップが紙幣の上にポトリと落ちるのはほぼ同時だった。

三秒間ほどの静寂。もしも中年男が「ちょっとシートをめくってみて」とか「あのキャップをどけてみて」とか口にするようなら、即座に掌底チョップを男の首すじに打ち込むしかない。真二は髪に手をやるポーズを取って、腕を振り下ろそうと待ちかまえた。

「よろしいでしょう。じゃ、撤収してください。ご苦労さま」

クスンと鼻を鳴らしてから、中年男がそう言った。ニセの納品伝票を渡して、急いで台車を外へ押し出す。搬入路を逆に裏門へとたどりながら、真二はいつ中年男の「ああ、ちょっと待ってくれる？」という声がかかるかと、背中がこわばった。つい身体がのけぞり、足は早く逃げたがって小走りになる。裏門が見えてきたところで、表の方で誰かの張りつめた叫び声が響き、木立の間から人影が駆けていくのが見える。パタンパタンとクルマのドアが開け閉めされる音も聞こえてきた。フルスロットルでエンジンを吹かす、大型バイクの爆音。

「だいぶ、パニクっとるみたいやな。身代金奪取作戦がスタートしたんや、きっと」

「放っとけ。逃げるぞ」

台車のシートを外し、支柱を抜いてバンの荷台に押し込むまで三十秒で片づけると、真二は運転席に飛び込んだ。悠人が後部のスライドドアを開けて、フロアに足をかける。エンジンを始動させたとき、中から呼びかける女の声がしたが、真二は振り返ることもせずバンをスタートさせた。

「アホッ、オレをほかすつもりか！」

辛うじてバンのドアにぶら下がった悠人が、曲乗りみたいな恰好でようやく乗り込んでくる。長尾春香を誘拐した朝に走った同じ道を、真二はひたすらアクセルを踏み続けた。

「ニルヴァーナから現金三千万円かっさらうた上に、オレらがガメてきたニセガネもあるわけやろ。あれ、いくらになりよったん？」

「荒木田が、ざっと数えて二千五百万円ちょい、とか言ってたぞ」

千円券の入った箱ならひとつで三千万円相当になるらしいが、二人が持ち出したのは百円券や五百円券ばかりだった。荒木田は文句を言ったが、外からでは箱の中身がわからなかったのだからどうしようもない。それでも約束通り百万円分の代行紙幣をくれたのは、しみったれの荒木田にしては意外だった。やはり現ナマではなく、しょせんニセモノだという感覚があるからだろう。それは真二にしても同じだった。これを何枚か持っていけば、ただでビーフカレーを食ってコーヒーが飲めるのか、と思っても、まあ無料お食事券みたいなものとしか思えない。

紙幣は百円券が薄緑色、五百円券が薄いピンクで、偽造を防ぐためかデザインはけっこう凝っていた。花園らしきところで鳳凰（ほうおう）――それともデカい孔雀（くじゃく）のような鳥が羽を広げた向こうに、小さくパゴダが見えている。

「一日のうちに、ざっと五千万以上も稼ぎよったんか、あのオッサン。こら、この稼業、やめられんわなあ」

アジトの階下、むかしはダイニングだったと思われる部屋で、二人はコーヒーブレイクとしゃれこんでいた。殺風景なフローリングに、マサヨシが実家の物置から持ってきた、背もたれ付きの椅子が二脚とサイドテーブルが置いてある。

「まあ、宗教法人を食い物にしてる紅龍会から、上前ハネただけだけどな」

「けど、オレはあのオッサン、買うてるとこもあるんやで。クスリに手ェ出さんし、オンナをフーゾクに沈めもせんやろ。やるのは経済犯罪一本や。スジが通っとると思わんか」

あまり通っているとも思えなかったが、真二も東映任侠映画や『ゴッドファーザー』が好きなクチだから、麦山組がシャブだのウリだのに手を染めていないのは気に入っている。もっともそのせいで財布の中はいつも心細いのだが。

「そやけど、カネ取ったんやから、あの小娘、返してやらなあかんやろ」

「アレを返したら、こっちもすぐ撤収だな。ぐずぐずしてたら、チャカ握って紅龍会が飛び込んでくるぜ」

今度は火焔瓶とタールちゅうわけにいかんやろなぁ、と悠人がため息を吐く。

「そういや、このまえ、荒木田がほんまは身代金はどうでもええ、みたいなこと言うとったやろ。あれ、どういう意味や」

「だから、誘拐をネタにニルヴァーナをゆするのが目的だからだよ。ついでにニルヴァーナと紅龍会が手がけてるヤバい事業に、ウチも一枚噛ませろってわけだ。外国に本部がある宗教法人には警察も国税も及び腰だから、脱法でも脱税でもやりやすいって荒木田とケンさんが話してたじゃん」

「ちゅうことは、つまりあの小娘を誘拐した時点で、もう目的は達してたわけなんか」

「おまえ、今ごろ、気がついたのかよ」

孫娘の誘拐を予知できなかったという噂が広まれば、霊能者の教祖は信用まる潰れになる。だからゆすりのネタになるんだよ、真二がそう付け加えると、

「それでオッサン、やつらが警察に知らせるはずない、言うてたんか」

おいおい、と真二は真正面から悠人の顔を見た。「それ、わかんなくて、よく今ま

まあそう言われると照れるわな、と何か勘違いしているらしく、頓珍漢(とんちんかん)な答えを返して、悠人は声をひそめた。「なら、もうあの小娘には用はないわけや。どないするんやろな」

「そりゃ、じきにニルヴァーナに返すに決まってる」

「ビデオも撮りまくっとるからなあ。ゆするネタには困らんわな」

ピイピイ鳴く小鳥のさえずりに、バサバサッと大きな羽が羽ばたく音が重なる。キイイッという鋭い威嚇の鳴き声。悠人がズボンのポケットからスマホを取り出した。オオタカがムクドリの群れを襲うシーンの録音だという。趣味のわるい着信音だ。

「ほい、なんや？　ほう、ほんとか。そら、助かるわ……ふん、ふん、いやめんどいことはええんや。えっ？　そらよろこぶに決まっとるがな。ああ、あんじょう伝えとくから。うんうん、ご苦労はん。きっと、ええことあるで」

「なに、誰から？」

「マサヨシや。ええと、なんやスーパー行ったら、春香の大好物のフルーツ大福があったんやて。あいつもロリッ気あるさかいに、春香ちゃんには優しいわなあ」

ひっひっひ、といやらしい笑い方をして、その肩の揺れをそのまま視線を天井に向けた悠人は、あっ、そうや、忘れとった、と真顔になった。

「二階のねえちゃんがな、なんやら気がついたらしいで。ほれ、あのマクフリーたらいうやつが書いた小説と、ガールハントがどうたらいうプリントアウトの」

「バカ、なんでそれを早く言わないんだよ！」

そうかて、ニルヴァーナのあれで忙しうて……と弁解しはじめる悠人の尻にローキックを見舞って、真二は階段を駆け上がった。

人質部屋の壁に並んでもたれていた真波と春香が、リスの姉妹みたいに、そろって首をまわす。真波の目は好奇心を湛えるように輝いているが、春香の方は恐れに瞳が小石になっている。

あ、なんでもないんだ、と言いそうになって真二はあわてて「なんでもないの」と言い直す。真二の声はカウンターテノールなのだが、それでも女声としては低めに聞こえるので、どうしても小声になってしまう。

「あの、何かわかったんですか。マクフリーの」

「あ、いえ、大したことじゃないんですけど」

真波は額に落ちかかる髪を掻きあげながら、崩していた膝を正座に直す。ここへ連れてこられたとき着ていたツーピースは脱いで、マサヨシが買いこんできたダークブルーのトレーナーに着替えている。スタイルがよくて締まった体つきなので、そうしているとスポーツジムのインストラクターのようにも見えた。

「お読みになっていればおわかりでしょうけど、あの原稿はマクフリーの*The sweet kidnapping*を模倣して書いたように見えます。ストーリーの展開が似ていますし、テーマ的にもつながっているように思えますから。人間のなんというか非合理性みたいなもの、じつはそれは本能とか無意識のレベルから照射すれば、むしろ理性よりも合理的とも言えるわけですけれど、そういうデモーニッシュなものが──」

「あ、ちょっと待って」

真二は片手を上げた。「こっちはそういう話はよくわからないんで。つまり、ストーリーもテーマも似ているから、あの本を真似したんだろう、ということ?」

「最初に走り読みしたときはそう思いました」

真波は顔を上げて、まともに真二の目を見た。やや細いがきれいな目が、強い光を帯びて凛と張っている。「でも二度めに読んでみて、そうではないように思えてきました。あのプリントアウトは、マクフリーの小説が出るより前に書かれたのだと思います」

「じゃあ、まったく別々に書かれた小説が、たまたまそっくりになったってこと?」

びっくりした拍子に地声が出てしまう。「そんな偶然ってあるの」

「ふつうは考えられませんけど、そうでないとしたら、マックフリーの方がこの原稿の真似をしたとしか……」

「……それはないでしょ、いくらなんでも」

イギリスのれっきとした作家が、日本の素人の書いた原稿をパクるなんてこと、ありえるはずがない。

「プリントアウトの方が先に書かれたと推定できる理由は二つあります。ひとつは、マックフリーの本を読んで真似たとしたら、不自然なくらい小説のできがわるい箇所がいくつもあることです。たとえば」

真波の声質はもともと聞きやすく癖がないが、わずかにさえずるような響きが混じり込んでいる。自分の好きな話題を熱を込めてしゃべるときの昂揚感が、真波の顔にも生気をよみがえらせている。

「メインのストーリーはほぼ似ているんですけど、それを支える脇すじのエピソードが違うんです。マクフリーの方はさすがに巧くて、さらっと読んだだけではごく自然な流れにしか見えないものが、あとで本すじに深くかかわってくるんです。主人公の内面を鋭く映し出しているというか、エピソードの意味があとになるほど重くなってくるみたいな。でも、プリントアウトの方はそれがありません。その場の思いつきみたいな感じで、はっきり言ってしまうと、その話はなくてもいいんじゃないの、というようなものが多い。小説の勉強をするためだったら、そっくりそのまま筆写した方がマクフリーの小説作りの巧さがわかると思うんです。わざわざ下手くそに作り替える意味がありません」

　ははあ、と真二は聞き入るだけだった。真波はマクフリーの小説に登場する男女の名を挙げて、主人公のひとりの女は男に手ひどい裏切りを受けたと思い込むのだが、あとになると、それは女への一種の労りだったことがわかる。そのエピソードが主人公の人生全般に対する見方を変えていくのだ、と唾が飛んできそうな口調で話した。

「……こういうことは考えられない？　プリントアウトの作者は、一生懸命マクフリーを真似しようと思ったんだけど、センスがないのでオリジナルのよさが理解できなくて、下手くそに作り替えちゃった、みたいな」

「うーん。でもオリジナルと違っているところでも、けっこういい部分もあるんですよね。数は少ないですけど。それに表現が斬新でいいな、と思えるところもあるし。その程度にはセンスのある人が、オリジナルを読んでいたらあんなふうな改変はしないと思います」

「なるほど。すると、原稿が先に書かれたと思われるもうひとつの理由というのは？」

「あくまで傍証的なものなんですけど……もうひとつの理由というのは、これです」

　真波が示したのは、プリントアウトの最後のページだった。そこだけは原稿の体裁ではなく、パソコンのファイル管理ページのような表記になっている。ドキュメントの作成記録がずらずらと並べられていた。

「ここに二十件くらいの管理記録が載っていますね」

真波は紙の上に指をすべらせた。「最終更新日時と文書の種類、それとサイズが記載されています。なんでこのページをわざわざプリントして、原稿といっしょにしてあったんでしょうか」

「この原稿を書いたときの記録がここに載っているから……じゃないの」

「そうだと思います。この中に名前がGHとなっている項目がいくつかありますよね。最初のはGHだけで、そのつぎのにはⅡ、そのつぎはⅢという数字が付いています」

GHと記された項目は四つあって、最新のものはⅣの印が付いている。GHが「ガール・ハンティング」の意味だとすると、原稿には四つのバージョンがあるということか。

「いちばん古いものは、最終更新が二年前になっていますね。文書サイズも最初は285KBだったのが、少しずつ増えています」

真波の言うとおり、原稿は二年前の三月、同じ年の十一月、去年の八月、そして最新のⅣは今年の五月に更新されていた。最新のデータのサイズは527KBだ。

「KBはキロバイトのことですけど、ざっと文字数で換算すると、最初のサイズは約十万字くらいになります。ふつうの文章にすると、白地部分を除いて、原稿用紙で三百枚くらいでしょうか」

「すると最新のはその二倍弱くらい？」

真二は手もとのプリントアウトに目を落とした。四十字の四十行詰めで百三十ページ弱、つまり四百字換算だと約五百二十枚。ＧＨⅣの分量とほぼ一致する。

「てことは、ＧＨの原稿は二年前の春以前から書き継がれていて、今年の五月に完成した？」

「ええ。そう考えると納得できるんです。だから、第一稿は少なくともマクフリーの原書が出版される二年近くまえには書かれていたんじゃないですか」

知らず知らず、真二は男しぐさで高々と腕を組んでいた。横座りしていたのが、いつのまにか片膝を伸ばして脚を放り出してしまっている。真波の言うとおりだとすると、いったいどういう――？

「この本と原稿のことだけど、これが手に入ったのには、ちょっと複雑な事情があって」

思い切って真二は、その複雑な事情の一部を真波に話してみようと思った。自分たちがある事件の直後にたまたまその現場に行き合わせる不運に見舞われたこと、そこにこの本と原稿が落ちていたこと、つい拾ってきてしまったが、関わりになりたくないので警察には届けていないこと、できれば自分たちでこの二つの意味するもの、それが事件と関係があるのかどうか突き止めたいと考えていること。

「じゃあ、これは犯人の遺留品かもしれないんですね。それとも、犯人が現場から持ち出そうとしたものかも」

真波の勘のよさに真二はおどろいたが、その質問の答えが二者択一ならおそらく後者だろうと言うにとどめた。稲村徳也の居室の荒らされようから推測すると、犯人が何かを探していたのは確かだし、それがこの本と原稿であるのはほぼまちがいない。目当てのものを手に入れたあと、犯人は大急ぎで裏庭の塀を乗り越えようとしたのだ。その際に、本とプリントアウトを入れた鞄を取り落としたが、拾いにもどる時間はなかった。真二と悠人が稲村に声をかけながら、すでに家の中に入ってきていたからだ。

稲村は英語の個人教授もしていて、島本の話を信じるなら、弟子のひとりと激しい口論をしていたことがあるという。その口論の原因は、ひょっとすると、マクフリーの*The sweet kidnapping*とこのプリントアウトだったかもしれない。もしそうだと仮定すると、どんなことが考えられるのか。その問いをひとりごとのようにつぶやいた真二は、思いもよらない真波の返しに、ほとんどぼんやりしてしまった。

「犯人――と言ってしまいますけど――は三年前から自分が書いていた原稿を、その被害者の方に預けていたんじゃないでしょうか。犯人が教え子で被害者が先生なら、そういうことはありえますよね。ところが今年になって出版された*The sweet kidnapping*を読んだら、なんと自分の小説とそっくりだった。もちろん格段にもソフイスティケートされてはいるけれど、これは自分が書いたものだ。そう思い込んだとしたら、当然先生に事情を確かめに行くと思います。それでもし――もし、先生とマクフリーの間に、何かのつながりがあったとしたら、それを犯人が知っていたとしたら」

真波はうつむくように部屋の隅へと目を逸らした。「先生に裏切られた、とそう思い込んでしまったのかもしれません」

第五章
はじまりの終わり　終わりのはじまり

5

1

「これ見てみい。えらいことになっとるで」

えらくまじめな声で悠人が突き出したスマホのディスプレイには、ニュースサイトが映されている。真二はマサヨシから借りたロードスターを古久庵の駐車場にバックで入れながら、ニュースなんか気にしている場合か、と舌打ちした。考えなくてはならないことがあり過ぎて、目がまわりそうだ。将棋とチェスを同時に進めながら、ミステリーゲームをやっているような気分だった。世間のニュースなんかどうでもいい。

「アホぬかせ。どうでもええニュースかどうか、見ろちゅうとんのや」

めずらしく険のある声に振り向いた真二は、画面に投げた目をたちまち見開いた。

〈調布ヤミ金殺しに新展開か〉という記事のタイトルが目に飛び込んできたからだ。

〈調布市で起きたヤミ金融業者、稲村徳也さんの殺害事件の捜査本部は、稲村さんの自宅から大量の借用証のほか、各種有価証券が持ち去られたとの見方を示した。稲村さんは債権証書、手形、宝くじ当籤券、当たり馬券などを割高で買い取り、暴力団関係者に流していた疑いがあり、捜査本部ではマネー洗浄に利用されたとの疑惑を深めている。殺人事件と有価証券紛失との関わりを引き続き追及する考えだ〉

「おいおい、ヤバイじゃないかよ」

宝くじの当籤券を悪用していた稲村徳也が殺されて、宝くじを含む有価証券が盗まれた。当然警察はそれを主な動機のひとつと考える。そこへ高額当籤券を換金に現れたのが、暴力団周辺者だったらどうなるか。しかもそれが売られたのが、稲村宅からほど近い調布の売り場だと判明したら。

ハロウィンジャンボは稲村の事件のあとで当籤券が確定しているから、稲村宅から盗まれたとは警察も考えないだろう。だが、強い関心を引くことは間違いない。そしてもっとまずいのは、警察が動けばいずれ麦山組に、というより荒木田に情報がもたらされることだ。真二も悠人も自身では宝くじを換金できない。同業者の暴力団員やその周辺者に話を持ち込むのは危険すぎる。弱みをつかまれれば、とことん毟られるのは目に見えている。そうかといって、これほどヤバい話の片棒を堅気に担がせるわけにはいかない。だいいち、そこまで信じられるほかの人間を、真二は知らなかった。信じられるのは悠人だけだ。

「その続き、読んでみい。もっとヤバいこと書いてあるで」

画面をスクロールする。〈――消息筋によれば、警視庁は近年、暴力団の資金洗浄対策に力を注いでおり、防犯カメラの活用など含め、この事件の情報の洗い出しに努めている。なお宝くじ販売店に設置されている売り場カメラについても、同様〉

「……これ、ヤバい話だよな？」

警察が調布駅から稲村宅にかけての防犯カメラをチェックしているのは、鷲津、篠井の刑事コンビからも聞かされている。

「アホか、激ヤバやんか。宝くじの売り場があるんは、たいてい人通りの多いところやで。防犯カメラが近くにあるやんか。おまけに販売店にもカメラがあるちゅうことや」

そうだな、と真二は唾を呑んだ。これはまずい。とんでもなくまずい。

「それだけやないで」悠人が言った。「誰が当たり券、換金するにしてもやな、銀行に買った売り場と日付を言わなあかんのやろ。もし警察が売り場カメラも調べる、言うてみい。実際に買うた者以外、誰にも代役なんか頼めんちゅうことや」

悠人は口をもぐもぐさせている合間にも、ひっきりなしにしゃべっていた。

「オレはな、オレの憧れとるヒーローを探してんねん。『花と龍』の健さんとか、文太アニキの『夜桜銀次』とか、オトコが惚れるオトコやな。こっちのケンさんもそのひとりや思うんやけど、それ言うといやがられるんやなあ」

「だって、今のケンさんは素ッ堅気なんだもの。このお店は鬼小路の親分からすっかり任せられているけど、やっぱり預かりものでしょ。だから信頼できる弟子にここを手渡して、ケンさん流の古久庵新店を開きたいのよ。親分ももう堅志には十分働いてもらったからあとは好きにしてくれ、って言ってくれてるし、土地探しだってボッボツはじめているんだから」

芳恵はちょっと唇をすぼめるようにして、だからもう悠人君のヒーロー像からも解放してあげてね、と言葉を継いだ。

「それより、ケンさんに憧れるんなら、新しいお店を手伝いに来てよ」

「いやいや、オレは商売には向かんと思いますわ。気に入らん客がおったら、おとなしゅうしていられへんし」

悠人はのんきそうに言う。ついさっき、厳しい顔をしていたのが嘘みたいだ。

「それで、新しいお店のことはもうメドがついているんですか」

真二が尋ねたのは、こうしてお別れの午餐会を開いてくれたケンさんと芳恵への気遣いのつもりだった。芳恵の口から、そうなの、じつはね、鎌倉のどこそこにちょうどいい出物があって、というような景気のいい話題が飛び出すのを期待していたのだが、

「……まあ、ほとんどのメドはね。おカネ以外は」

「なんや、それがいっち大事やおまへんか。カネがないのは首がないのとおんなじ、ちゅうて――ぐえっ！」

速攻で悠人のわき腹に肘打ちを食らわせて、真二は声をひそめる。

「具体的には、あとどのくらいあれば――？」

「どうせならいい場所でやりたいんだけど、そういうところは家賃がハンパないでしょ。だから土地もお店も自分のものにしてからじゃないと、やっぱりねえ」

　そこで芳恵も声をひそめた。「頭金くらいは用意できているんだけどね」

　上がり座敷のテーブルに並べられた、蕎麦豆腐、ニシン棒、だし巻き卵、軍鶏のサラダ仕立て、ジビエすき焼き小鍋、天麩羅五点盛りはあらかた食べ尽くされて、最後に出てきたのはもちろん手打ち蕎麦の蒸籠（せいろ）だった。

「きょうの蕎麦はとりわけ出来がいいんですよ。お代わりもどうぞ遠慮なく」

　あいかわらず無駄なことは言わず、表情も変えないケンさんが、このときだけはめずらしく微笑んでくれる。「ニルヴァーナの例の件も、無事終了したそうですね？」

「ええ。あとはタマを向こうに返しに行くだけですけど」

「これが済んだら、さっさと東京へもどった方がいいですよ。向こうはもう誰にやられたのか知っているだろうから」

「はい、そうするつもりです。でもケンさんは大丈夫なんですか。麦山組との関わりで紅龍会に意趣返しされるなんてことは？」

「私はこの辺の者なら誰でも知っていることを知らせただけですから。それに組への形ばかりの恩返しのつもりで、これを最後に組との縁は切れることになっていますので」

「ほえー、そうなんでっか。じゃあ、ケンさんもほんとに素ッ堅気になりなさる？」

「これからは真っ正直に蕎麦屋一本です」

またの機会があればよろしく、と膝を揃えたケンさんに、悠人は大あぐらで蕎麦を手繰りながら言う。

「まあ正直者の頭に神宿る、とも言いますやん。きっとええことがありまっせ」

なんだ、そのエラソーな態度は、と真二はもう一発肘鉄砲を食らわそうと身構えたが、ケンさんはあくまでもよく出来た人だった。

「そうだといいんですがね。本日のデザートは、みなさんに縁起のいいことが起きますように、特製の祝い餅を作ってみました」

ケンさんがお盆に載せて差し出したのは、紅白に色付けされた、楕円形の焼き餅だった。紅い方からは生姜の、白い方からは胡麻の香ばしい匂いがそこはかとなく漂った。

2

先を行くレンタカーの白いシルフィは悠人が運転し、後部座席に長尾春香と白石真波が頭を並べている。後ろから行くのはマサヨシが運転するブルーのグレイス。これもレンタカーだ。春香を返しに行くとなると、紅龍会がうろうろしているニルヴァーナ本部に近づかなくてはならない。ポルシェとセレナは覚えられている危険があるというので、わざわざ小田原でレンタカーを手配したのだ。

「けど、なんか調子狂っちゃうスよね」

旧桐ケ谷団地の外周路から東南へ向かう県道へ出た辺りで、マサヨシが言った。「なんていうか、こんな誘拐ってあるんスかね。悠人さん、女の子二人とドライブしてるみたいにしか見えませんよ」

きょうの悠人はフランケンのマスクこそ着けていないが、いちおうスーツに黒縁メガネ、白マスクとサラリーマン風の変装は施している。だがしょっちゅう後ろを振り返って何かしゃべっているし、身振り手振りも大きいようだ。

「あそこのアジト、なんとなく仲間で溜まってるみたいで、自分、ちょっと楽しかったスよ。春香ちゃんも初めは泣いてばかりいたけど、だんだん打ち解けてきてましたし」

「おまえはずっとあの子たちのお世話係だったもんな」

「これで解散かと思うと、ちょっと寂しいッス」

マサヨシは根が寂しがり屋――不良はたいていそうだが――なのか、妙にシュンとしている。おまえ、まさか春香ちゃんが好きになったのと違うか、とからかうと、

「な、なに言ってるんスか。あんなガキなんか、好きになるわけないじゃないスか」

　赤くなって怒ったふりをする。ふりだけだ。ほんとうに怒っていない証拠に、生まじめに引き締めている顔の後ろから、ちょっぴりうれしそうな表情がチラチラのぞいている。

「けど身代金は取れたし、ニルヴァーナの変なお札も手に入ったし、人質は無事に帰るし、なんか、いい誘拐だったんじゃないスか、これって」

　マサヨシはいつになく饒舌だった。語彙の乏しい話は単調だったが、要するに、身代金受け渡しに失敗したあげく人質が殺されるような愚かな誘拐犯罪にくらべれば、これはとてもまっとうな誘拐だと言うのだった。

「まあな。でも荒木田のオッサンが手に入れた人質は、ほんとは春香ちゃんだけじゃないんだけどな。だからまだ返されてもいないし、たぶん返すつもりなんかない」

「どういうことッスか、それ」

「てゆーか、ほんとの人質はニルヴァーナの信用なわけよ。春香ちゃんが誘拐されたことも、代用紙幣を大量に盗まれたことも、もし外部に洩れたらニルヴァーナの信用が深く傷つくだろ。荒木田はいつでも好きに使える切り札を手に入れたんだ」

「ああ、それで春香ちゃんのビデオ、撮ってたんスね。悠人さん、けさも撮ってましたよ」

「そういうこと。わるいやつだよ、荒木田は」

車は青蓮寺川から離れて、畑と森に区切られたまばらな住宅街を通り抜けていく。地方小都市はどこもそうだが、桐ケ谷も人口の八割が中心部に集まっていた。駅が近づくにつれて、住宅の密度が上がる。二台のセダンはだんだん人通りの増えてくる道を安全運転で進んでいた。こんなタイミングでネズミ捕りに引っかかるわけにはいかないからだ。

まもなく桐ケ谷駅前の商店街に差しかかった。アーケードのポールに、紺地に金色のユリの花みたいな意匠のワッペンがずらりと並んでいる。桐ケ谷に来た最初の日に目にしたときはなんだろうと思ったものだが、それがニルヴァーナの代用紙幣を使える店のマークだと今ではわかっている。あれからそれほど日にちが経っていないのに、マークのある店は増えているようだ。

商店街が途切れると道は分岐点に差しかかる。直進すれば鎌倉方面、左にルートを取れば、また森と畑の続く道。その先に高い塀をめぐらせているのが、宗教法人ニルヴァーナの本部だ。見ていると、左のわき道へ折れていく乗用車が二台、三台と続き、しばらく切れたあとにまた一台、二台と曲がっていく。

それらの乗用車がニルヴァーナの、イオンモールのそれに匹敵するくらい広い駐車場に吸い込まれていく。駐車場の横を通り過ぎ、長いニルヴァーナの塀に沿って走ったあとで、ようやく白いシルフィは停まった。ニルヴァーナの裏門、あの日悠人が春香と白石真波を車に押し込んだ、あの場所を二十メートルほど行き過ぎた大きなイチョウの下だった。

後部ドアが開く。制服姿にもどっている春香の左足が路面を踏んだとき、悠人が運転席から腕を伸ばして、なにか小さな包みを手渡すのが見えた。車から降り立った春香はまぶしそうに空を見上げ、建物の裏門をちょっと首を傾げて眺めた。

車の窓から白石真波が手を差し伸べる。彼女ももう、ターコイズブルーのツーピースにもどっている。真波の手を春香がそっと握る。つながった手が三度四度と上下している。真波が何か言葉をかけるたびに、春香はこくりこくりとうなずいている。右の肩に通学用のリュック、そして左手には悠人から渡された小さな包みがしっかり握られていた。

「悠人さん、春香ちゃんに何を渡したんですかね」

「フルーツ大福じゃないのか」

「はあ？　なんスか、それ……あ、春香ちゃん、また泣いてるみたいッスね」

マサヨシがハンドルに寄りかかりながら、切なそうに言った。なんでもないときでも涙の気配を漂わせている春香の目が、この距離からでもはっきり潤んでいるのがわかる。真波がウィンドウを閉めて、春香は一歩車から離れた。そして無理やり笑顔を作ると、くるりと身をひるがえし――こちらを向いた春香の目は赤かった。

小走りに近づいてきた春香がグレイスの横を通り過ぎようとする。その一瞬、首だけこちらに向けると、なんとマサヨシに向かって小さく手を振ったのだ。

マサヨシがあわてて体をよじって、手を振り返す。こちらはサイドウィンドウを手のひらで拭いているのかと見まがうような、大げさな動きで。

春香の姿がどんどん遠ざかり、裏門の前に立ったとき、悠人がシルフィをスタートさせた。ぐんぐん加速するシルフィを、その場を立ち去りがたい風情でグレイスが追いかけていく。バックミラーに、裏門が開いてその中へと春香が呑み込まれていくのが見えた。

マサヨシの横顔を真二は盗み見る。怒ったような顔つきで、わずかに顔が赤らんでいるようだ。唇がギュッと結ばれているから、ここで何か話しかけても、ろくな返事は返ってこない。おそらく、マサヨシが春香と間近に会える機会は、もう二度とないだろう。

真二は視線を前方にもどした。やれやれ、ここにも泣き虫がひとりいるぞ。

側道をぐるりとまわって県道にもどってくると、悠人はシルフィをファミレスの駐車場に突っ込んだ。マサヨシもその隣のスペースにグレイスを乗り入れる。

「真二、こっちに乗ってくれや」

　春香を返してしまったのでもう変装はやめだというつもりか、悠人は伊達メガネもマスクも取って、ネクタイまでゆるめている。せっかく女装しているのに本名を呼ぶな、バカ、と無言のうちに吐き捨てながら、真二はシルフィの後部ドアに近づいた。

「オレら、これからもう一件、片づけなあかん仕事があるんや。マサヨシ、わるいけどもうひとまわり頼むわ。ニルヴァーナの周りとアジトの周り、ぐるっとまわってみてくれへんか。紅龍会のボンクラどもが、なんやらしくさるかもしれへん」

「――はあ。わかりましたぁ」

　腑に落ちない顔をしていたが、悠人に「早よ行けや」と手を振られると、停めたばかりのエンジンをまた始動させる。

「その車は適当に返しといてくれるか。気に入ったら乗り逃げしてもかまへんで」

「なに言ってるんスか。オレの免許証で借りてるのに、そんなことできるわけないっしょ」

「あ、そやったか。まあええわ。あとのことはまた電話するわ」

　グレイスを動かしかけたマサヨシが、窓から首を伸ばした。

「それから、この前の話ッスけど」

「あん？　なんや、この前の話って」

「えー⁉　ほら、オレも真二さんや悠人さんみたいに麦山組に入れてもらえないかって話ですよ。あれ、荒木田さんに――」

「まだ、そないなこと言うとんのかい。しょうもないやつやなあ」

ちょっと待て、と真二はマサヨシの耳に口を寄せてささやいた。

「おまえ、なんか勘違いしてないか。オレも悠人もまだ盃はもらってないんだぞ。それにいま暴力団なんかに入ったら、銀行口座も開けなくなるし部屋を借りることもできない、ローンを組むことだってできないんだ。たとえ足抜けしても五年間はそのまんまだから、まともに生活さえできなくなる。とんでもない貧乏くじだ。考え直せ」

その話は悠人さんに聞きました、とマサヨシはうつむく。

「だったら、なんで――」

「よーし、わかったわかった。今度、オレらが事業起こしたら雇ってやるわ。いっしょにやろうやないか、マサヨシ」

悠人がまたテキトーなことを言い、マサヨシは気を取り直したのかどうか、「そんじゃ、あとで電話していいッスか」と言いながらグレイスをスタートさせる。

おお、いつでもええで、待っとるわ、という悠人の声に送られてグレイスは県道へと出ていく。悠人はのんきそうにヒョコヒョコとファミレスの入り口をめざして歩き出し、真波はなぜか駐車場のあちこちに散在する車に探すような視線を投げかけていた。それにしてもこの妙な女はどういうつもりなのだろう。春香は解放されたというのに、彼女自身は逃げ出そうともしていない。ファミレスの中は空いていた。悠人は真波の腕をつかむようにして、奥まった六人掛けボックスのさらに奥まった席にすわらせる。その隣に恋人あるいは拘束者然として座を占め、しかたがないので真二は真波の向かいに腰を下ろした。マサヨシも誘ってやればよかったのに、と思いながら、真二は声を低くして訊いた。

「それで、どうするの、この人」

目の前にすわっている真波を目だけで指して言う。「この人も返さなくちゃならないでしょ。このあとのことはどうするわけ」

「もうすっかりバレとんのや、何もかも。真二もそないなしゃべり方せんでええわ」

悠人がヘラヘラ言うと、隣で真波が目を笑わせてうなずきかける。

「女装、とってもお上手なのでおどろきました。三日めまでは女性だとばっかり思っていたんですよ」

三日めだって？　それじゃ、そのあとはずっとバレていたってことか。

「あのな、荒木田のオッサンがな、こないだめずらしうアジトにやってきてな。こんな話、真波ちゃんにしとったんや。——今度のことは大きな暴力団の勢力争いが背景にある。あんたと春香ちゃんはそれにたまたま巻き込まれただけや。けど、そういうことやから、もしこれがあんたの口から世間に伝わりでもしよると、こっちだけでのうて敵方もめっちゃこまる。こっちもあんたに落とし前つけてもらわなならんが、敵方もおんなじや。どういう意味か、わかるやろ。てな調子でな」

「ですから、もちろん決して口外はしませんと約束しました」

真波が上唇をひるがえすような笑い方をして、白い歯が一瞬ひらめいた。なぜその美しい歯がすぐに慎ましやかに消えてしまったのか、その理由はすぐにわかった。テーブルの上にぼんやりした影が落ちたからである。目を上げると、憔悴した感じの、生まじめそうな初老の男が立っていた。

「――父です」

真波がささやくような声で、けれど重大な秘密を打ち明けるように言った。

3

「このたびは、まことにとんだご迷惑をおかけしてしまいました。この通りです」

深々と頭を下げている悠人を見て、呆気に取られていた真二は隣にすわった男にあわてて低頭した。

「またこんなところまでご足労いただいて、申しわけありませんでした。ただ、ご覧のようにお嬢さんはお元気です。心身ともに問題ありません」

「いや、もう……なんと言えばいいのか……その、正直なところ、まだ何がなんだかわかっておらんのです」

白石真波の父だという六十年配の男は、化繊の濃紺のブレザーをきちんと着込み、シルバー地に赤いストライプのネクタイをきつく締めている。いかにも善良な市民として、実直にこの年まで生きてきたというタイプだった。

「ですが、とりあえず……」

真波の父親はビジネスバッグを開いて、大きめの茶封筒に入った、ランチボックスくらいの包みを取り出した。「お申し越しの通り、千五百万円、ございます。お確かめください」

かるくうなずくと、悠人は様子ぶった態度で包みを受け取る。茶封筒を逆さにすると、帯封の付いた百万円の束がドサドサと落ちてきた。ひぃ、ふぅ、みぃ、よぅ、と駄菓子屋のおばちゃんが十円玉を数えるように、ぞんざいに数えて、悠人は手早く札束を揃える。

「たしかに。お疲れさまでした」

ホッとしたように顔を和らげる真波の父親と、鼻歌でも歌いだしそうな悠人の顔を、真二はテニスのラリーを見つめるギャラリーみたいに何度も見くらべた。何なんだ、これは。千五百万円ってなんだ？　なぜ悠人はこんな余裕かました顔で、札束を自分

のバッグにしまおうとする⁉

「……どういうことだ」

喉が詰まったような声が出た。真波の父親は隣にいる女がいきなり男の声を出したのでおどろいたようだが、そんなことに気を遣ってはいられない。

「ああ？　おお、これか。これはおまえ、大きな声では言われへんけど、身代金や。ほれ、身代金きっちり取っておかんと、口封じに抜けがあったらあかんて、荒木田も納得しとったやないか。だからな、こうしてダメ押しにカネ取っときましたで、ちゅうてあのオッサンに届けてやるわけやな」

誘拐犯がファミレスで被害者の父と待ち合わせて、身代金の受け渡しをする⁉　あまりにシュールな状況に、真二は見えない棍棒で頭を殴られたような気がしていた。周りの事態を理解する思考力のボタンが、どこか遠くで掛け違ってしまったような――そこで真二はハッとしてファミレスの広い店内を見まわした。どこの世界に娘の身代金を持って、ひとりでのこのこファミレスにやってくる父親がいる？　警察がついてきているはずだ。目立たない身なりをした男たちを探して、真二は目に入る限りのすべてのボックスを見渡した。遠くの席をうかがうために、中腰になって身を乗り出しさえした。

「何しとるんや、そないきょろきょろして」

警察だよ、警察とささやくと、悠人はふふぁふぁふぁ、というようなふざけた笑いを上げ、真波はうつむいてクスッと声を洩らした。真顔のままなのは、隣の父親だけだ。

「警察はおらんで。……ねえ、植草さん？」

「はい、それはもう。私どもとしても、せっかく破格の好条件をいただいたのですから」

今度は、真波の父親がわけのわからないことを言い出した。

「ええか、真二。植草さんには千五百万円、身代金届けてもろた代わりに、迷惑料を三千五百万円差し上げてあるんや。ほんなら警察なんぞ連れてくるわけなかろうが」

「――ちょっ、ちょっと待ってくれ。植草……さん？　だって真波ちゃんのお父さんなら、白石さんじゃないの？」

「すみません。父も私も植草なんです。私、ほんとうは植草菜々美といいます」

白石真波じゃなくて、誰だって？　迷惑料に三千五百万円？　そんな途方もないカネがいったいどこから出て来たんだ？

「ほーれ、忘れてしもたか？　調布辺りの自動車部品屋で、追い込みかけられてたとこあったやろ。店のバイト脅したり、取引先にいやがらせしたり、手形パクったり」

真二はテーブルに右肘を突いて、その手のひらを額に当てた。ジッと目をつむり、頭の中の疾風怒濤が静まるのを待った。荒立っていた波が少しずつおさまり、どうにか脳ミソをフリーズさせていたバグが消えていく。乱れ散っていたピースがひとつ、またひとつと組み合わさって、ある形を作ろうとしていた。真波が真波ではなく植草菜々美だということは、つまり悠人が嘘をついていたということだ。悠人はなぜ、いつからそんな嘘を——真二はかるく頭を振った。いや、そのことはあとでいい。それより重大なのは、カネの出どころだ。ヘタを踏むと冗談抜きで命にかかわる。

「おまえ、まさか荒木田からカネをガメたのか⁉ あっちの——ニルヴァーナの身代金」

「誰がそんな危ないことしますかいな。バレたら速攻、殺されるで。だいいち、あのカネはオッサンが大事に抱えて帰ったやないか」

「それじゃ、なんのカネ……？」

「まあ、オッサンからガメたちゅう言い方すれば、ガメたには変わらへんけどな」

含み笑いを洩らしてから、悠人はチラリと真波——いや植草菜々美——に意味ありげな視線を送る。もう菜々美にはこの話をしたことがあるんだな、と菜々美の顔を見て真二は確信した。悠人はそれを脚色して、もう一度しゃべって聞かせるつもりなのだろう。得意なときの悠人の癖で、唇の端っこがうれしそうにピクピクしている。

「わからんか、オレの言うてること。宝くじや。た、か、ら、く、じ！」

今度こそ、真二の頭の中は真っ白になった。

まあ平たく言うとな、こういうこっちゃ。そう言って、悠人は話しはじめた。

そもそも最初に悠人の中である考え――そのときにはまだ考えの細胞核みたいなものでしかなかったが――が芽生えたのは、植草自動車部品の追い込みに行かされた初日だったという。営業車を引っ張り出しにきたバイトを脅しつけて追い返したあと、縁石に腰かけて缶コーヒーを飲んでいた悠人の前に、いきなりジーンズ姿の女が大股でツカツカと近づいてきた。何気なく見上げた悠人は、思わずドキリとした。

「まあ言うたらなんやけど、ひと目惚れっちゅうやつやな」

悠人は照れくさそうに鼻の頭を掻き、真波、ではなくて菜々美は唇に微笑みを湛えてうつむいている。よくもまあ相手の父親が目の前にいるのに、そんな歯の浮くようなセリフを吐けるものだ。ともかく、その日から悠人はそれまでいやいや行っていた植草部品の駐車場に、熱心に通うようになった。もちろん部品屋のバイトを脅すためではなく、菜々美の顔を見るためだ。三日めに、初めて言葉を交わすことができた。それからだんだん交わされる言葉の数が増えて、植草部品の内情を聞かされるようになった。

「ほんで、同情ちゅうたら変やけど、これはウチの組のやっとることが無理スジやな、思うようになってん。なんとかこの子、助けてやれへんやろか、そう思うようになってなあ」

「それでおまえ、オレが手伝いにもどろうかと言ったら、妙にきっぱり断ったのか」

「ま、そういうこっちゃ。真二に来られてもうたら、助けるわけにもいかへんしな」

そしてそのすぐあとだ。荒木田に買いに行かされたハロウィンジャンボ宝くじが、一等前後賞の「前賞」に当籤していることがわかったのは。そこから悠人の細胞核レベルの考えが育ちはじめる。核は減数分裂を繰り返し、あっという間に細胞はどんどん増えていく。

「そらもう、誰かて、そんなら一億円ガメたろ、すぐにそないに思いつくわな」

「思いつかねえって。ヤクザのカネだぞ。そんなヤバいものガメたら指詰めくらいじゃ済みっこないじゃん。百パー、山に埋められるって」

「だから頭を使たんやないか。死にもの狂いで考えとったら、ポッとええアイデアが浮かぶもんやで、ホンマ」

そのいい考えのとっかかりは、まず荒木田に宝くじ抽籤券のことを忘れさせることだった。どうすれば、そうできるか。宝くじどころではない騒ぎをでっち上げて、荒木田の注意を逸らすことだ。

「えっ、それじゃ、組の事務所が紅龍会に荒らされたっていうのは――⁉」

あのときは火焔瓶が投げ込まれ、部屋中にコールタールがぶちまけられ、とりわけ荒木田のデスクは引き出しの中にまでタールを流し込まれた。あの大騒ぎは――⁉

「そやねん。オレがやってもうた」

「おまえ、なんてことを……」

てっきり紅龍会の仕業だと思い込んだ荒木田は、まんまと悠人の企みに引っかかった。折から宗教法人利権を悪用するニルヴァーナに食い込みを図っていた荒木田には、そう信じ込むだけの心理的背景があったのだ。紅龍会とのしのぎを削る戦いがはじまると思えば、宝くじの抽籤結果を気にするどころではない。これまで十何年も買い続けて最高の当たりくじが五十万円ほどだったというのだから、荒木田にとって宝くじを買うのはルーティンワークならぬルーティン縁起担ぎみたいなものなのだろう。

「でも、おまえ、当籤した券だけはバーコードにタールがかかってなかったって――」

「あたりまえやないか。それだけ先に抜いといてから、タールぶちまけたんやから」

「じゃあ、あの電話のとき、もう抽籤結果を知ってたんだ⁉」

桐ケ谷に着いたあと、悠人だけが数日間、植草部品の仕事に張り付けられた。あのときさりげなくかけてきた電話のやりとりで、悠人はたまたま思いついたように宝くじの話を持ち出したが、とっくに結果を知っていたわけだ。そのくせ、真二がそれを知らせてやったときには、大げさにおどろいて騒いでみせた。あれはみんな演技だったのか。

ん？　ふいに微かな違和感にとらわれて、真二は記憶の深いところへ検索の触手を伸ばした。何か忘れ物をしているような、腑に落ちない感覚がある。荒木田から渡されたカネで買った宝くじ……その抽籤番号はいつも真二が手帳に控えることになっている。それなのに、なぜ悠人がその番号を知っていた？　悠人がメモを取っていたような覚えはないし、それ以前にくじの番号を気にしていた記憶もない。けれどあらかじめ番号を知っていなければ、抽籤結果を調べてみようと思うはずもないではないか。ということは――？

「ほれ、おまえ、ボンゴのフロアシートにタールの足跡があった、ちゅうてビビッてたやないか。紅龍会やないか、言うて。あれも前もってオレが付けといたやつや」

悠人が愉快そうに笑っている。

「いや、ちょっと待て。そんなことより……」

「そこへ降りかかってきたのが、ニルヴァーナの孫娘を誘拐するちゅう話や。ほんで、それ聞いたとたん、これや！　ひらめいたちゅうわけやな。こいつをうまいこと利用すれば、荒木田の一億円パクれるんやないか、てなわけや」

そこで考え出したんが、二重誘拐や――悠人は賞賛の言葉を求めるように、三人の顔を自慢そうに見まわしている。

「二重……誘拐ですか」

菜々美の父、植草浩一がおずおずとつぶやく。なぜ真二が菜々美の父親の名前を知ったかというと、悠人がペラペラ気持ちよさそうにしゃべったあと、水を飲んでいる間に、植草がいきなりこちらを向いて、「申し遅れました」と名刺を差し出したからだ。誘拐犯の一味に被害者の父親が名刺を渡すというのは、日本誘拐史上でも初めての珍事かもしれない。

「そうなんですわ。ニルヴァーナの孫娘を誘拐するプロジェクトに、もうひとつ別の誘拐を乗っからせる。ほいで、身代金の受け取りちゅう形で当籤金を回収するんですわ」

悠人はあからさまに昂然と胸を張る。

一億円の一等前後賞——荒木田が当てたのは「前賞」だが——の当籤券をうまうまと手に入れ、荒木田の目を宝くじの一件から逸らすこともできた。このあとニルヴァーナから身代金をうまくせしめてやれば、荒木田の記憶からあのときの宝くじはほぼ完全に消えてなくなるだろう。ところが、稲村老人の殺人事件という障碍（しょうがい）があるせいで、悠人も真二も宝くじを換金するわけにいかなかった。当籤券を持って銀行に名乗り出れば、たしかにカネはもらえるだろうが、当籤券を購入した場所、日時を特定されてしまう。その情報を特別捜査本部が知ったとしたら——二人は重要参考人として任意出頭を要請される恐れがかなりある。

しかしもっとまずいのは、警察に呼ばれれば、一部始終を荒木田にも知られてしまうことだ。ヤクザ稼業はナメられたらおしまいだ。ナメた真似をした相手からきっちりケジメを取れなければ、廃業するしかないのだ。だから荒木田は命懸けでケジメを取りにくる。

このジレンマを解決する方法は単純だ。誰かに当籤券購入者に成り代わってもらえばいいのである。身分証明書を提示できて、購入した売り場と日時の確認が取れれば、換金はできる。ただしここが重要なのだが、問題はやたらな人間には代役を頼めないということだ。宝くじ当籤券は所有者の署名もなければ、宛名人の記載もない。早い話が条件さえ整えば、ドロボウでもカネを手に入れることができる──現に荒木田の当籤券を悠人が盗もうとしていたように。

だからこそ、よほど信頼のおける相手でなければ、代役を頼むわけにはいかない。カネを横取りされかねないからだけではない。その代役にはなぜ代役になってもらう必要があるのか、説明しなければならないからだ。この代役がうっかり口をすべらせでもしたら、その本人のみならず、真二と悠人にも深刻な危険が降りかかる。だが、そこまで信頼できる人間は、悠人には真二以外にいなかった。

それでは、どうすればいい？　解に導くルートはもうひとつある。そう、信頼関係にこだわらなくてもいいのだ。いったん、その前提条件を棚上げしてみよう。たとえば信頼関係にはなくても、決してこちらの依頼を断れない相手、断ればその本人にも重大な損害が発生してしまう相手ならどうか。そう、たとえば娘を誘拐された父親のような。

「菜々美を誘拐したから、身代金千五百万円持って桐ケ谷まで来いと言われたときには、ほんとうに命が縮んだと思いました」

植草が水で喉を湿しながら言った。「お恥ずかしい話ですが、ウチには千五百万どころか五百万の現金もなかったんです。これはもう土地を売るしかないかと思いましたが、それではいつまでかかるかわからない」

「申しわけありませんでした」悠人が神妙に頭を下げる。

「ところがその身代金は宝くじの当籤金で払え、と言われました。翌日、速達で当籤券が届けられたのですが、私は何がなんだかまだ信じられませんでした」

「重ねがさね、まことに申しわけございません」

また悠人がテーブルに手を突いて頭を下げる。

「そこへ娘から電話がかかってきまして——ようやく、ことの次第がいくらか呑み込めてきましたのです」

菜々美の話は、概ね次のようなものだったらしい。植草は一生懸命メモを取りながら、娘の言葉を書き取った。

――まず送られてきた当籤券を持って、みずほ銀行に行ってほしい。売り場窓口は調布駅前本通り店で、購買日は十一月二十三日の午後一時頃。銀行では一億円くれるはずだが、支店だと日数がかかるかもしれないので、大手町の本店に行ってもらいたい。当籤金が振り込まれたら、そのうちの千五百万円を桐ケ谷まで持ってきてほしい。残りの八千五百万円のうち、五千万円はそのまま口座に残しておくこと。三千五百万円は迷惑料として手もとに引き取ってくれてかまわない。

「誘拐というのはおカネを一方的に奪われるものだと思っていましたので、反対にこんなたくさんの迷惑料をもらえるというのが……今もすっかり呑み込めてはいないのですけれども、とにかく人助けになることだから、と娘に説得されまして」

もとはと言えば、荒木田のカネをガメる話だから人助けと言えるかどうか疑問だが、植草は菜々美の説明でいちおう事情を理解したらしい。

「ともあれ、誘拐された当の娘から頼まれたのでは、ほかにどうしようもありません」

なるほど、と真二は実直そのものといった父親にうなずいた。その顔を悠人に向けると、

「でもさ、千五百万も荒木田に渡すのは、もったいないじゃん。ニルヴァーナの件じゃ、なんだかんだで五千万近く稼いでやったんだから」

「しかたないやろ。こっちの話も一件落着させました、ちゅうてオッサンに納得させななならんからな。それに植草さんとこは、ウチの組のごり押しのせいでずいぶん迷惑かけられとる。その埋め合わせもせなならん」

というわけや、と得意顔の悠人に、真二は少し声をひそめて訊いた。

「ちょっと待て。おまえ、大事なことを忘れてないか」

このまえ見たニュースサイトの記事が、頭に引っかかっている。もし捜査本部が宝くじ売り場の画像を調べる気になれば、植草浩一が高額当籤券を手にする機会があったかどうか、たちまちわかってしまうだろう。

「なに言うてるの。そのくらいのこと、とっくに考えとるわ」悠人が鼻で笑った。「おまえこそ、肝心なこと忘れとるんやないか。あのときオレら、宝くじ買う前、何しとった？」

宝くじを買う前？　たしか、駅前のアーケードを歩いていたはずだ。そして……真二は記憶をたどった。そう、パン屋だ。全面ガラス張りのパン屋。その中をのぞいて、店内にいる菜々美を悠人が見つけたのだ。

「そやろ？　それでパン買うたあと、菜々美ちゃんはどないした？」

あ、と間の抜けた声が出てしまう。そうだった、菜々美は宝くじを買ったのだ。それを見て、真二と悠人は荒木田の言いつけを思い出したのだった。

「ほれ見い。だからな、植草のオヤジさんが当籤券持って銀行に行っても、ひとつも問題はあらへんのや。なんせ娘が買うたもんなんやからなあ」

そういえば、あのとき、悠人は菜々美の姿を熱心に眺めていたな、と真二は思い出した。いや、あのときも、と言うべきだろうか。真二は勝ち誇ったような悠人の顔から、目を伏せたままの菜々美に目を移した。

おまえ、いったいいつから菜々美さんと？——訊いたとたん、悠人の顔がこれ以上ないくらいグズグズに崩れた。

「ちゃう、ちゃうて！　なに言うてんねん！　まだ手も握っとらん。ほんまや」

「違うってば。いつからこんな悪だくみを相談してたのかってこと」

「あ、そっちかいな。……そやな、会うて三日めには、もうオレの頭の中にはアイデアが浮かんどったな。で、こっち来る前の日に、だいたいのとこ話して聞かせて……あとは電話でちょこちょこ相談しとった」

「人質になってからも、悠人さんが見張りのときはよく相談していました。あとほかの人のときも、目を盗んで電話で話したりして」

「えっ、だってこの人のスマホ、取り上げてたじゃん」

「こっそりプリペイド携帯を渡しとったんや。おまえの目の前で話しとったこともあるで。牛村からやとか、マサヨシからやとかテキトーなこと言うて」

そういえば、ときどきちょっと変だなと思うことがあったような気もする。

「ほれ、例の小説とプリントアウトの件。あのときもな、おまえといっしょにおるときに、菜々美ちゃんから『気がついたことがあるので、真二さんとお話しさせてください』言うて電話来たんや。けど、そうは言えひんやろ。んで、マサヨシがフルーツ大福見つけたみたいなしょうもない話に置き換えてな」

あ、それでさっき、マサヨシが「悠人は春香に何を渡しているのだろう」と訊いたとき、「フルーツ大福じゃないのか」とからかったのに、反応がなかったのか。

「いや、でもさ、なんか意味なくないか？　そんなヤバい真似までして一億円の当籤券ガメてさ。結局、荒木田に千五百万やって、植草さんにそれだけあげちゃったら、オレらの取り分は二千五百万ずつじゃん。そりゃ、二千五百万は大金に違いないけどさ、リスクと釣り合うかと言ったら、ビミョーなところじゃん」

突然、植草が向き直ったかと思うと、膝に手を突いて頭を下げだした。

「こちらの方のおっしゃる通りです。いくら迷惑料と言っても、これは多すぎます。手形の四百万円だけ頂ければ、私どもはもう――」

「いやいやいや、お父さん。そういう話ではないんですわ。そのことは、ようくご存じのはずやおまへんか」

「お父さん、もうひとつお渡しする物があるんじゃないの？」

菜々美が向かいから腕を伸ばして、植草の手の甲にそっと手のひらを重ねる。

「おお、そうでしたそうでした」

植草が恐縮したように悠人に頭を下げて、バッグの中からファイルケースを取り出す。透明のケースに入っていたのは、書類が何枚かと、みずほ銀行の預金通帳だった。

「その書類は宝くじ当籤証明書ですよって、植草さんとこで保管しといてもらわんと。あとでお店でもおうちでも建て替えるとき、税務署からカネの出どころを訊かれますやん」

パン、パンと柏手（かしわで）の音が響いた。懸賞金を受け取る勝ち力士のように、悠人が預金通帳に手刀を切る。

「何やってんの、おまえ」

答えはなかった。グフ、グフ、グフという不気味な含み笑いのような、ひきつけでも起こしているみたいな声が悠人の鼻から洩れている。

「見たらわかるやろ。笑てんのや。大笑いしたいんやけど、興奮しすぎて笑えんのや。これ見てみい」

ヒョイと通帳を突き出してよこす。

〈――450、000、000〉

ずいぶん桁数の多い数字が――ゼロのたくさんくっついた数字が並んでいた。

一、十、百、千、万、十万、百万、千万、億――。四億と五千万……円か?

「なんだ、これ」

「なにって、通帳やんか。四億五千万円が入っとる銀行口座や。しっかりせえよ、この半分は真二のカネなんやぞ」

へっ、と言ったまま、真二は無線の切れたラジコンカーのようにその場に静止していた。瞬きひとつ、指一本持ち上げることもできないままに。

「しかし、なんでオレまで騙すんだよ。騙すのは荒木田と牛村だけでいいじゃんか」

三杯めのコーヒーに口をつけながら、真二は愚痴った。

「まあ、そう言うなって。敵を欺くにはまず味方から、ちゅうやないか。まして荒木田の一億円だけやない、ハロウィンジャンボ一等三億円と後賞一億円、合わせて五億円の当籤券や。念には念を入れてかからな、しくじったら一生後悔するで」

だいたい、真二は一等の抽籤券も後賞のも、ころっと忘れとったやないか、と悠人に言われて真二は苦笑するしかなかった。たしかに忘れていたからだ。稲村徳也を訪ねる途中、宝くじを買った。荒木田から渡されたカネで真二がジャンボとロトを買ったあと、悠人がジャンボを二枚買ったのだった。それも「荒木田のオッサンに乗っかるわ」と言って、荒木田の買ったシートの続き券を二枚。

そして荒木田の買った最後の一枚が一番違いの「一等前賞」だったのだから、悠人の買った二枚は「一等賞」と「一等後賞」ということになる。買ったあと、悠人はしっかり真二から一枚分の三百円を取り立てたのだから、晴れて真二は当籤賞金の半分を得る権利を手に入れていたのである。しかしそんなことはそのあとに起きたあれこれの騒動のうちに、すっかりどこかへ行ってしまっていたのだった。

だいたい、抽籤券のナンバーを記しておいた手帳をなくしてからは、宝くじの存在を思い出すことも間遠になっていた。思い出したところで、カネを手に入れるためにクリアしなければならないハードルが高すぎたせいもある。そんなあれこれを思い返していると、「お、そうやった」悠人がダッフルバッグをごそごそやりはじめた。

「忘れんうちに返しとくわ」

突き出されたのは、まさにその紛失した手帳だったから真二はおどろいた。

「なんで、おまえがこれ持ってんだよ」

「そら、オレが隠しといたからに決まっとるやん」

悠人はけろりとして言い放った。「ほれ、あのとき手帳持っとったと思ってみい。刑事にツッコまれてえらい目に遭うとったぞ。ありがたいと思えや」

口も利けないでいる真二に、悠人は人差し指を振り立てる。

「いや、ちょい待てや。オレらいっしょに宝くじ二枚買うたけどな、買うたのはオレや。ちゅうことは、先に買うた一等賞がオレのもんで、あとで買うた後賞が真二のもんなんやないか？　そない思わんか、菜々美ちゃん」

さあ、と小首を傾げる菜々美の横で、悠人はニヤニヤしている。ふざけんな、と真二はやっと言葉を押し出した。とたんに身体にドッと血がめぐりだす。女装していることも忘れて渾身の寸止めパンチを放ったので、通りかかったウエイトレスが凍りつく。悠人が大笑いして、気安げに菜々美の肩を叩いている。真二も笑うしかなかった。

「そうか。なんで悠人が荒木田の抽籤券の番号を覚えてんだと思ってたけど、もともと続き番号を持っていたんだもんな」

「そういうことや。知らさんといて、かえってよかったやろ。はかりごとは密なるをもって良しとす、言うからな」

「じゃあ、あれか。白石真波の身分証も定期券も、オレを騙すために用意したのかよ」

「ちゃうて。荒木田を騙すためや。牛村はトロいよってええとしても、荒木田騙すんはホネやろ？　それには真二にも信じてもらわんとあかん。それでのうとも、荒木田はオレと真二がつるんで勝手なことはじめるんやないかて、疑うてるふしがあったからな」

言いたいことはわかる。もし最初から真相を知らされていたら、ふとしたはずみに知っているがゆえのミステークを犯してしまったかもしれない。例えば、一瞬悠人と見かわす視線だとか、菜々美に対するちょっとした態度の不自然さだとか、そういうことだ。そうしたことをいつも意識しながら荒木田の前で振舞うのはストレスがかかりそうだ。

「でも、マサヨシが現れなかったら、たぶん荒木田が組事務所から誰か呼んでただろ。そいつがもし頭の切れるやつだったら、やりにくかったんじゃないのか」

「だからマサヨシが登場したんやないの」

数呼吸するほどのあいだ、真二の思考回路はまたフリーズしていた。ということは、マサヨシは……えっ、マサヨシも悠人の仕込みだったのか⁉

「川崎辺りでのたくってた時分の弟分なんや、マサヨシは。あいつ、土地成金の御曹司のくせして家出なんぞしくさってなあ。それでほれ、手が足らなんだら、いま真二が言うたみたいに荒木田が組から誰か連れてくるやろ。信用できひんやつが増えるのはやりにくいやんか。せやから、マサヨシをこっそり呼び寄せてな、真二が荒木田に紹介する形を取らせたわけや」

「言っとけよ、そういうことは！　知らないから、オレ、本気でマサヨシをボコッちゃったじゃんか」

「言うといたら仕込みにならんやないか。けど、マサヨシ泣いてたで。真二さん、ちいっとも手加減してくれのうて、えらい目に遭わされたちゅうて」

しかし、そうすると、マサヨシは真波の正体が菜々美だということも知っていたのだろうか。それにしてはごく自然に振舞っていたように見えたけれど。

「知らん、知らん。あいつはオレらに懐きたいだけのビビリやから」

そういや、菜々美ちゃんにもけっこう懐いとったなあ、見張り役のくせしよってからに、そう言って悠人はふっと優しい目をした。

エピローグ

窓を開け放すと、冬の冷気がたちまち部屋の暖気を押しのけて広がっていく。窓の向こうは都立公園だ。川に沿って緑地帯が延びている。桜と花水木(ハナミズキ)が多いらしく、ほとんどは裸木だが、よく見ると枝先にはかすかに赤らんだ、小さなふくらみがある。

「アホ！　窓閉めえや。寒くてしゃーないやないか」

居間の座卓に皿を運びながら、悠人ががなっている。真二と悠人が麦山組のアパートを出て、この家に移ってから一か月と少し経っていた。都立公園の拡充計画地域にまだ残っていた築四十八年の二階建て。あと二年以内に取り壊しが決まっているからと、格安で借りることができた。新宿の場末にあったアパートにくらべると、とにかく空気が澄んでいておいしい。それで真二はちょくちょく窓を開けたくなる。

誘拐事件が終わって、ひと月半。真二と悠人はとりあえず麦山組から休暇をもらっている。期限のない長期休暇だ。大きなシノギを手伝ったあとなのだから、誰にも文句は言わせない。二人は借りたボロ家でひたすら怠けて暮らした。毎日十時間は眠り、食い物は贅沢をした。二人とも二キロずつ太り、そろそろ身体を動かして自炊でもはじめようと言い出した頃、菜々美が遊びに来るようになった。

「あー、やっぱりね。そうじゃないかと思ってた」

居間の隅のパソコンラックに向かっていた菜々美が、エンターキーをポンと押して言う。

「なにがやっぱりなの？」

「マクフリーの事件。ほら、ここにくわしく載ってます」

菜々美が椅子を譲ってくれる。ディスプレイをのぞき込むと、ベタ黒のスクリーンに白い文字がチカチカしていた。タイトルは〈文学の魔が呼び寄せた殺意——調布貸金業者殺し事件のゲージツ的真相〉とある。

「このサイト、事件ネタの専門サイトなんですけど、事件の裏を読み物風に仕立てたタッチで書いているんです。書き手は事件記者の経験者たちで、信頼性もあるみたいだし」

有料メルマガを申し込むと毎週新しい記事が配信されるが、月に何本かは無料で読める。今月のそれが、さいわい例の稲村徳也の事件なのだった。あれ以来、菜々美はあの事件を扱った記事を、ウェブサイトから新聞、週刊誌、夕刊紙に至るまで読み漁ったらしい。

「やっぱ、そうだったのか。英語習いに来てた弟子が逮捕されたんだ」

特別捜査本部が逮捕したのは、船曳明彦、二十八才、無職。船曳は事件当日、午前中から稲村徳也を訪ねてきていたという。二人は師弟関係だったが、このところトラブルを抱えていた。当日は話をしているうちに、稲村が激昂して船曳を小突いたので、ついカッとした船曳も突き返したところ、稲村は後ろへ倒れ込んでしまったという。金庫の角に側頭部をぶつけた稲村はほぼ即死状態だった。

強盗に見せかけようと、船曳は金庫にあった現金と書類を手持ちのバッグに放り込んだ。さらに預けていた鞄をつかんだとき、人の話し声が聞こえ、玄関が開く音がした。びっくりした船曳は裏庭へ逃げた。裏木戸が開かないことを知っていた彼は、ブロック塀によじ登って逃げたが、このとき鞄を植込みの中に落としてしまった。が、人声がますます近づいていたので、そのまま逃げるしかなかった。声は若い男の二人組のようで、稲村とは親しい間柄のような感じだった――船曳はそう供述しているという。

「捜査本部は引き続き、船曳の供述を裏付ける証言を得るため、この二人組の男を探している……って、これ、ヤバいじゃん」

「調布駅周辺の防犯カメラ映像を分析、二人連れの若い男を追跡中って書いてありますよ」

宝くじの換金は済んでいるからいいものの、売り場のおばちゃんには顔を知られている。ひょんなことから荒木田の耳によけいなことが入るとめんどうだ。

「あの本とプリントアウト、捜査本部に送っておいて正解でしたね」

「そうだよね。おかげでこの船曳が捕まってくれたわけだから」

菜々美はマクフリーの原書と『ガール・ハンティング』の原稿に、メモを添えて、調布警察署気付で捜査本部へ送っていた。そのことも記事にはしっかり触れられている。

〈新宿区内から匿名で送られてきた本と原稿は、鑑識の結果、稲村宅から船曳が持ち出したものと断定された。付記されていたメモには本とプリントアウトの内容について、きわめて示唆に富む指摘があり、捜査本部が得ていた情報と照らし合わせる作業が進められた〉

捜査本部は、稲村とマクフリーがやりとりしていたメールを分析していた。それによると、稲村は欧米では未訳の国内作品の梗概をしばしばマクフリーに紹介していたという。マクフリーが異国風の発想を知ることに興味を抱いていたからだ。

一方で、稲村は英語を習いに来ていた船曳が小説家志望だと知って、創作の手ほどきもはじめていた。小説の構成などに行き詰まると、船曳は稲村に原稿を見せて相談していた。船曳は稲村のアドバイスを参考にしつつ、自作の長編小説を仕上げようとした。

「それが『ガール・ハンティング』になったんだ……」

「みたいですね。船曳明彦は改稿を重ねて、ついに自信作を書き上げた……そして今年五月、ある新人文学賞に応募したんですね」

ところが、と記事は説明する。その数か月前に、マクフリーが*The sweet kidnapping*を刊行していた。この小説は前評判も高く、たちまちベストセラーになった。日本でも紹介記事がいくつも出て、翻訳が待たれていた。内容に関心を寄せる出版関係者は多く、原書を読んだ者も少なくなかった。

「当然、『ガール・ハンティング』の梗概を知っている選考委員は、マクフリーのパクリではないかと疑いを持ちますよね」

「で、盗作疑惑であえなく落選しちゃった船曳は、マクフリーの新刊を読んで、愕然とする。これは自分のパクリじゃないか！　稲村がマクフリーに洩らしたに違いない！」

「稲村はマクフリーと親交があることを、船曳に話していたでしょうからね。自慢していたのかもしれません」

頭に血が上った船曳は、稲村宅に押しかけて難詰する。激しい口論になる。稲村の弁解はつぎのようなものだったらしい。たしかにマクフリーに船曳の作品の内容を伝えたことは認める。だがマクフリーは、稲村の提供する日本作家の作品梗概にヒントを見つけると、エッセンスだけ抜き出し、巧みにアレンジする。稲村が伝えた船曳作品も、ざっくりした大筋だけだった。結果的によく似たストーリーになったのは、不思議な偶然によるものだろう。こう言われて、船曳は腹が立って夜も眠れない。すぐにまた押しかけていった。

「もともと傲岸なところがある稲村は取り合わない。それどころか悪態をついて、船曳を小突いた……ってわけか。う～ん。なんていうか、予期せぬ悲劇だなあ」

「船曳という人は思い込みの強いタイプだったようですしね。稲村さんとマクフリーが示し合わせて自分を陥れた、と思い込んじゃったのかも」

「――あ、こんなこと書いてあるよ。〈捜査本部はこの二人組の男が本と文書を持ち去り、この度送り返してきたものと考え、添付したメモについてさらにくわしい説明を求めたいとしている。心当たりの人は名乗り出てほしいとのこと〉だって」

どう、名乗り出てみる？　と目を向けると、菜々美は可愛く肩をすくめてみせる。

「名乗り出てほしいですか」

「そんなわけ、ないじゃん」

「ですよね」

二人で顔を見合わせて笑っていると、悠人がボウルに山盛りにしたサラダと、カレー鍋を運んでくる。

「なんや、二人して、ええ雰囲気に浸っとるやないか。ひとにメシ作らせといてからに」

「きょうはおまえがメシ当番だろ、しょうがないじゃん。菜々美さんはお客さんなんだし」

「まあ、ええわ。オレの十八番の特製海鮮カレーや。たっぷり食うてくれ」

小さな座卓は、カレー皿とサラダの取り皿だけでいっぱいになった。

「ところで、お父さんはどう、その後？　落ち着いたのかな」

スプーンを取り上げながら、真二は菜々美の横顔に尋ねた。

「しばらくは、ぼんやりしてたみたい。いっぺんに、いろんなことがあり過ぎたから」

でも、だいぶ元気になりましたよ、仲違いしていた古いお客さんとも仲直りできたし、と菜々美はにっこりした。

今度のゴタゴタで、植草は、親しかった菅谷モータースという修理屋のオヤジが、地上げヤクザとグルだったのではないか、と疑っていたのだという。例の手形パクリの件で、植草部品にまつわる情報をヤクザに洩らしたとすれば、菅谷しか考えられなかったからだ。菅谷は自分が疑われたことに怒り、それ以来、二人は刺々しい雰囲気になってしまった。

「それがね、いきなり謝りに来たんです。菅谷さん」

見慣れないスーツ姿で化粧箱入りのウィスキーを抱えた菅谷は、植草に会うなり、何も言わずに許してくれ、と深々と頭を下げた。聞いてみると、最近何台も車を持ち込んでくる男がいて、上客がついたと喜んでいたのだが、ひょんなことから北斗連合会のフロント企業の周辺者だとわかった。つまり、植草部品を締め上げているディベロッパーの仲間だ。

それでピンと来たんだよ、と菅谷は渋面のまま頭を掻いた。その連中は浩一の周囲を調べているうちに、菅谷モータースが植草部品の顧客で、個人的にも行き来があることに気づいた。菅谷は元暴走族ヘッドで、今も暴力団周辺との付き合いがある。だから俺の周りを嗅ぎ回っていやがったんだな、あの野郎、と菅谷は拳を握った。ところが、あとで思い出してみると、その男のいる前で、大洋リースの揖斐川から電話を受けたことがあったという。そこから連中は白地手形のパクリを思いついた、というわけだ。

気が済まないならオレを殴ってくれ、とテーブルに手を突く菅谷に、もう終わったことですよ、と浩一は笑って肩を叩いた。

「ええ話やないの。男の友情やなあ」

悠人が、なあ、とあいづちを求めてくる。

「だけど、仕事の方はどうするの。今のお店でがんばるのかな。それとも新規出店？」

食べながら尋ねると、菜々美は「これ、おいしい」と悠人を喜ばせてから、

「まだ決めかねているみたい。でも、今のお店を続けるのはあきらめたんだと思います。近所の人はもう土地を売っちゃってるし、いつまでもウチだけがんばってもね。でも新しくお店を構えるとなると、考えなくちゃいけないことがいっぱいあって」

「そんなもん、オレと菜々美ちゃんがいっしょになって跡継げばええやん、な？」

さあ、悠人さんにお店ができるかなあ、と菜々美は現実的観点から批評を加える。

「なに言うてんの。オレはチョー穏健な平和主義者なんやで、なあ真二」

嘘つけ、どこが平和主義者だ。真二は水を飲んだ。カレーが辛すぎる。

「ほんとは何をやるつもりなんだよ。新しいヤクザの組、作るのか。任俠路線の」

「いや、作らん。ヤクザはもうあかん。懲り懲りや。斜陽産業やしな」

悠人は熱いじゃがいもの塊をホクホクと頰ばっている。「もともと、オレのオヤジがヤクザに財産脅し取られてな、オレんちめっちゃ貧乏やったねん。借金取りに追われとるから、関西のあっちこっち引っ越しばっかりしててな。だから今度はオレがヤクザの中でノシて、カタキ取ったる、そう思うてたんや」

そうだったのか。それで悠人は——。真二は黙って、モグモグ口を動かしている悠人の顔を見た。菜々美もスプーンを持つ手を止めて、悠人の顔を眺めている。

「そういえば、悠人さんの関西弁って、大阪弁も河内弁も京都弁もごっちゃですもん

ないまへんがな」

「その通りでおます。よう、わからはりますなあ。かないまへんがな」

ほら、それがもうめちゃくちゃだもの、菜々美が笑って、真二に笑いかける。

「ええやないの。ほれ、このカレーやて、海鮮言うたけど、小エビにイカにタコにホタテに、マッシュルーム入ってアーモンド入って、竹輪麩まで入っておんねん」

人生すべからくごちゃ混ぜでええがな、と「すべからく」の意味を取り違えながら、悠人は盛大にカレーを口に運び、ゴクゴク水を飲む。

菜々美はおちょぼ口に少しずつスプーンを動かし、サラダのベビーリーフやスイートコーンを指でつまむ。

ごちゃ混ぜでやってみるか、と真二は思った。自分ひとりでメシを食っても腹がふくれるだけだけれど、こうして三人で食えばそれだけで楽しい。人生もひとりより、ごちゃ混ぜの方が楽しそうだ。自分と悠人のコンビ、それに舎弟のマサヨシも入れてやって、菜々美にも加わってもらって。ときには香辛料として荒木田だってわるくないかも。

いやいやいや、とんでもない。アレだけはもうごめんだ、と思わず首を振ったとき、悠人が頓狂な声を上げた。

「そうや、マサヨシから電話があってなあ、こないだ桐ケ谷の商店街で、春香とバッタリ会うたんやて。元気そうやったらしいわ」

ほんとに、と菜々美が目を輝かせる。「春香ちゃん、ふだんは自由に街歩きできないみたいなこと言ってたけど。出歩いても大丈夫なのかな」

「それやがな。教祖さまの婆さまが心境の変化ちゅうか、だいぶ春香に緩くなったんやて。おかげで、ふつうに休みに友だちと遊んだりしとるらしいで。相変わらず、空手遣いのねえちゃんは付いてまわっとるようやけどな」

「へえ、そりゃよかったじゃん。マサヨシも喜んでただろ」

「ごっつうええ機嫌やったわ。ついでに、ジュースタンドでミニデートもできたらしいしな。春香、明るうなったちゅうて、声が笑ってたわ」

「あの経験が怪我の功名になったのかも……春香ちゃん、監禁生活の終わり頃には、思ってることをちゃんと口に出せるようになってたんですよ」

「一種の異文化体験ってやつかな。未知の刺激に触れて目が開くっていうか」

「そう。お婆さまもそんな春香ちゃんに、なんとなく感じるところがあったんでしょうね」

なんや、おまえら、きょうは妙に気が合うてるやないか、と悠人がまたからかうように真二と菜々美を見比べる。

「けど、言うたらナンやな。オレらがやった誘拐も、あれで案外、人助けやったちゅうことかもな」

　悠人が言い、菜々美がそこまで言うかなあ、と噴き出したとき、窓の外で鳥が鳴いた。ホー…ホケッ…ケキョ、ケキョ。ちょっと音程のおかしいホーホケキョだ。

「おっ、ウグイスやんけ」

「わあ、初鳴きね」

　春告げ鳥、と菜々美が歌うように言うと、今度はきれいにウグイスが鳴いた。

刊行にあたり、第十九回『このミステリーがすごい！』大賞・文庫グランプリ受賞作品「甘美なる作戦」を改題のうえ、加筆修正しました。

この物語はフィクションです。作中に同一の名称があった場合でも、実在する人物・団体等とは一切関係ありません。

第19回『このミステリーがすごい！』大賞（二〇二〇年八月二十七日）

本大賞は、ミステリー＆エンターテインメント作家の発掘・育成をめざす公募小説新人賞です。

『このミステリーがすごい！』を発行する宝島社が、新しい才能を発掘すべく企画しました。

【大賞】

三つ前の彼　新川帆立

※『元彼の遺言状』として発刊

【文庫グランプリ】

砂中遺物　龜野 仁

※『暗黒自治区』（筆名／亀野 仁）として発刊

甘美なる作戦　呉座紀一

※『甘美なる誘拐』（筆名／平居紀一）として発刊

第19回の受賞作は右記に決定しました。大賞賞金は一二〇〇万円、文庫グランプリ（従来の優秀賞より名称を変更）は二〇〇万円（均等に分配）です。

●最終候補作品

「砂中遺物」龜野 仁

「甘美なる作戦」呉座紀一

「虐待鑑定　～秘密基地の亡霊～」高野ゆう

「クロウ・ブレイン」東 一眞

「悪魔の取り分」柊 悠羅

「三つ前の彼」新川帆立

〈解説〉

構成のうまさが光る、誘拐ミステリーの新機軸

大森望（翻訳家・書評家）

星の数ほど書かれているミステリー小説の中でも、〝誘拐もの〟は、ひとつのサブジャンルになるほど根強い人気を誇っている。当然、作品数も数知れず。

誘拐された被害者であるはずの老女が誘拐犯を叱咤して指揮をとり、みずから身代金を五千万から百億に増額して大事件に発展させる――という天藤真の名作『大誘拐』をはじめとして、ありとあらゆるパターンが書かれている。競馬のサラブレッドが誘拐される岡嶋二人『あした天気にしておくれ』とか、〝私を誘拐して〟という依頼を便利屋が受けるところから始まる歌野晶午『さらわれたい女』とか、大学生の主人公が暴力団組長の娘の狂言誘拐に加担するハメになる東川篤哉『もう誘拐なんてしない』とか、ベストセラー、ロングセラーも多数。

「このミステリーがすごい！」大賞の受賞作に限っても、〝身代金ゼロ〟の誘拐計画を描く柳原慧『パーフェクト・プラン』や、元首相の孫にあたる小学生を誘拐した犯人が政府にとんでもない要求をつきつける、八木圭一『一千兆円の身代金』の例がある。

さすがにもう新しいパターンはないだろうなあ……と思っていたところに登場したのが、

本書『甘美なる誘拐』。第19回「このミステリーがすごい！」大賞に今回から新設された「文庫グランプリ」の受賞作にして、平居紀一のデビュー作にあたる。この回の大賞を受賞した新川帆立『元彼の遺言状』と最後まで競り合った挙げ句、僅差で大賞を逃し、「文庫グランプリ」に落ち着いた。といっても、ミステリーとしての評価が劣っていたわけではなく——と説明する前に、小説の内容をかいつまんでふりかえってみよう。

主人公格の市岡真二（二十二歳）と、その相棒の草塩悠人（二十三歳）は、零細暴力団・麦山組の組員見習い。まだ盃は受けていない〝構成員未満〟ながら、麦山組のフロント企業の社員として、組幹部の荒木田にこき使われている。組が経営する芸能事務所に所属する地下アイドルの接触イベント（チェキ撮影会など）で会場警備やファンの〝剝がし〟を担当したり、出会い系パーティーを仕切ったり、カタギの会社に脅しをかけたり。雀の涙のカネでしょぼい仕事ばかりやらされた挙げ句、捌ききれないパー券を調布の高利貸し（麦山組長の古なじみだという稲村徳也）にひきとってもらい、逆に借金を背負わされる始末。そんな〝ヤクザのインターン〟コンビのトホホな日常が軽快なタッチで描かれてゆく。ちなみに真二のほうは、子供の頃から〝女の子みたい〟と言われてきたベビーフェイスがコンプレックス。大阪生まれ大阪育ちの悠人はヤクザ映画の大ファン。この二人の漫才みたいな掛け合いが楽しい。

その合間にはさまるのが、調布で零細自動車部品販売会社を営む社長の植草浩一と娘の菜々美。複合ビル建設計画にからんで、旧甲州街道沿いにある社屋の売却を求められ、それを拒むとヤクザからいやがらせを受ける羽目に。菜々美は敢然とそれに立ち向かう気丈な性格だが、次々と災難が降りかかり、会社はどんどん追いつめられてゆく。

真二と悠人のコンビもろくなことがない。訪ねていった高利貸しの家で、主の稲村が殺害されている現場に遭遇したり、組事務所に火焔瓶が投げ込まれ、タールをぶちまけられたり。そんなとき、二人は神奈川県桐ケ谷市（鎌倉市と藤沢市の間あたりに設定されている架空の市）にある鬼小路組に出張を命じられる。その桐ケ谷市では、ニルヴァーナという宗教法人が着々と勢力を拡大していた……。

――と、ここまで紹介しても、いまだに誘拐のユの字も出てこない。『甘美なる誘拐』が誘拐ミステリーとしてユニークなのは、まず第一にこの点にある。小説の真ん中近くまで、誘拐計画が一向にスタートしないのである。

「いいか、これからおまえたちにやってもらうのは、誘拐だ」

主人公コンビが荒木田からそう宣告されるのは、本書全体のちょうど折り返し点にあたる百九十六ページ。タイトルだけ見て本書に飛びついた誘拐ミステリー好きの読者は、いいかげんしびれを切らしている頃だが、ここまではすべて、〝甘美なる誘拐〟計画のための壮大な前フリ。先を急がず、小説のどのパーツがどうつながるのか推測しながらゆっくりと読み進めてほしい。

もうひとつ、本書のユニークな特徴は、犯行計画を犯人側から描いているにもかかわらず、誘拐のほんとうの目的や計画の舞台裏が周到に隠されていること。読みながら、いろいろもどかしい思いを抱くかもしれませんが、それも作者の計算のうち。誘拐ミステリーでありながら、騙し騙されのコンゲーム小説の要素が盛り込まれ、最後の最後、読者は思わぬどんでん返しに足をすくわれることになる。

「このミステリーがすごい！」大賞の選評でも、そのへんの面白さが高く評価されている。

「『甘美なる誘拐』はコミカルなタッチのライトなヤクザノワールかと思いきや、本筋は誘拐もの。なるほど、このパターンね。と、けっこう油断して読んでいたので、事件の真相が明かされたときは思わず茫然。いやもう、すっかり騙されました。いろんな手がかりは無造作に放り出されていたというのに、一生の不覚。いや、それにしても、まさかねえ。これはもう、21世紀最高の（または、すくなくとも令和最高の）誘拐ミステリーとして強力にプッシュしたい」（大森望）

「前半はいろんなエピソードが錯綜するが、誘拐劇が始まってから一気に加速する。きちんと構成された群像劇演出から、ユニークな誘拐活劇へ、さらには驚愕のコンゲームへと展開していくストーリーテリングの妙が光る」（香山二三郎）

「ヤクザの見習いコンビの話、自動車部品店が窮地に追い込まれる親子の話、途中で挿入されるまた異なる人たちのエピソードが後半に絡み合い、意外な方向に事態が収拾されていく様子に驚きと爽快感を味わいました。沢山の人物、要素が盛り込まれますが中だるみもなくエンタメ作品として楽しめる。誘拐事件の身代金の受け取り方法なども面白かった」（瀧井朝世）

ちなみに本書には、作中作として、『ガール・ハンティング』という未発表小説のプリントアウトと、ジョン・マックフリーなる架空の英国作家の新刊 *The sweet kidnapping* が登場し、高利貸し殺しの事件とからんでくる。メタミステリー的な仕掛けがあるわけではないものの、他にも『吉里吉里人』とか『ミッション：インポッシブル』とか『ハチミツとクローバー』とか、実在の小説や映画やマンガのタイトルがちりばめられていて、ヤクザ（未満）ものとしては意外とオタクっぽい。

それもそのはず——というわけでもないが、本書の応募時のタイトルは、「甘美なる作戦」。結末でどんでん返しが炸裂するイアン・マキューアンのスパイ小説 *Sweet Tooth*（二〇一二年）の訳題と同一なのである。ブッカー賞作家にオマージュを捧げたのか、それともライバルだと思っているのか、いずれにしても大きく出たな、というところだが、その意気は大いに買いたい。

一方、著者のツイートによれば、脱力感のある掛け合いは、戌井昭人がお手本らしく、「川端康成賞を受賞した『すっぽん心中』が特に好きですね。あの力の抜け具合はなかなか真似できない」と書いている。

応募時の筆名は呉座紀一。「呉座勇一先生の愛読者だから」という理由でつけたとのことだが、さすがに似すぎているので版元から変更を求められ、現在の「平居紀一」に落ち着いた（平居は、中島京子『小さなおうち』の登場人物・平井時子から）。

呉座勇一の一般向けの著書はもちろんすべて読破。「いちばん目から鱗だったのは『一揆の原理』で、時代劇でイメージしていたのと全く違うのである。一揆は二人でもできる。日本史のダイナミズムとビビッドさを感じる。応仁の乱で家を焼かれた人は多いが、家を建てたのは呉座先生だけだろう」とツイートして、これが呉座ファンの目にとまって大いにバズっていたのはご同慶の至り。もっとも、室町ものを書こうというつもりはないらしく、「新作はライトながら『どこ行くんだこの話』的な、ぶっ飛んだものを書いてみたい」とのことでした。本書で見せたどんでん返しと語りの才能がどう生かされるか、作家・平居紀一の将来が楽しみだ。

二〇二一年三月

宝島社
文庫

甘美なる誘拐
（かんびなるゆうかい）

2021年4月21日　第1刷発行
2024年6月19日　第2刷発行

著　者　平居紀一
発行人　関川 誠
発行所　株式会社 宝島社
〒102-8388　東京都千代田区一番町25番地
電話：営業 03(3234)4621／編集 03(3239)0599
https://tkj.jp
印刷・製本　中央精版印刷株式会社

Printed in Japan
ISBN 978-4-299-01492-4

『このミステリーがすごい!』大賞 シリーズ

宝島社文庫

レモンと殺人鬼

《第21回 文庫グランプリ》

くわがきあゆ

十年前、父親が通り魔に殺され、母親も失踪。不遇をかこつ日々を送っていた小林姉妹だが、ある日妹の妃奈が遺体で発見される。しかも被害者であるはずの妃奈に、生前保険金殺人を行っていたのではないかと疑惑がかけられ……。妹の潔白を証明するため、姉の美桜が立ち上がる。

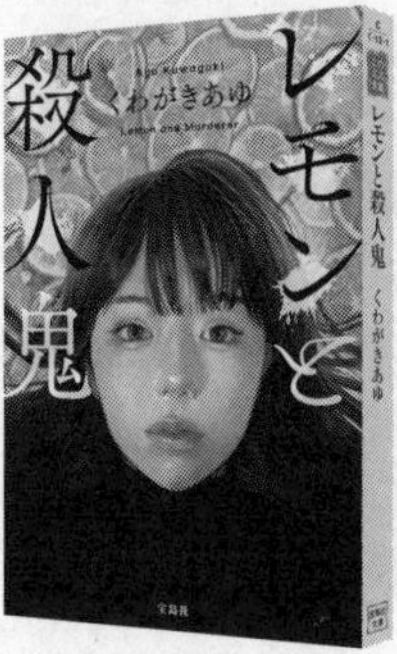

定価 780円(税込)